SOPHIE BONNET

Provenzalisches Feuer

Buch

Es ist Ende Juni, und die Cafés und Restaurants von Sainte-Valérie bereiten sich auf die Feierlichkeiten der *Feux de la Saint-Jean* vor. *Chef de police* Pierre Durand blickt dem Ereignis mit gemischten Gefühlen entgegen. Das traditionelle Fest, bei dem in den Dörfern der Provence Feuer entzündet werden, wird dieses Jahr besonders viele Besucher anziehen. Bürgermeister Rozier hat kräftig die Werbetrommel gerührt, und auch die Rockband *Viva Occitània!*, die mit der bekannten Sängerin Aurelie Azéma auftreten soll, will das beschauliche Dorf in einen wahren Hexenkessel verwandeln. Werden die Sicherheitsvorkehrungen ausreichen, um einen ungestörten Ablauf zu garantieren? Zu Pierres Erleichterung scheint das Fest friedlich zu verlaufen. Doch dann wird auf der *Place du Village*, inmitten der feiernden Menschen, der Journalist Maxim Sachet erstochen, dessen Anwesenheit bereits am Vorabend für Unruhe unter den Dorfbewohnern gesorgt hatte. Am Tag seiner Ankunft hatte er Pierre anvertraut, an einer Sache zu schreiben, die höchst explosiv werden könnte. Haben seine Recherchen ihn das Leben gekostet? Während Pierre bei seinen Ermittlungen immer wieder auf die Geschichte Okzitaniens und die Mythen der alten Provence stößt, ahnt er nicht, dass jemand seine Schritte sehr genau beobachtet. Und dass der Tod des Journalisten auch eine Warnung war …

Autorin

Sophie Bonnet ist das Pseudonym einer erfolgreichen deutschen Autorin. Mit ihrem Frankreich-Krimi »Provenzalische Verwicklungen« begann sie eine Reihe, in die sie sowohl ihre Liebe zur Provence als auch ihre Leidenschaft für die französische Küche einbezieht. Mit Erfolg: Der Roman begeisterte Leser wie Presse auf Anhieb und stand monatelang auf der Bestsellerliste, ebenso wie die darauffolgenden Romane um den liebenswerten provenzalischen Ermittler Pierre Durand. Die Autorin lebt mit ihrer Familie in Hamburg.

Besuchen Sie uns auch auf www.blanvalet.de

SOPHIE BONNET

Provenzalisches Feuer

Ein Fall für Pierre Durand

blanvalet

Penguin Random House Verlagsgruppe FSC® N001967

6. Auflage
Copyright der Originalausgabe © 2017 by Blanvalet
in der Penguin Random House Verlagsgruppe GmbH,
Neumarkter Straße 28, 81673 München
Copyright dieser Ausgabe © 2018 by Blanvalet
in der Penguin Random House Verlagsgruppe GmbH,
Neumarkter Str. 28, 81673 München
produktsicherheit@penguinrandomhouse.de
(Vorstehende Angaben sind zugleich
Pflichtinformationen nach GPSR.)

Redaktion: Angela Troni und Susann Rehlein
Umschlaggestaltung: www.buerosued.de
Umschlagabbildung: Getty Images/Lonely Planet Images/Karl Blackwell
AF · Herstellung: wag
Satz: Vornehm Mediengestaltung GmbH, München
Druck und Bindung: GGP Media GmbH, Pößneck
Printed in Germany
ISBN 978-3-7341-0592-0

www.blanvalet.de

Prolog

Es ging ihm gut. Besser denn je. Die Farbenpracht, die ihn umgab, war berauschend, und er drehte sich langsam, um all das, was sich seinem Auge bot, in sich aufzunehmen. Die untergehende Sonne, die ihre letzten Strahlen über die fernen Bergkämme der Monts de Vaucluse schickte, war glühender als sonst. Auch das Tiefblau des Himmels, so schien ihm, war heute intensiver, besaß dort, wo sich die Nacht bereits über das Tal senkte, den violetten Schimmer reifer Johannisbeeren.

Und die Luft erst, diese warme, weiche Sommerluft …

Ergriffen trat er an das Balkongeländer, das Weinglas in der Hand. Ein exzellenter Corbière aus der Nähe von Carcassonne, den er heute, an diesem besonderen Tag, mit ausnehmendem Genuss trank.

Normalerweise bevorzugte er einfache Landweine, die trotz des niedrigen Preises inzwischen eine beachtliche Qualität erreicht hatten. Denn obwohl er dank einer Laune des Schicksals über ein gut gefülltes Bankkonto verfügte, hatte er niemals vergessen, aus welchen Verhältnissen er stammte. Und welche Entbehrungen es ihn gekostet hatte, dorthin zu kommen, wo er jetzt war.

Heute machte er eine Ausnahme. Dieser Wein, den er nun langsam im Glas schwenkte, war ein Geschenk gewesen. Eine Geste, die ihn tief anrührte. Es war der Beginn einer neuen Zeitrechnung.

Eine Weile lauschte er der Musik, die aus dem Haus drang.

Dem Rhythmus der Tamburine, die einen mehrstimmigen Chor untermalten, der von der Schönheit Okzitaniens sang. Eines der anrührendsten Lieder, wie er fand, es drückte so viel mehr aus als all die anderen.

»*Dera mar verda ará mar blùa*«, stimmte er ein. »Vom grünen bis zum blauen Meer.«

Lächelnd hob er das Glas gegen die untergehende Sonne und betrachtete das Funkeln im Schwarzrot des Weines.

Alles war so, wie es sein sollte, dachte er und hob das Glas vor seine Nase. Beinahe perfekt.

Eine betörende Duftigkeit strömte ihm entgegen, der Geruch nach Schwarzkirschen und Holunder, verwoben mit einem Anklang von Mocca und Vanille. Dazu eine ungewöhnliche Komponente, die er nicht einordnen konnte.

Noch einmal atmete er das Bouquet ein. Es war grandios. Nein, exorbitant. Buchstäblich. Und endlich wusste er, woran es ihn erinnerte: an den Geschmack von Lakritze. An eine gesalzene Bitterschokoladenpraline. Oder an den herbsüßen Kuss einer Meerjungfrau.

Er gluckste und unterdrückte ein Kichern.

Wenn er all das, was er gerade empfand, in einem seiner Bücher schriebe, würden sich die Kritiker schütteln angesichts der hemmungslosen Wortwahl. Jetzt, in diesem Moment, bestanden seine emotionalen, visuellen und olfaktorischen Eindrücke fast ausschließlich aus einer Aneinanderreihung von Adjektiven: außergewöhnlich, lustvoll, strahlend, intensiv, berauschend.

Andächtig führte er das Glas an die Lippen und nippte am Wein, bewegte ihn mit der Zunge, bis sich die Aromen einer Explosion gleich an seinem Gaumen ausbreiteten und von dort direkt in seinen Verstand.

Was für ein Wein!

Ein Seufzen entwich ihm, dann ließ er den Tränen freien Lauf, bis er endlich hemmungslos weinte.

Mit einem Mal waren alle Querelen vergessen, all der Streit, all die zornigen Stimmen, die auf ihn eingeschrien hatten. Mit einer Wut, an der er, das musste er sich eingestehen, nicht ganz unschuldig gewesen war. Die offene Aggression jedoch, in die sie gipfelte, hatte ihn überrascht. Er hatte sich für unantastbar gehalten, über den Dingen stehend, stattdessen hatte er erkennen müssen, dass er verletzbar war.

Ein weiterer Schluck glitt seine Kehle hinab. Etwas Wein ging daneben, perlte an seinem Mundwinkel herab, beiläufig wischte er ihn fort.

»Vorbei«, flüsterte er. All das war nun Vergangenheit. Der erste Schritt war getan, bald schon würden die anderen folgen.

Der Gedanke an eine Aussöhnung war tröstlich. Er wollte ihn festhalten, doch er entwich seinem Gehirn, segelte fort wie eine bunte Seifenblase. Dafür nahm er nun umso mehr die Musik wahr, deren Lautstärke anzuschwellen schien. Er konnte jeden einzelnen Ton des Akkordeons fliegen sehen, jetzt kam wieder das Tamburin hinzu, wurde immer schneller, wirbelte mit dem Gesang im Kreis.

»Verdammt, was geht hier vor?«

Die Worte rissen wie Fetzen von seinen Lippen.

Ein heftiger Schwindel erfasste ihn. Mit der freien Hand griff er nach dem Balkongeländer und blinzelte gegen das grellorange Licht des absteigenden Sonnenballs, das sich in Wellen auf ihn zubewegte. War der Boden immer schon so nah gewesen?

Irgendetwas stimmte nicht mit seinen Augen. Nein, mit seinem Verstand. Die Erde schien ihm entgegenzukommen. Und seine Finger ... Sie sahen seltsam fremd aus, überdimensioniert, als gehörten sie nicht zu seinem Körper.

Unwillkürlich riss er sie in die Höhe. Wie in Trance sah er dem fallenden Glas nach, bis es auf den Fliesen zerschellte und der Wein über den Boden spritzte wie frisches Blut.

Eine plötzliche Ahnung stieg in ihm auf. Der Corbière war kein Geschenk der Versöhnung gewesen, sondern eine Abrechnung.

Er wollte um Hilfe schreien, doch seine Lippen bewegten sich nicht. Sie waren taub, er konnte sie ebenso wenig spüren wie seine Füße.

Du darfst jetzt keine falsche Bewegung machen!

Langsam sank er auf die Knie. Tastete nach der Hauswand in seinem Rücken. Versuchte, das zunehmende Gefühl drohender Ohnmacht abzuschütteln. Es war zwecklos. Wie von außen beobachtete er, dass sich sein Bewusstsein in einen dunklen Tunnel zurückzog, bis alles leer war. Und still. So furchtbar still.

Vier Jahre später

I

»Was ist denn hier passiert?«

Ungläubig schüttelte Pierre den Kopf und trat ein.

Eine wohltuende Kälte hing in den alten Gemäuern und legte sich auf die sonnenerhitzte Haut. Der Geruch frischer Farbe erfüllte die Luft.

»Da staunst du, was?« Arnaud Rozier grinste breit.

»Allerdings.«

Als der Bürgermeister die letzte Besprechung vor den Feierlichkeiten zur Sommersonnenwende – den *Feux de la Saint-Jean* – nicht in der *mairie* ansetzte, sondern in der ehemaligen Burgruine, hatte Pierre sich schon gedacht, dass er ihm zeigen wollte, wie sehr die Renovierungsarbeiten im künftigen Museum für provenzalische Kunstgeschichte vorangeschritten waren. Bereits gestern war das Gerüst, das seit Monaten vor den Mauern gestanden hatte, wie von Zauberhand verschwunden, nur noch ein einsames Schild im Rasen zeugte von der Anwesenheit des Bauunternehmens aus Apt. Ja, Pierre hatte damit gerechnet, dass es etwas zu bestaunen gab. Aber das, was er nun sah, verschlug ihm doch die Sprache.

Sämtliche Lücken im Gemäuer waren ausgebessert worden,

die Risse im Boden geglättet. Einige der Fensterrahmen waren bereits gestrichen und glänzten in dunklem Rot.

Neugierig folgte er dem Bürgermeister durch die Räume und stieß einen leisen Pfiff aus.

Im westlichen Teil, wo ein Absperrgitter die fehlende Wand ergänzt hatte, stand eine neue Natursteinmauer, die sich so gut anpasste, als wäre sie schon immer dort gewesen. Und an der Stirnseite des östlichen Saals befand sich eine kunstfertig gestaltete Flügeltür aus Holz, die ihm bei der letzten Besichtigung im Oktober gar nicht aufgefallen war. Was daran liegen mochte, dass es dunkel gewesen war. Und dass Charlotte ihn begleitet hatte.

Bei dem Gedanken an den heimlichen Ausflug auf die Plattform musste er schmunzeln. Ganz oben, hinter den Zinnen, hatten sie über das Dorf hinaus auf den nächtlichen Luberon gesehen und waren sich sehr nahe gekommen. Bis die neugierige Madame Duprais sie mit dem Strahl einer riesigen Taschenlampe aufgeschreckt hatte. Seit jenem Tag waren Charlotte und er fest zusammen. Und noch heute, acht Monate später, weitete sich sein Herz, wenn er an sie dachte.

Pierre machte eine Kopfbewegung in Richtung des Saals. »Liegt hinter der Tür nicht das Ölmuseum?«

»Genau so ist es«, erklärte Rozier, und seine Stimme hallte. »Wir wollen die Bereiche zusammenlegen, als Teil eines neuen Gesamtkonzeptes, bei dem alle Räume miteinander verbunden sind. Was noch fehlt, ist ein zentraler Einlass. Und die sanitären Anlagen sind noch nicht fertig. Der Rest ist reine Kosmetik. Die ersten Exponate sind bereits eingetroffen, und in fünf Wochen wird das Museum eröffnet. Am ersten August, wie geplant.« Rozier setzte ein Gesicht auf, als hätte er die Burg eigenhändig renoviert.

»Eine echte Punktlandung!«, entfuhr es Pierre, der eine solche Schnelligkeit bei hiesigen Bauprojekten noch nie erlebt hatte. »Seit wann kannst du zaubern?«

»Ich weiß eben, wie man Handwerker zu Höchstleistung motiviert.«

»Handwerker und Höchstleistung sind zwei Dinge, die sich in der Provence eigentlich ausschließen.«

»Nicht, wenn man eine gute Menschenkenntnis besitzt – und eine gehörige Portion Einfühlungsvermögen«, erwiderte der Bürgermeister.

Dabei zwinkerte er verschwörerisch, und Pierre verkniff sich die Bemerkung, dass Rozier und Einfühlungsvermögen sich ebenfalls ausschlossen.

Auch wenn sich sein Verhältnis zum Bürgermeister merklich entspannt hatte, seit der seinen Forderungen nach einer besseren Ausstattung der Polizei und Anhebung der Gehälter nachgekommen war, so war dieses Entgegenkommen eher Ausnahme als die Regel. Rozier hatte sich bei der Anschaffung von Schusswaffen, Schutzwesten und Funkgeräten lediglich dem Druck des Präfekten gebeugt, der Pierre in seinem Anliegen unterstützt hatte, und handelte trotz einer zur Schau gestellten Zugewandtheit vor allem zweckorientiert. Was zur Folge hatte, dass jeglicher Ausbruch von Freundlichkeit bei Pierre Misstrauen auslöste.

Wahrscheinlich hatte der Bürgermeister die Arbeiter eher durch Bestechung, Druck oder Drohungen motivieren können als mit aufmunternden Worten – gegen die die meisten Handwerker, die Pierre kannte, ohnehin immun waren. Seit er selbst im vergangenen Herbst ein renovierungsbedürftiges Bauernhaus erstanden hatte, konnte er ein Lied davon singen. Ohne die Hilfe der Dorfbewohner wären die Arbeiten nicht fertig geworden.

»Gratuliere«, sagte Pierre beeindruckt und klopfte Rozier auf die Schulter.

Was auch immer der Grund für diesen erstaunlichen Baufortschritt war, sie alle hatten ihre Wette verloren. Die Männer der eingeschworenen Gemeinschaft von Sainte-Valérie hatten nicht unbeträchtliche Summen darauf gesetzt, dass das Museum für provenzalische Kunstgeschichte mit einer Verzögerung von mehreren Monaten fertig werden würde. Pierres Assistent Luc Chevallier war hier noch einer der Optimistischeren gewesen und hatte als Einziger an eine Fertigstellung bis zum Ende des Jahres geglaubt.

Und nun war die Eröffnung bereits am ersten August!

»Das ist noch nicht alles!«, sagte Rozier mit der Zufriedenheit eines Mannes, der sich geradewegs über die Gesetze der Schwerkraft erhob. »Unsere neue Kuratorin, Marianne Levy, war derart begeistert von den historischen Kulturgütern und Schriften in unserem Stadtarchiv, dass sie mir eine Erweiterung empfahl, die ich nicht ausschlagen konnte: Wir werden das Augenmerk nun nicht nur auf die bildende Kunst setzen, sondern auch auf die heimische Kulturgeschichte. Der gesamte erste Stock ist dieser Thematik gewidmet, inklusive wechselnder Ausstellungen, die sämtliche Aspekte unserer Historie beleuchten sollen. Mit dem neu erschaffenen *Museum für provenzalische Kunst- und Kulturgeschichte Sainte-Valérie* katapultieren wir unsere Burg unmittelbar auf eine Stufe mit denen in Les Baux, Gordes und Tarascon. Ach, was rede ich, wir werden sie überflügeln!«

Nun lachte er und strahlte wie ein Kind vor dem Weihnachtsbaum.

Pierre überging das demonstrative Heischen nach Beifall. »Der erste Stock ist ebenfalls fertig?«, fragte er.

»Nicht ganz. Die Räume dort werden wir in Etappen renovieren, je nach Finanzlage. Aber der Kaminsaal war noch so gut erhalten, dass wir im Gemeinderat beschlossen haben, ihn von Anfang an einzubeziehen. Und genau darum sind wir hier. Die Flamme vom Berg Canigou, die unsere Lichtträger morgen Mittag nach Sainte-Valérie bringen, soll dort entzündet werden. Im Raum für okzitanische Kulturgeschichte, mit der wir die Präsentation unseres historischen Vermächtnisses eröffnen wollen.«

»Da oben?« Irritiert folgte Pierre dem Bürgermeister zum Fuß der Wendeltreppe und spähte hinauf. Die Stufen waren noch immer ausgetreten und rutschig, der Aufgang war schmal. »Warum machen wir das nicht vor dem Eingang der *Église Saint-Michel*? Wie im Vorjahr.«

»Weil ich es mir anders überlegt habe. Was gibt es Symbolträchtigeres, als das länderüberspannende Feuer der Freundschaft und der Zusammengehörigkeit im Raum der okzitanischen Kultur zu entzünden? Madame Levy war ganz begeistert von der Idee und hat bereits damit begonnen, den Raum entsprechend auszustatten.«

»Und was sagt der Pfarrer dazu?«

»Der hat mit der Segnung und Verteilung der Brotstücke schon genug Aufmerksamkeit. Nur zu, sieh es dir an. Du wirst gar nicht anders können, als mir zuzustimmen.« Rozier warf ihm einen aufmunternden Blick zu und schob sich an Pierre vorbei.

Angespannt folgte Pierre ihm die Treppe hinauf, den Blick auf die Stufen geheftet. Sie waren kurz, nichts für große Füße, vor allem nicht im Gedränge, das hier unweigerlich entstehen würde. Allein der Gedanke an die in Feierlaune befindlichen Dorfbewohner und Trachtengruppen, die hinter dem Flammenträger die schmale Stiege hinaufeilen würden – samt dem Rattenschwanz an Touristen und Fotografen –, ließ Pierre daran zweifeln, dass Rozier noch bei Verstand war. Er mochte sich gar nicht ausmalen, was alles passieren konnte, wenn jeder von ihnen mit einer eigenen Fackel dieses Nadelöhr wieder hinabdrängte, um den Reisighaufen zu entzünden.

Nein, das war nicht zu verantworten!

Die Sicherheit der Menschen ging vor. Wenn etwas passierte, würde man ihn dafür haftbar machen. Da wäre der Bürgermeister einer der Ersten.

Kopfschüttelnd erklomm er die letzte Stufe zur ersten Etage. Was ihn dort erwartete, war, das musste er widerwillig zugeben, in der Tat beeindruckend.

Der große Saal war über und über mit Fahnen geschmückt, den rot-gelb gestreiften der urtümlichen Provence im Wechsel mit denen Okzitaniens, dem gelben Tolosanerkreuz auf rotem Grund. Über dem reich verzierten Kamin, der beinahe die gesamte Wandfläche einnahm, hing ein historischer Teppich mit dem Dorfwappen von Sainte-Valérie.

Pierre musste gestehen, dass er noch nie so genau hingesehen hatte, obwohl die Fahne des Dorfs neben der französischen und der der Region Provence-Alpes-Côte d'Azur über dem Eingang der *mairie* wehte. In dieser Größe aber war das Wappen derart beeindruckend, dass er einen plötzlichen Stolz für seine neue Heimat empfand. Links war der Burgturm eingewebt, gelb auf rotem Grund, und rechts eine weiße Ziege, die sich vor provenzalischem *bleu* auf die Hinterbeine stellte.

»Und hier«, sagte Rozier und trat zu einem Podest, auf dem eine altmodische Gaslampe thronte, »werden wir die heilige Flamme verwahren, die unsere Gesandten morgen Mittag in Arles entgegennehmen. Nun, was sagst du? Einen besseren Rahmen kann man sich kaum vorstellen, nicht wahr?«

Wie er so dastand, inmitten der Szenerie, und die Arme weit ausstreckte, als sei er der König dieser Burg, schwante Pierre, warum Rozier hier in diesem Raum die Zeremonie abhalten wollte. Auf Fotos würde sich das ganze symbolträchtige Tamtam sicher gut machen. So gut, dass Pierre sich fragte, ob der Bürgermeister bereits auf die nächsten Wahlen schielte, die zu Beginn des kommenden Jahres über eine neue Amtszeit entscheiden sollten.

Unwillig schüttelte Pierre den Kopf. »Das wird nicht funktionieren.«

»Ich habe dich nicht um deine Zustimmung gebeten!« Roziers Stimme war schneidend. »Als *Chef de police municipale* stehst du unter meiner Führung. Wenn ich etwas anordne, dann hast du dich dem zu beugen.«

»Nicht, wenn ich damit gegen die Vorschriften verstoßen muss.«

»Wovon zum Teufel redest du? Es ist doch nur eine Frage der Organisation. Man kann die Leute, die ihre Fackeln entzündet haben, ja auch einzeln die Treppe wieder hinunterlassen, da passiert nichts.«

»Mehrere hundert? Dann sind wir noch am Sankt Nimmerleinstag zugange.« Pierre verschränkte die Arme. »Nicht mit mir.«

Der Bürgermeister zog die Brauen zusammen und wollte wohl gerade zu einer scharfen Erwiderung ansetzen, als ein Ruck durch seinen Körper ging und sein Mund sich zu einem engelsgleichen Lächeln verzog.

»In Ordnung, Pierre«, begann er sanft. »Ich kann das verstehen. Wahrscheinlich hast du jetzt ein ganz furchtbares Bild im Kopf, und das ist auch richtig so. Denn du bist für die Sicherheit im Dorf zuständig, gerade bei solchen Veranstaltungen. Da lastet eine Menge Druck auf deinen Schultern, nicht wahr?«

»Allerdings«, bestätigte Pierre und runzelte die Stirn. Was war denn mit dem los?

»Es bleibt natürlich dir überlassen, ob du es dir zutraust, das zu regeln«, fuhr Rozier fort. »Aber bevor du dich vorschnell festlegst, möchte ich dich an eine ähnliche Situation erinnern, die wir alljährlich wie selbstverständlich und ohne jede Komplikation meistern. Denk nur an all die Messen, an denen der Pfarrer den Kinderchor mit den Kerzen in der Hand einziehen lässt. Glaubst du, da sind dann mehr Flammenträger im Gang unterwegs als bei unserem Fackelzug oder weniger?«

»Soll das eine Frage sein?«

»Ja. Na, los. Was schätzt du?«

Irritiert sah Pierre den Bürgermeister an, zuckte dann aber die Schultern. Er war zwar kein Kirchgänger, aber die Antwort war denkbar einfach.

»Bei den *Feux de la Saint-Jean* sind es weit mehr. Nicht nur, dass die gesamte Dorfgemeinschaft daran teilnimmt, es kommen ja auch noch Besucher von außerhalb.«

»Und wie viele von denen tragen eine Fackel?«

Da musste Pierre genauer nachdenken. Im vergangenen Jahr waren es vor allem die Mitglieder des Kulturvereins und ein paar Jugendliche gewesen. »Rund dreißig Personen.«

»Es sind weniger, Pierre, ich habe mir die Bilder dazu angesehen. Es waren vielleicht zehn, fünfzehn Leute, die eine Fackel mitbrachten. Damit dürften es weit weniger sein als die Chorkinder, die an Festtagen mit Kerzen einziehen.« Rozier lächelte gütig. »Hast du jemals von einem Feuer gehört, das während der heiligen Messe ausgebrochen ist?«

»Nein, aber der Mittelgang der Kirche ist auch breiter.«

»Dafür gehen die Kinder paarweise durch die Reihen. Durch dicht besetzte, wohlgemerkt, vor allem an Weihnachten. Glaubst du, der Pfarrer würde so etwas zulassen, wenn es irgendwelche Sicherheitsbedenken gäbe?« Der Bürgermeister hob eine Braue, ohne das Lächeln zu vermindern. »Gerade bei Kindern!«

»Wahrscheinlich nicht.« Pierre seufzte. Rozier hatte sein Bild mit einem simplen Vergleich ins Wanken gebracht, und das ärgerte ihn. Noch schlimmer allerdings war es, wie ein Hasenfuß dazustehen, der in puncto Vorsicht noch den Pfarrer zu überflügeln drohte.

»Wenn es wirklich höchstens fünfzehn Personen sind«, überlegte er laut, »wäre das tatsächlich machbar. Man würde nach der Zeremonie die normalen Zuschauer zuerst wieder hinauslassen, damit sie auf dem Burgplatz ein Spalier bilden. Wenn man dann die Fackelträger einzeln hinunterschickt, müsste es den Sicherheitsstandards genügen.«

»Eine gute Entscheidung, Pierre. Ich wusste doch, dass du ein kluger Mann bist.« Rozier trat näher und nahm ihn bei den Schultern. »Der beste, den ich habe.«

Er sagte es mit einer Theatralik, die Pierre einen Schritt zurücktreten ließ, so dass der Bürgermeister seine Hände – nach einem bestärkenden Nicken – wieder fortnahm und einen Schlüssel aus der Jackentasche kramte.

»Hier«, sagte er, »am besten, du sperrst die anderen Räume mit einem Polizeiband ab, damit die Leute nicht auf falsche Gedanken kommen. Nicht, dass wir das Ganze noch einmal renovieren müssen, was?« Er lachte. »Und nun an die Arbeit. Meine Rede ist noch nicht einmal zur Hälfte fertig.«

Pierre nahm den Schlüssel entgegen und nickte matt. Auch wenn er das Zugeständnis freiwillig gemacht hatte, fühlte er sich komplett überrumpelt. Und das war etwas, das er überhaupt nicht mochte.

Bevor er noch etwas erwidern konnte, knackte es in seinem Funkgerät. Pierre hob es auf Höhe seines Gesichts und drückte den Sprechknopf.

»Ja?«

»Wo steckst du denn?«, hallte es blechern durch den Raum. »Geht dir der Alte etwa wieder auf den Sack?« Es folgte ein jungenhaftes Kichern. »Kommst du zum Platz bei der Bühne? Du wirst hier gebraucht.«

Es war Luc Chevallier, sein Assistent. Pierre stieß einen Stoßseufzer aus.

»Bin schon auf dem Weg«, sagte er und nickte Rozier, dessen Gesichtsfarbe gerade ins Dunkelrot wechselte, achselzuckend zu. Dann eilte Pierre an ihm vorbei und die Treppe hinunter zum Ausgang. Er musste Luc unbedingt noch einmal darauf aufmerksam machen, dass bei Funkgeräten – im Gegensatz zum Mobiltelefon – jeder mithören konnte. Auch der Bürgermeister.

2

Er fand seinen Assistenten an der Ladeluke eines gewaltigen Transporters, von dem Pierre sich fragte, wie er durch die engen Gassen hatte gelangen können. Normalerweise war der Bereich um die *Place du Village* für Autos gesperrt, nur in den frühen Morgenstunden legte man die Poller um, damit die ansässigen Geschäfte beliefert werden konnten. Auch für die Marktbestücker mit ihren großen Anhängern öffnete man den Platz, aber dafür gab es die Zufahrt beim Bürgermeisteramt, die als einzige breit genug war.

Im Gegensatz zu dieser hier.

Mit eingezogenem Bauch kämpfte Pierre sich durch den engen Spalt zwischen Wagen und Mauer und stieß einen Fluch aus, als er auf dem Dach des Transporters Reste einer Wäscheleine samt Baumwollschlüpfern sah.

»Bist du denn von allen guten Geistern verlassen?«, rief er Luc entgegen. »Das Ding hier versperrt die gesamte Gasse! Da kommt ja kein Mensch mehr durch.«

Sein Assistent, der gerade einige Metallstangen entgegennahm, hielt inne. »Was?« Er blickte um sich und runzelte erstaunt die Stirn, als hätte er sich darüber noch keine Gedanken gemacht. Dann zuckte er die Schultern. »Warte, bin gleich wieder da.«

Wankend ging er mit seiner Last in Richtung des Platzes, auf dem die Bühne aufgebaut werden sollte, und legte sie neben dort bereits aufgetürmte Metallkisten.

»Der ist gleich weg, Chef«, sagte er, als er zurück war, und wischte sich mit dem Handrücken über das schweißnasse Gesicht. »Wenn alle mit anpacken, geht das ganz schnell.«

»Warum hast du dem Fahrer nicht die übliche Zufahrt zugewiesen?«

»Ich habe den Schlüssel für den Poller in der Wache vergessen.«

»Und warum hast du ihn nicht rasch geholt? Der Wagen hat eine Wäscheleine samt Anhang mitgerissen.«

»Oh.« Luc trat einen Schritt zurück und begutachtete das Malheur mit zusammengekniffenen Augen. »Die sind von Madame Germain. Ich bringe sie ihr nachher zurück.«

Woher Luc wusste, wie die Unterhosen der Frau des Poststellenleiters aussahen, wollte Pierre lieber nicht ergründen. Also atmete er tief durch und blies mit dicken Backen die Luft aus. »Na schön, warum hast du mich gerufen?«

»Dein Typ wird verlangt.« Er wandte sich in Richtung des Platzes. »Hallo«, rief er winkend, »kommen Sie? Mein Chef ist da.«

Eine junge Frau, die auf dem Brunnenrand gesessen hatte, erhob sich und kam auf sie zu. Sie trug Jeans und T-Shirt, war nicht groß, aber sehr schlank und hatte einen geschmeidigen Gang, der ihr dunkles hüftlanges Haar bei jedem Schritt sanft bewegte.

»Sie möchten mich sprechen?«, fragte sie. »Ich bin Aurelie Azéma.«

»Sehr erfreut, Pierre Durand.« Er hatte sie erkannt, noch bevor sie sich vorstellte. Das Gesicht der Sängerin, die beim morgigen Konzert der Band *Viva Occitània!* einen Gastauftritt haben sollte, prangte auf den Plakaten, die seit Wochen an Mauern und Einfahrten klebten. »Wie kann ich Ihnen helfen?«

»Mir? Ich dachte …« Sie sah Luc fragend an. »Sie haben mich doch gerade zu sich gewunken?«

»Ähm.« Luc grinste dümmlich. Dabei wurde er rot bis an die Haarwurzeln. »Es tut mir leid, da ist mir wohl mein Blick …« Er sah wieder in Richtung des Brunnens. »Eigentlich meinte ich den Herrn da.«

Er lächelte noch einmal entschuldigend und wartete, bis sich die Sängerin schulterzuckend entfernte, dann zeigte er auf einen Mann mit Strohhut, der sich inzwischen genähert hatte.

»Das ist Maxim Sachet, er ist Journalist.«

Sachet trug eine hochgekrempelte Hose und ein weißes Hemd, das am Bauch spannte. Er mochte Anfang sechzig sein, vielleicht war er auch jünger. Das Gesicht zeigte deutliche Spuren eines Lebens, das ganz auf Genuss ausgerichtet war; mit rotgeäderten Wangen und einem üppigen Doppelkinn.

»Wie schön, ich habe Sie schon überall gesucht«, sagte er mit sonorer Stimme und streckte Pierre seine Hand entgegen. »Ich habe ein paar Fragen zum Fall …« Er stockte. »Sie sehen anders aus, als ich Sie mir vorgestellt habe. Waren Sie denn vor vier Jahren auch schon Leiter der hiesigen *police municipale*?«

»Ja. Das heißt, mein Dienst begann im September. Der Mann, der vor mir *Chef de police* war, hieß Gilbert Fortin.«

»Wissen Sie, wo ich ihn finden kann?«

»Er ist im Ruhestand. Soweit ich weiß, ist er damals auf die andere Seite des Tals gezogen. Nach Ménerbes.«

»Lebt er da noch?«

»Ich denke schon. Ich habe lange nichts mehr von ihm gehört.«

Sachet rieb sich das Kinn. »Das ist seltsam. Finden Sie nicht auch?«

»Was soll daran seltsam sein?«

»Normalerweise pflegen die Bewohner dieses Landstriches

doch lebenslange Freundschaften. Vor allem zu jemandem, der wichtiger Teil der Gemeinschaft gewesen sein soll.«

»Es ist nicht mehr alles so wie früher«, entgegnete Pierre. »Die Leute werden mobiler, selbst die Alten.«

Insgeheim jedoch musste er sich eingestehen, dass der Mann Recht hatte. Die Stelle als *Chef de police* war völlig unverhofft frei geworden, angeblich aus gesundheitlicher Notwendigkeit, daher hatte er sich nichts dabei gedacht, dass die Einweisung nicht durch seinen Vorgänger erfolgt war. Doch nun fiel ihm auf, dass Fortin, der ihm zu Beginn von so manchem Bewohner von Sainte-Valérie als Tausendsassa präsentiert worden war, als unerschütterlicher Held im Dienste des Dorfes, darüber hinaus keinerlei Erwähnung mehr fand.

Sachet hatte währenddessen damit begonnen, auf seinem Smartphone herumzutippen. Jetzt schüttelte er den Kopf. »Nichts. Kein einziger Eintrag zum Namen Fortin in Ménerbes. Können Sie seine Adresse für mich herausfinden? Es wäre wirklich sehr wichtig.«

»Ich denke schon …« Pierre zögerte. »Was wollen Sie denn von ihm wissen?«

»Pressegeheimnis«, erwiderte Sachet schmunzelnd. »Ich würde es Ihnen wirklich gerne sagen, aber ich will hier keine falschen Gerüchte in die Welt setzen.« Dann sah er wohl ein, dass er so nichts erreichen würde, und nahm Pierre beiseite, bis sie außer Hörweite waren. »Ich bin da an einer Sache dran, die höchst explosiv werden könnte. Ihr Vorgänger hatte, soweit ich weiß, einen guten Einblick. Ich benötige seine Einschätzung.«

»Na schön, ich werde sehen, was sich machen lässt. Wo kann ich Sie erreichen?«

»Ich habe ein Zimmer in der *Auberge Signoret*. Wenn Sie mich nicht antreffen, hinterlassen Sie einfach eine Nachricht am Empfang.«

Maxim Sachet hatte ihn neugierig gemacht. Nicht nur, dass er wissen wollte, wie es dem alten Fortin, den er selbst nie kennengelernt hatte, in der Zwischenzeit ergangen war, sondern auch, weil die Andeutung des Journalisten so geheimnisvoll gewesen war. Etwas Explosives wollte er recherchieren, was er damit wohl gemeint hatte?

Also ging Pierre direkt in die Wache, um in den Adressdateien nach Fortins Wohnort zu schauen.

Als er die Tür aufsperrte, empfing ihn das leise Summen der mobilen Klimaanlage, die vor wenigen Tagen hier Einzug gehalten hatte. Seitdem war die Hitze, die das Arbeiten in den Sommermonaten nahezu unmöglich gemacht hatte, einer angenehmen Raumtemperatur gewichen.

Pierre drehte das Abwesenheitsschild an der Fenstertür um und ging direkt in sein Büro, fuhr den Computer hoch und durchforstete die Kontaktdaten. Nichts. Weder im digitalen Adressbuch noch im hölzernen Karteikasten, den sein Vorgänger ihm hinterlassen hatte.

Nach einer Weile musste er einsehen, dass es verschwendete Zeit war, er würde besser Gisèle anrufen. Die betagte Empfangsdame des Bürgermeisteramtes war bestens sortiert. Außerdem hatte sie Einblick in sämtliche Akten der Verwaltung.

»Monsieur Durand«, flötete sie mit einer Begeisterung durch die Leitung, als hätten sie sich nicht gerade gestern gesehen. »Wie geht es Ihnen?«

Seit einem knappen Jahr hatte sich Gisèles sprödes Wesen, mit dem sie anderen Menschen im Allgemeinen begegnete, ihm gegenüber in eine Art mütterlicher Fürsorge verwandelt. Woran es gelegen hatte, konnte Pierre nicht sagen. Es war ganz plötzlich geschehen, von heute auf morgen. Abgesehen davon, dass es Gisèle erstaunlich sympathisch machte, erleichterte es auch die Zusammenarbeit.

»Danke, bestens«, antwortete Pierre und kam gleich zur Sache. »Haben Sie die Telefonnummer von Gilbert Fortin? Ein Journalist hat sich nach ihm erkundigt, und ich möchte gerne vorfühlen, ob es Fortin überhaupt recht ist, dass ich sie weiterleite.«

»Was will er denn?«

»Das hat er nicht gesagt. Aber es geht wohl um etwas, das vor vier Jahren vorgefallen ist.«

»Ach …«, sagte sie nur. Und dann, mit ironischem Unterton: »Na, da wird sich Gilbert aber freuen.«

»Wie meinen Sie das?«

»Nun, es hat hier eine Menge Aufregung gegeben, aber das soll er Ihnen lieber selbst erzählen. Ich mische mich da nicht noch einmal ein. Warten Sie, ich schaue mal nach …«

Pierre hörte das Aufziehen und Zuschlagen von Schubladen, dann das Rascheln von Papier.

»Ich habe die Telefonnummer gefunden«, sagte Gisèle endlich. »Aber ich weiß nicht, ob sie noch aktuell ist. Brauchen Sie auch die Adresse?«

Pierre ließ sich beides geben und legte auf.

Nachdenklich betrachtete er das Notierte. So schnell hatte Gisèle noch nie ein Gespräch beendet. Was meinte sie damit, dass es eine Menge Aufregung gegeben hätte? Pierres Neugier wuchs. Kurzerhand rief er die Nummer an und ließ es ausdauernd klingeln. Gerade wollte er auflegen, als doch jemand ranging.

»*Oui*?« Die Stimme klang müde.

»Monsieur Gilbert Fortin? Ich hoffe, ich störe nicht.«

»Wer spricht denn da?«

»Mein Name ist Pierre Durand, *Chef de police municipale* von Sainte-Valérie. Ich bin Ihr Nachfolger.«

»Ah. Hab schon von Ihnen gehört.«

»Ich hoffe, nur Gutes.«

Es hatte ein Scherz sein sollen, um das Gespräch ein wenig aufzulockern, aber es misslang kläglich. Am anderen Ende der Leitung war nur ein Grunzen zu hören.

»Monsieur«, fuhr Pierre unbeirrt fort, »ich wollte nur wissen, ob es Ihnen recht ist, wenn ich Ihre Telefonnummer an einen Journalisten weitergebe. Er heißt Maxim Sachet, und er …«

»Unterstehen Sie sich!«

Ungläubig starrte Pierre auf den Hörer und schüttelte den Kopf. Der Mann hatte einfach aufgelegt.

3

Als Pierre sich am Abend neben Luc an den Ausgabetresen des *Café le Fournil* stellte und ihm mit einem *bière blonde* zuprostete, hatte der Himmel bereits die Farbe reifer Aprikosen angenommen.

Die Strahlen der untergehenden Sonne ließen die bunten Fassaden der Häuser leuchten und hüllten den Ort in einen samtenen Schimmer. Die Luft war warm und weich und erfüllt von dem Geruch der vielfältigen Speisen, die die Menschen in den Lokalen rund um die *Place du Village* genossen. Auf der Außenterrasse des *Chez Albert* wurden mehrere Tische zusammengeschoben, an denen die soeben eingetroffene Band samt Entourage Platz nahm. Fünf Musiker und drei weitere Männer, und mittendrin die Sängerin Aurelie Azéma, deren wohlklingendes Lachen über den Platz hallte.

»Laut Wetterdienst soll es morgen wieder weit über dreißig Grad geben«, sagte Luc in diesem Moment und zog den Saum seines Shirts hoch, um sich Luft zuzufächeln. Dabei setzte er den Duft eines neuen Rasierwassers in Bewegung, der Pierre schon vor einigen Tagen angenehm aufgefallen war. »Ich hoffe, wir bekommen wenigstens etwas Wind.«

Pierre trank einen großen Schluck aus der Flasche. Das Bier rann ihm kühl den Hals hinunter, und zum ersten Mal an diesem Tag verspürte er so etwas wie Entspannung.

»Ja, eine erfrischende Brise wäre nicht schlecht«, nickte er. »Oder Regen. Aber besser erst nach dem Fest.«

Pierre stellte das Bier ab und biss in sein Sandwich mit *poulet rôti*, das noch warm vom Grill war, als vom *Chez Albert* verhaltenes Trommeln herüberschallte. Pierre hielt kauend inne und wandte den Kopf.

Die Musiker hatten sich zueinandergebeugt, einer von ihnen klopfte den Takt auf die Tischplatte, während ein weiterer begann, rhythmisch zu klatschen. Ein sonores Summen setzte ein, das in einen verhaltenen, aber dennoch weit über den Platz wahrnehmbaren Gesang mündete. In einer Sprache, von der Pierre nur wenige Worte verstand, offenbar eine Variante des Provenzalischen, das er nur bruchstückhaft kennengelernt hatte. Es war eine traditionelle, melancholische Melodie, die mit jeder einsetzenden Stimme unmittelbar an Dynamik gewann. Vor allem die des Mannes mit dem schulterlangen Haar, in dem Pierre den Bandleader von *Viva Occitània!* erkannte, hob sich mit großer Eindringlichkeit von den anderen ab, war wie ein Vibrieren, das direkt in die Magengrube fuhr.

Spaziergänger blieben stehen, kamen näher, um dem unverhofften Spektakel beizuwohnen. Es wurden Stühle herangezogen und Hälse gereckt, und als Aurelie Azéma ihre dunkle Stimme über den Klangteppich erhob, spürte Pierre, dass er am ganzen Körper Gänsehaut hatte.

Erste Zuschauer wippten zum Takt der Musik, einer von ihnen tanzte mit geschlossenen Augen, klatschte dabei frenetisch in die Hände, bis zwei Kellner die Szene beendeten, indem sie mehrere gefüllte Teller durch die Menge balancierten und auf der Tafel der Musiker abstellten.

»*Et voilà, bon appétit!*«

Stille breitete sich aus, die Zuschauer verharrten, auf eine Zugabe hoffend, bis die Musiker sich lachend abklatschten und dann ihrem Essen zuwandten.

»Toll, nicht wahr?«, wisperte Luc ehrfürchtig. »Aurelie

Azéma hat für ihren Gesang schon bedeutende Preise gewonnen. Und der Große dort, der mit dem dunklen langen Haar, ist Léo Turpin, der kann mit seiner Stimme Massen bewegen. Als die Band auf dem *Festival Rio Loco* gespielt hat, ist ganz Marseille ausgeflippt.«

Das war natürlich schamlos übertrieben. Aber da *Viva Occitània!* den Ruf besaß, einen Pulk Fans zu mobilisieren, die ihren Idolen zu den Auftritten hinterherreisten, hatte Pierre neben Feuerwehr, Sanitätern und Helfern auch Kollegen von der Gendarmerie angefordert, um die örtliche *police municipale* bei der Regelung des Verkehrs und der Sicherheit während der Veranstaltung zu unterstützen.

Inzwischen hatten sich die Zuschauer zerstreut, und das abendliche Stimmengewirr setzte langsam wieder ein. Pierre lehnte sich an den Tresen und ließ den Blick über den Platz schweifen. Dabei verspürte er eine Unruhe in sich aufwallen, von der er nicht sagen konnte, ob sie aus freudiger Erwartung resultierte oder aus plötzlicher Sorge.

Hastig nahm er einen weiteren Schluck von seinem Bier, als könne er die innere Spannung damit hinwegspülen.

Alles war bereit.

Dort drüben, bei der *Église Saint-Michel* stand die große Bühne, flankiert von drei weißen Pavillons, in denen gegrillte *chorizo au taureau* mit *frites* angeboten werden sollte und *tourtou*, eine Art Crêpe, nach alter Tradition mit Buchweizenmehl gebacken. Den dritten Stand hatte Philippe gemietet, der Inhaber der *Bar du Sud*, der seine gesamte Verwandtschaft zusammengetrommelt hatte, um während des Fests Getränke auszuschenken. Der Bereich beim Bouleplatz, wo man den Reisighaufen für das Feuer aufgetürmt hatte, war abgesperrt, und überall zwischen Bäumen und Straßenlaternen hingen kreuz und quer über den ganzen Platz gelbe Fähnchen im Wechsel mit roten. Die Farben Okzitaniens und der Provence, mit denen auch der Kaminraum in der Burg dekoriert worden war.

»Ich frage mich gerade«, sagte Pierre nachdenklich, »warum die Provenzalen ein Fest feiern, das seinen Ursprung in einer katalonischen Tradition hat.«

»Okzitanien ist überall«, sagte Luc und sah ihn mit erstauntem Blick an. »Von Katalonien über die Provence bis in das Piemont. Wusstest du das nicht?«

»Bis in das Piemont hinein?«

»Ja, das alte Okzitanien reicht bis in die Täler von Cuneo, zum Teil sogar in die Provinz Imperia. Die Flamme beschwört eine uralte Gemeinschaft, über zwei Landesgrenzen hinweg.«

»Erstaunlich«, sagte Pierre. Ob der Bürgermeister sich der Bedeutung bewusst war, die dieses Fest mit sich trug?

Als Rozier vor drei Jahren den Gemeinderat davon überzeugte, diese in vielen Orten wiederbelebte Tradition auch in Sainte-Valérie einzuführen, hatte er das vor allem als wunderbare Möglichkeit zur kulturellen Erbauung der Gäste präsentiert.

»Ein Fest in den Sommermonaten ist geradezu prädestiniert, in unseren Veranstaltungskalender aufgenommen zu werden«, hatte er geworben. »Damit wird unser Ort für die Urlauber noch attraktiver.«

Die *Feux de la Saint-Jean* waren allerdings weniger zugkräftig als gehofft. Bis der Bürgermeister in diesem Jahr selbst die Leitung übernommen hatte und sogar Radio-Spots schalten ließ, natürlich mit ihm selbst in der Hauptrolle.

»Kommen Sie nach Sainte-Valérie«, hatte Rozier über den Äther geschickt, »und erleben Sie einen berauschenden Abend, den Sie nie mehr vergessen werden!«

In diesem Moment, als Pierre daran dachte, ahnte er, dass der Bürgermeister ihn am Morgen übers Ohr gehauen hatte.

Wenn Roziers Plan aufging, würde es die größte Veranstaltung werden, die Sainte-Valérie jemals erlebt hatte. Wie viele der Besucher würden wohl eine eigene Fackel mitbringen?

»*Zut!*«

Pierre trank den letzten Schluck seines Biers und stellte die leere Flasche auf den Tresen. Er ärgerte sich, dass er nicht standhaft geblieben war. Aber nun war es zu spät. Die Männer der freiwilligen Feuerwehr waren informiert, mehr konnte er momentan nicht tun. Außer beten.

»Was hast du gesagt?«, fragte Luc.

»Ach, nichts. Ich habe überlegt, ob ich noch in die *Bar du Sud* gehen soll. Kommst du mit?«

»Nein, Florence hat gleich Feierabend.« Sein Assistent wies mit dem Kopf in Richtung des *Café le Fournil*, in dem seine neue Freundin als Serviererin arbeitete. »Heute gehen wir früh ins Bett.« Luc grinste breit. »Aber nicht das, was du denkst. Wir wollen morgen früh um fünf aufstehen. Kräuter sammeln.«

»Seit wann interessierst du dich für so etwas?«

»Schon immer! Jedenfalls am Johannistag.« Luc zeigte in den Himmel, dessen Saum inzwischen violett schimmerte. »In der Nacht vom 23. auf den 24. Juni herrscht auf Erden die stärkste Energie des ganzen Jahres. Diese fließt auch in die Kräuter von *Saint-Jean*, dem heiligen Apostel Johannes: Schafgarbe, Wermut, Hauswurz, Gundelrebe, wilde Gänseblümchen, Johanniskraut und Salbei. In dieser Nacht füllen sie sich mit purer Magie. Deshalb muss man sie morgens sammeln. Wenn sie noch vom Tau bedeckt sind, dann ist die Kraft am größten.«

»Das ist nicht dein Ernst!«

»Doch! Das ist Teil eines uralten Wissens. Man kann damit sogar einen Liebestrank brauen.« Luc zwinkerte ihm verschwörerisch zu. »Willst du wirklich noch in die Bar? Was ist mit Charlotte? Diese Nacht sollte man mit seiner Liebsten verbringen.«

»Sie muss arbeiten«, antwortete Pierre knapp.

Seit sie als Chefköchin in der *Domaine des Grès* gekündigt hatte, war sie nahezu täglich im Restaurant eingesetzt worden, um ihren Nachfolger in kürzester Zeit einzuweisen. Pierre hatte sie in den vergangenen Wochen kaum noch zu Gesicht bekommen, was sich hoffentlich sehr bald ändern würde.

Mit einem Mal wurde es wieder laut auf dem Platz. Aus der *Bar du Sud* drang Geschrei. Dann wurde die Tür aufgestoßen, und der Journalist stolperte heraus, verfolgt von einem Schwall wilder Flüche. Er strauchelte, fing sich wieder, dabei flog sein Strohhut zu Boden. Sichtlich aufgebracht hob er ihn wieder auf und klopfte ihn ab.

»So schnell werdet ihr mich nicht los!«, schrie er in Richtung Bar und stapfte dann mit einem Kopfschütteln davon.

Pierre, der sich schon bereit gemacht hatte, einzugreifen, entspannte sich wieder. Ein Streit zwischen Betrunkenen, es würde sicher nicht bei diesem einen bleiben.

»Kommst du, *mon loup*?«

Florence war unbemerkt neben sie getreten. Die mollige junge Frau mit dem blond gefärbten, hochgesteckten Haar schmiegte sich an Lucs Brust, die nicht mehr ganz so schmächtig war – dem beharrlichen Muskeltraining sei Dank.

»*Oui, ma puce.*«

Luc hob ihr Kinn und küsste Florence mit einem derart innigen Zungenspiel, dass Pierre den Rest seines Sandwichs einwickelte und sich mit einem knappen Gruß entfernte.

Wolf und Floh. Grundgütiger!

Grummelnd durchquerte er die beleuchteten Gassen und bog in die *Rue des Oiseaux*, wo er den Wagen geparkt hatte. Die Lust auf einen Besuch in der Bar war ihm vergangen. Er würde jetzt nach Hause fahren, eine Flasche Rotwein öffnen und sich früh schlafen legen.

4

Er hatte in ein Wespennest gestochen. In ein gewaltiges, wie sich zeigte. Am Anfang war es nur eine Ahnung gewesen, die Idee einer großen Story. Es hatte sein Jagdfieber geweckt, nun aber war er auf der richtigen Spur, ganz nah dran. Die Sache hatte sich auf eine Weise entwickelt, die er nie für möglich gehalten hätte. Die Lösung war fast schon perfide, kein Wunder, dass niemand sie in Erwägung gezogen hatte.

»Haben Sie schon gewählt? Die Küche schließt bald.«

Er blickte auf. Die Kellnerin stellte ein Glas auf den Tisch und goss mit einer gekonnten Bewegung den Rotwein ein. Dann stellte sie die Flasche ab und lächelte ihn an. Die flackernde Kerze des Windlichts beleuchtete ihr Gesicht. Sie war jung und hübsch, hatte einen knackigen Po, das war ihm bereits vorhin aufgefallen, als er den besten Wein auf der Karte geordert hatte, um seine Wut hinunterzuspülen.

»Ja, das habe ich.« Er lehnte seinen Arm über die Stuhlkante, so dass er die wohlgeformte Rundung mit seinen Fingern beinahe berühren konnte. Dann warf er einen Blick auf die Karte. »Die *artichauts à la barigoule* klingen verlockend. Womit sind die Artischocken denn gefüllt?«

»Mit geräuchertem Speck und einem mit Thymian aromatisierten Gemüseconfit.«

»Die nehme ich.«

»Gerne. Darf ich Ihnen einen Hauptgang empfehlen?«

»Nur zu. Ich möchte Fleisch.« Er lehnte sich ein Stück zur

Seite und streckte die Finger aus. Nur noch wenige Millimeter …

»Dann empfehle ich Ihnen das *côte de veau*. Das Kalbskotelett wird serviert mit kandierten Feigen in Rotweinsauce, Zwiebelkonfitüre und *pommes noisettes*.«

»Wunderbar. Den Nachtisch wähle ich später.«

»Sehr gerne, Monsieur.«

»Sie dürfen mich Maxim nennen.«

Sie lächelte hilflos, trat dann zurück, stieß dabei mit ihrem Po gegen seine Hand. »Oh, Verzeihung«, sagte sie erschrocken und entfernte sich rasch.

Grinsend sah er ihr nach. Seine Laune hatte sich schlagartig gebessert.

Zufrieden lehnte er sich zurück und genoss das luxuriöse Ambiente. Aus den Lautsprechern tönte leiser Jazz. Von seinem Platz aus konnte er über die lavendelbepflanzten Kübel hinweg direkt in den gepflegten Garten der *Domaine des Grès* sehen. Akkurat gestutzte Buchsbäume, Blumen mit üppigen weißen Blüten und Ruhe-Inseln aus Korbgeflecht.

Es war eine gute Idee gewesen, hierherzufahren, auch wenn es eigentlich zu spät war für ein ganzes Menü. Dies war genau der richtige Ort, um seine Wunden zu lecken und Kraft zu tanken für den morgigen Tag. So schnell würde er sich nicht geschlagen geben. Es gab andere Wege, um ans Ziel zu kommen.

Er trank einen Schluck Rotwein, ganz ohne das übliche Ritual des Schwenkens, Schlürfens und Kauens, und dachte an seine Recherchen, die Ungeahntes aus den Tiefen der Vergangenheit heraufbefördert hatten.

Ein Mörder war ungeschoren davongekommen, weil er glaubte, an alles gedacht zu haben.

Ein Irrtum!

Er würde ihn enttarnen. Schon bald würde er mit allen relevanten Personen gesprochen haben. Und dann würde er die Bombe platzen lassen.

5

Als Pierre erwachte, war es draußen noch grau. Er hatte nicht gut schlafen können, sich über Stunden gewälzt, und als er endlich in einen Dämmerzustand glitt, hatte er wirres Zeug geträumt von Fackeln und einer Feuerwand, so dass er erschrocken auffuhr und sich überrascht umsah, froh, dass es nur ein Traum gewesen war.

Erschöpft rieb er sich die Augen und versuchte, das Gespenst düsterer Vorahnung zu vertreiben, bis er einsah, dass er es nicht loswerden würde, wenn er nicht aufstand und sich einen Kaffee machte.

Vorsichtig setzte Pierre sich auf und sah zu Charlotte, die neben ihm lag und tief und fest schlief. Die Locken ihres braunen Haars verdeckten ihr Gesicht, doch ihr Mund lag frei. Es war ein außergewöhnlich schön geschwungener Mund, dachte er, einer, der ansteckend lachen, sich spöttisch verziehen und wunderbar küssen konnte.

Charlotte, die einen Schlüssel zu seinem Haus besaß, war kurz vor Mitternacht noch vorbeigekommen, müde von der Arbeit, und hatte sich wortlos zu ihm ins Bett gelegt. Sie hatte ihren warmen Körper an seinen geschmiegt und war augenblicklich eingeschlafen, während er hellwach dalag angesichts ihrer plötzlichen Nähe.

Sanft strich Pierre ihr nun eine dunkle Locke aus dem Gesicht und hauchte einen Kuss auf das Haar, bevor er sich leise vom Bett erhob.

»Guten Morgen, *mon policier*.«

Er wandte sich um. »Du bist wach?«

Sie nickte, ohne die Augen zu öffnen. »Ich habe mir vorgenommen, mit dir aufzustehen.«

»Es ist viel zu früh, gerade einmal fünf.«

»Ach?«

Mit einem Seufzer drehte sie sich auf die Seite und begann kurz darauf, tief und gleichmäßig zu atmen.

Pierre setzte die Füße auf den kalten Steinboden und ging ins Bad. Als er wenig später mit einer Tasse frisch gebrühtem Kaffee in der Küche stand und nach draußen sah, dachte er, dass es vielleicht an dem eigenartigen Licht lag, dass er so unruhig war. Es war, als senke sich der Himmel direkt auf den Boden und nehme dessen sandige Farbe in sich auf wie ein Schwamm.

Pierre beugte sich vor, um zu ergründen, woher dieses Licht kam, konnte aber nur bis zum Scheunendach sehen. Also stellte er die Tasse ab, glitt in seine Schuhe und ging hinaus.

Die Farbe hatte inzwischen zu einem dunstigen Gelborange gewechselt. Ein feiner Nebel lag über dem Vorplatz, füllte sich langsam mit dem warmgoldenen Licht des erwachenden Tages. Schon bald würden erste Sonnenstrahlen durch die belaubten Zweige des Buchenwäldchens brechen und das Wasser des Baches, der den Hof von der Straße trennte, zum Funkeln bringen.

Pierre hob den Kopf und sog witternd die Luft ein. Sie war noch kühl, es roch nach dunkler Erde und nach taubenetzten Kräutern. Alles war wie sonst auch. Und doch ließ sich die Unruhe nicht vertreiben, die seit dem Erwachen wieder an ihm klebte.

Was hatte Luc über die Nacht auf den 24. Juni gesagt? Dass die Kraft der Erde nun am allerstärksten sei?

Er meinte es förmlich zu spüren. Die Atmosphäre schien mit

etwas aufgeladen, das er nicht näher benennen konnte. Ein Bild schob sich in seine Gedanken.

Das Fest. Die Fackeln. Das Feuer.

»Du Idiot«, flüsterte Pierre in die Stille hinein, »es war doch nur ein Traum!«

Mit einem verärgerten Schnalzen schritt er über den Hof zum Ziehbrunnen und ließ den Eimer hinunter, bis es platschte. Kurbelte ihn wieder herauf und kühlte sein Gesicht im frischen Nass. Dann goss er das Wasser in den Trog des Außengeheges und ging in den Stall. Ein freudiges Meckern empfing ihn in zweifacher Tonlage.

Pierre ging in die Hocke und kraulte die weiß-braune Ziege zwischen den Hörnern, bis das kleine Zicklein, Ergebnis von Cosimas Affäre mit einem Bock aus der Nachbarschaft, ihn anstupste und er auch ihm über den Kopf strich.

»Na, Kleines«, murmelte er, während seine Hand durch das braune Fell fuhr. Kleines, so hieß sie schon seit Wochen. Es wurde Zeit, dass sie endlich einen richtigen Namen fanden. »Wie wäre es mit *Chocolat*?«

Das Ziegenmädchen schüttelte sich und machte einen Satz nach hinten. Dann begann es laut und durchdringend zu meckern.

»Schon gut«, sagte Pierre schmunzelnd. Er erhob sich, füllte die Raufe mit frischem Heu und öffnete den Zugang zum Außengehege, bevor er wieder ins Haus ging.

Er fand Charlotte in der Küche vor. Sie war inzwischen aufgestanden und hatte sich eines seiner T-Shirts übergezogen. Mit nackten Füßen stand sie vor dem weit geöffneten Kühlschrank und spähte ins obere Fach.

»Wird Zeit, dass wir uns wieder öfter sehen«, sagte sie lächelnd und griff nach einem halbleeren Glas Feigenmarmelade.

»Das sieht ja trostlos aus, wie bei einem Junggesellen.« Sie setzte sich an den gedeckten Küchentisch und nahm sich ein Stück Brot. »Du hast ja nicht mal Butter.«

»An mir soll's nicht liegen«, sagte Pierre und nahm ihr gegenüber Platz.

»Ich weiß, ich habe mich ein wenig rar gemacht«, sagte sie und stieß einen Stoßseufzer aus. »Aber es ist ja nicht mehr lange. Nur noch eine Woche, und ich bin frei.«

Frei für die nächste Arbeit, dachte Pierre. Die Errichtung der *Épicerie* würde sie mindestens genauso beanspruchen, aber er würde einen Teufel tun, mehr Zeit einzufordern oder gar Druck auszuüben. Druck war etwas, das er selbst nicht mochte, und eigentlich, so stellte er fest, war es das Glück dieser Beziehung, dass sie sich darin so sehr ähnelten.

Pierre nahm einen Schluck Kaffee und betrachtete Charlotte, die sich gerade eine widerspenstige Strähne hinter das Ohr strich. Wie sie so dasaß, vollkommen ungeschminkt und noch ein wenig zerzaust, übte sie eine magische Anziehungskraft auf ihn aus.

»Wie laufen die Vorbereitungen zum Fest?«, fragte sie gerade und biss in ihr Marmeladenbrot.

»Ganz gut. Alles ist so weit fertig. Kommst du auch?«

»Wahrscheinlich nicht. Ich habe heute Spätschicht und komme sicher nicht vor zwölf aus der *Domaine*. Eigentlich schade, ich habe die *Feux de la Saint-Jean* als Kind geliebt.« Sie legte das Brot beiseite und stand auf, um kurz darauf mit ihrem Handy wieder an den Tisch zurückzukommen. Mit flinken Fingern tippte sie auf das Display. »Hier, das haben wir zu Hause immer gehört. Kennst du das?«

Der Klang eines Akkordeons füllte den Raum, eine altmodische Melodie, die in Pierre sofort das Bild eines Jahrmarktes hervorrief. Nun setzte eine Stimme ein, die blechern aus dem Lautsprecher drang und die ihm irgendwie bekannt vorkam.

»Ist das Édith Piaf?«

»Nein, Lucienne Delyle. Das Lied heißt *Mon amant de Saint-Jean.*«

»Und damit bist du aufgewachsen? Ich dachte, du kommst aus Deutschland.«

»Ja, aber den Sommer haben wir immer im Süden verbracht. Hast du vergessen, dass meine Mutter aus Banyuls-sur-Mer stammt? Das liegt an der Grenze zu Südkatalonien. Bevor sie geheiratet hat, war sie jedes Jahr auf dem Berg Canigou. Seit 1964, als dort die erste Flamme mit den Strahlen der Sonne entzündet wurde.« Sie stand auf und zog Pierre vom Stuhl. »Na komm schon, es ist eine Art Liebeslied.«

Damit fasste sie ihn an den Händen und begann, ihn zum Takt des Akkordeons herumzuwirbeln.

»*Je le trouvais le plus beau de Saint-Jean …*«, sang sie dabei.

»Hör auf, Charlotte«, sträubte er sich, »ich bin kein guter Tänzer.«

Aber sie schmunzelte nur und wirbelte ihn durch die Küche, bis er ihr drei Mal auf die Füße getreten war, dann zeigte sie endlich Erbarmen.

Lachend ließ sie sich zurück auf den Stuhl fallen.

»Nur ein paar Wochen früher, und ich hätte die *Épicerie* rechtzeitig zum Fest eröffnen können. Aber im nächsten Jahr bin ich dabei.«

»Nur ein paar Wochen?« Pierre schenkte Kaffee nach und setzte sich ebenfalls.

»Ja, so früh wie möglich. Die Miete ist hoch, und es wird dauern, bis es sich herumgesprochen hat. Ich kann nur hoffen, dass Küche und Kühlelemente planmäßig Anfang August geliefert werden.«

Charlotte hielt ihre Kaffeetasse in beiden Händen, lächelnd, die Beine angezogen. Ihre Wangen leuchteten, und von den

Augen ging ein Strahlen aus, das ansteckend war. Es war ihr anzusehen, wie sehr sie sich darauf freute.

Die *L'Épicerie provençale* war die Erfüllung von Charlottes lang gehegtem Traum. Zuerst hatte sie ein Restaurant eröffnen wollen, war dann aber vor den hohen Personal- und Raumkosten zurückgeschreckt. Und plötzlich hatte sie eine Idee gehabt, die auch ihn begeisterte: Eine *Épicerie-to-go*, in der es neben Spezialitäten wie Trüffeln, selbstgemachter Konfitüre oder einer Auswahl an regionalen Wurst- und Käsesorten auch exklusive urprovenzalische Gerichte *à emporter* geben sollte. Täglich frisch zubereitet für das Picknick im Freien, die Mittagspause im Büro oder die Gäste am Abend.

In den vergangenen Wochen hatte sie neben der täglichen Arbeit in der *Domaine des Grès* sämtliche Behördengänge erledigt, Handwerker beauftragt und Gerichte zusammengestellt, deren bloße Erwähnung Pierre das Wasser im Mund zusammenlaufen ließ: *agneau confit, taboulé orientale, cassoulet, coq au vin, tarte aux abricots, crème à la lavande*. Dafür hatte sie einen Ordner angelegt, in dem die Speisen nach Jahreszeit abgeheftet waren und der mittlerweile einen beachtlichen Umfang hatte.

»Gestern Abend war ein bekannter Journalist im Restaurant«, berichtete sie. »Eigentlich arbeitet er für diverse Boulevardblätter, aber er schreibt auch für Feinschmeckermagazine, sogar für deutsche. Ich hätte ihn gerne angesprochen, aber das ging natürlich nicht während der Arbeit. Wenn jemandem wie ihm mein Konzept gefällt und er darüber berichtet, wäre das eine gute Werbung für meine *Épicerie*.«

»Ein Journalist? Er heißt nicht zufällig Maxim Sachet?«

»Doch, genau. Woher kennst du ihn?«

»Er hat mich gestern auf meinen Vorgänger angesprochen. Er wohnt in der *Auberge Signoret*. Vielleicht nimmt er sich ja die Zeit für ein Gespräch mit dir?«

»Ich soll ihn in seiner Pension aufsuchen, ist das nicht zu aufdringlich?«

Ihre plötzliche Scheu rührte ihn. »Du bist viel zu höflich, um aufdringlich zu wirken. Außerdem siehst du gut aus, bist klug, äußerst charmant …« Er strich ihr über die Hand. »Mehr als nein sagen kann er ja nicht.«

Charlotte atmete tief ein. »Na schön, ich werde mein Glück nachher vor Dienstbeginn versuchen. Nimmst du mich mit ins Dorf?«

Sein Blick wanderte zur Küchenuhr. Er nickte und beugte sich vor, fuhr mit seinen Fingern den Arm hinauf bis zu ihrem Hals.

»Gerne«, murmelte er.

Aber bis dahin war noch etwas Zeit.

6

Der erste Ansturm begann um drei. Kurz vor vier waren sämtliche Parkplätze in einem Umkreis von drei Kilometern belegt, selbst die angemieteten Felder mussten wegen Überfüllung geschlossen werden. Schließlich wurde es den Beamten der Gendarmerie zu bunt. Sie verlegten die Absperrung einen Kilometer weiter nach Süden und ließen nur noch Reisebusse vor, die ihre Fahrgäste bei laufendem Motor ausspuckten.

Um sieben Uhr glich das kleine Dorf einem Bienenstock; Besucher drängten auf die *Place du Village*, wo Helfer rote Schultertücher verteilten, auf denen das Wappen von Sainte-Valérie gedruckt war. Bald würden die Läufer mit der Flamme vom heiligen Berg Canigou die Straße heraufkommen. Einer der Gendarmen hatte ihr Kommen angekündigt. Vor dem Stadttor formierten sich bereits die Trachtengruppen: Frauen mit historischen Kleidern und frisch gestärkten Spitzenhäubchen standen neben Männern in weiten Hemden, deren Hosenbund mit einer roten Schärpe geschmückt war, und bildeten ein Spalier, um die Ankömmlinge zu empfangen.

Pierre lehnte sich über die Mauer an der Aussichtsplattform und sah in Richtung des Tals.

Es waren eine Menge Menschen gekommen, ja, darauf hatten sie sich eingestellt. Was Pierre jedoch Sorgen machte, waren die vielen Besucher, die schwertähnliche Wachsfackeln trugen, auf denen der Schriftzug eines Reiseunternehmens prangte. Sollten die etwa alle im Kaminsaal der Burg entzündet werden?

»Das gibt eine Katastrophe!«, murmelte er und drückte auf die Taste seines Funkgerätes. »Luc, wo steckst du?«

Es folgte ein Rauschen, dann die blecherne Stimme seines Assistenten. »Beim Stadttor, wie besprochen.«

»Es sind zu viele. Wir müssen den Plan ändern.«

»Ist das nicht toll?«, rief Luc aus, ohne darauf einzugehen, dabei begann er hysterisch zu lachen. »Der Bürgermeister hat mir eben verraten, dass er mit den großen Reiseunternehmen kooperiert hat. Das ist der Wahnsinn, so viele Menschen waren noch nie auf einmal in Sainte-Valérie, nicht einmal an den Markttagen.«

»Hat er denen etwa auch gesagt, sie sollen Werbefackeln verteilen?«

»Glaub schon. Zumindest hat hier jeder so ein Ding in der Hand. Selbst unser Bürgermeister trägt eine.«

Ungläubig schüttelte Pierre den Kopf. Rozier hatte den Reiseunternehmen das Fest offenbar als eine Art Mitmach-Event angepriesen. Und ihn hatte er mit diesem dämlichen Vergleich mit dem Kinderchor beruhigen wollen. »Nicht mit mir!«

»Was hast du gesagt?«

»Komm sofort her. Du musst mir helfen, die Gaslampe aus der Burg zu holen.«

»Jetzt? Aber die Flammenträger kommen gerade die Straße herauf, ich kann den ersten aus der Truppe schon erkennen. Die Leute klatschen und eilen ihnen entgegen. Junge, hier ist vielleicht was los.«

»Luc!«

»Was denn, ich will das sehen.«

»Sofort!«, brüllte Pierre, während er bereits die *Rue des Oiseaux* hinaufrannte, in Richtung der ehemaligen Burgruine. »Das ist ein Befehl.«

Die Tür zum künftigen Kunst- und Kulturmuseum stand weit offen, Madame Levy, die Kuratorin, begrüßte Pierre mit einem strahlenden Lächeln. Sie trug ein traditionelles buntgeblümtes Kleid mit Schürze und sah mit ihrer gerüschten Haube aus wie eines dieser provenzalischen Tonpüppchen, die *santons*, die es im örtlichen Souvenirgeschäft zu kaufen gab.

»Kommen sie schon?«, rief sie mit glühenden Wangen.

»Sie sind auf dem Weg, aber es gibt eine Planänderung. Wo sind die Männer von der Freiwilligen Feuerwehr?«

»Die sind wohl beim Einlauf der Fackelträger. Sie werden ja erst gebraucht, wenn alle hier eintreffen.«

»*Zut!* Kommen Sie mit. Wir müssen das ganze Zeug ins Freie schaffen.«

»Aber Monsieur Durand, warum denn, was ist denn passiert?«

»Das erkläre ich Ihnen später.« Pierre eilte an ihr vorbei, die Treppe hinauf zum ersten Stock.

Madame Levy erklomm die letzte Stufe, als er bereits versuchte, das Podest in Richtung Treppe zu wuchten. Dabei schnaufte sie, als hätte sie einen kilometerlangen Marsch hinter sich gebracht.

»Das können Sie doch nicht machen«, rief sie aus. »Was wird nur der Bürgermeister dazu sagen?«

»Arnaud kann mir den Buckel runterrutschen«, entfuhr es Pierre. »Nun kommen Sie schon, die Gaslampe muss runter auf den Platz.«

Die Kuratorin schaute ihn empört an und rührte sich nicht von der Stelle.

»Ich bitte Sie, helfen Sie mir«, beschwor er sie mit mühsam hervorgeholter Freundlichkeit. »Es sei denn, Sie wollen, dass sich ganze Busladungen voller Fackelträger über die Wendeltreppe schieben.«

»Was sagen Sie da? Ganze Busladungen?« Entsetzt riss sie die Augen auf. »Du lieber Himmel! Die Räume sind doch gerade erst frisch gestrichen.« Sofort setzte sie sich in Bewegung und entwickelte eine ungeahnte Schnelligkeit, als sie die Gaslampe vom Sockel riss und sie die Stufen hinuntertrug.

Endlich war auch Luc vor Ort. Gemeinschaftlich hievten sie das Podest hinaus und schafften es gerade, einige der Fahnen, die Madame Levy aus dem Kaminsaal geholt hatte, in die Bäume zu hängen, als auch schon die Flammenträger in die *Rue de la Citadelle* bogen und sich, begleitet von Flöten- und Trommelspielern, dem Eingang des neuen Museums näherten.

Schon von Weitem konnte Pierre erkennen, dass Rozier ihn am liebsten in der Luft zerrissen hätte, mit grimmigem Blick starrte er auf die verschlossene Burgtür, in die Madame Levy gerade noch den Teppich mit dem Wappen von Sainte-Valérie geklemmt hatte.

»Was soll das?«, zischte Rozier ihm zu, als der Zug zum Stehen gekommen war und er sich an Pierre vorbei hinter den Podest zwängte. Dabei presste er die Zähne zusammen und strahlte, als gäbe es einen Preis für das schönste Gebiss.

»Wir hätten all die schönen Werbefackeln natürlich auch wieder einsammeln können«, erwiderte Pierre gelassen und setzte ein ebenso strahlendes Lächeln auf. »Aber das wäre sicher nicht in deinem Sinn gewesen, oder?«

»Du hättest dir zumindest mehr Mühe mit der Deko geben können.« Nur mit Mühe gelang es Rozier, die Mundwinkel oben zu halten.

Nun strich er sich über seinen von grauen Strähnen durchzogenen Haarkranz und blickte aufrecht in die Kameras, die erwartungsvoll auf ihn gerichtet waren.

»Liebe Mitbürgerinnen und Mitbürger, liebe Gäste. Ich habe

die Ehre, ein Fest zu eröffnen, das seine Wurzeln in der Historie von Sainte-Valérie, ja, in der eines ganzen Landstrichs hat.«

Es war eine stimmungsvolle Rede, das musste Pierre zugeben. Auch wenn sie etwas lang geraten war.

Während der Flammenträger, der neben dem Pfarrer und den Mitgliedern des Trachtenvereins auf sein Stichwort gewartet hatte, die Gaslampe mit der weitgereisten Flamme entzündete, verlas Rozier die diesjährige Botschaft von Saint-Jean, die gleichzeitig in allen beteiligten Gemeinden verlesen wurde. Worte, die von Frieden und Brüderlichkeit kündeten und von einem hell strahlenden Licht, das die Menschen miteinander verbindet.

»Diese Flamme ist Symbol der Hoffnung, eine Brücke zwischen Vergangenheit und Zukunft, sie versammelt ein ganzes Volk, das seinen Traditionen treu ist. Ihr Licht beleuchtet tausend Jahre unserer Geschichte und drückt unseren Wunsch aus, unsere Kultur zu bewahren, unsere Sprache am Leben zu erhalten. Auf dass diese Nacht von *Saint-Jean* eine Nacht der Freude und Ausgelassenheit sei und uns allen Frieden, Hoffnung und Glück bringe.«

Pierre sah über den Burgplatz, auf dem sich immer mehr Menschen dicht aneinanderdrängten, und war froh, auf sein Bauchgefühl gehört zu haben.

Und als schließlich die Schlange der Menschen, die ihre Fackeln an der Flamme entzünden wollten, bis weit über die Straße hinweg reichte, da erlosch auch allmählich das bitterböse Funkeln, mit dem Rozier Pierre die ganze Zeit angesehen hatte.

7

Es war fast halb elf, als Pierre sich langsam entspannte.

Bislang war alles reibungslos vonstattengegangen. Der Fackelzug, das große Feuer, das pünktlich um 22 Uhr zeitgleich in dutzenden anderen Städten und Dörfern in der Provence entzündet wurde: in Roussillon, Carpentras, Mazan, Lacoste ... Ja, selbst auf dem Mont Ventoux loderte weithin sichtbar die Flamme der Freundschaft.

Die langen Schlangen vor den Essenszelten hatten sich aufgelöst, es wurde getrunken und gelacht. Eine besondere Stimmung hatte sich über das Dorf gebreitet: harmonisch, friedlich, zufrieden.

Auf der *Place du Village* war es stiller geworden. Die Farandole, bei der Besucher wie Dorfbewohner über den Platz gewirbelt waren, hatte gerade geendet. Dabei hatte Pierre die neugierige Madame Duprais und den Uhrmacher Didier Carbonne miteinander tanzen sehen. Beide verwitwet, jeder für sich skurril, und dennoch würden sie sicher ein schönes Paar abgeben. Didier würde ihre Kochkünste zu schätzen wissen und sie sein genügsames Wesen.

Schmunzelnd beobachtete Pierre, wie Madame Duprais ihrem Tanzpartner den Hemdkragen zurechtrückte, dann wandte er sich wieder der Bühne zu, auf der es plötzlich stockfinster geworden war. Der Abend strebte seinem Höhepunkt und gleichsam dem Abschluss zu: dem Konzert von *Viva Occitània!* samt ihrem *special guest*, der Sängerin Aurelie Azéma.

Zuvor sollte der Bürgermeister den musikalischen Teil mit einem gemeinsamen Lied ankündigen. Die Nacht schimmerte in dunklem Samtblau, und abertausend Sterne funkelten am Himmel, als seien sie eigens für den Anlass bestellt, als Arnaud Rozier die Bühne betrat.

Eine Weile genoss er den aufbrandenden Applaus. Dann ergriff er das Mikrophon und stimmte nach einer erstaunlich kurzen Ansprache die okzitanische Hymne an, die Pierre vor allem deshalb kannte, weil die Spieler vom FC Toulouse dazu auf den Platz liefen. Daher war er überrascht, dass es ihm aus hunderten Kehlen einstimmig entgegenschallte.

»*Se canta que cante, canta pas per ièu. Canta per ma mia, qu'es al luènh de ièu.*«

Der inbrünstige Gesang erfüllte den ganzen Platz. Eine ältere Dame, die neben Pierre stand, legte gar ihre Hand auf die wogende Brust und trällerte ihre schrägen Töne so energisch, als gelte es, einen unsichtbaren Feind niederzusingen.

Es war ein Gänsehautmoment. Tatsächlich. Und er erfasste alle Menschen auf der *Place du Village* – und letztendlich auch ihn. Wer den Text nicht kannte, stand staunend daneben, wippte mit dem Kopf zum Takt oder hob das Smartphone, um die singende Menschenmenge abzulichten. Pierre entdeckte Luc, der sich seitlich des Brunnens postiert hatte und den Text ebenso sicher zu kennen schien wie der Journalist Maxim Sachet, der nur wenige Schritte neben ihm stand.

Sein Assistent hätte eigentlich ein paar Meter weiter am Rand stehen sollen, dort, beim *Chez Albert*. Pierre winkte ihm zu, doch Lucs Blick war auf die Bühne geheftet, die nun wieder vollkommen im Dunkel lag.

Pierre hob das Funkgerät und versuchte, Lucs Aufmerksamkeit zu erlangen, sah aber bald ein, dass es keinen Zweck hatte, und gab schließlich auf. Stattdessen ging er ein Stück weiter nach rechts, um die Lücke auszugleichen. Er würde Luc später zur Rechenschaft ziehen. Jetzt war es wichtig, dass er sich nicht ablenken ließ.

Unterdessen drängten sich die Zuschauer dichter in Richtung Bühne, glichen einem summenden Bienenschwarm, dessen Vibrieren beinahe körperlich spürbar war. Einzelne Pfiffe kamen aus der Menge, erwartungsvolles Klatschen, und dann, als man mehr ahnen als sehen konnte, dass sich die Musiker auf die Bühne schlichen, ein Rufen.

Endlich, als die Spannung kaum noch zu steigern war, hörte man ein leises rhythmisches Klacken. Eine Männerstimme erklang, die erst sanft und dann volltönender wurde und mit weiteren Einsetzenden verschmolz. Nach und nach fächerte sich der Gesang mehrstimmig auf und wuchs zu einem immer lauter werdenden Crescendo, das abrupt erstarb. Dann ging das Bühnenlicht an. Ein einzelner Spot beleuchtete Aurelie Azéma, umringt von der Band. Sie stand aufrecht, mit der stolzen Haltung einer Katalanin.

Ihre warme Stimme erfüllte den ganzen Platz. Nun setzten auch die Männer wieder ein, verwoben die Töne zu einer sanften Melodie, während sie dabei leise auf ihre Instrumente klopften. Langsam erhöhten sie den Takt, bis die ersten Zuschauer begannen, rhythmisch mitzuklatschen und mit den Füßen auf den Boden zu stampfen.

Das Publikum brach in Begeisterung aus. Fremde wie Dorfbewohner standen Schulter an Schulter. Pierre entdeckte die Friseurin Madame Farigoule, deren leuchtend rotes Haar weithin gut zu erkennen war. Den Confiseur Thomas Bussan, der sonst nicht einmal das Gesicht verzog, wenn man ihn am Morgen grüßte, und der jetzt frenetisch die Musiker anfeuerte.

Beim zweiten Lied wurde eine Toulouser Polonaise gebildet, und als die Schlange tanzend und hüpfend an Pierre vorbeizog, sah er, dass sich auch Luc inmitten der ausgelassenen Menschen befand. Vollkommen ergriffen und mit wogenden Armen, als wäre er Teil des bebenden Publikums und nicht einer der Sicherheitskräfte, die ihre zugewiesenen Plätze nur im Notfall zu verlassen hatten.

»*Putain!*«, zischte Pierre und hob das Funkgerät. »Luc!«, rief er immer wieder gegen das beharrliche Schweigen des Geräts an. »Geh ran, verdammt noch mal!«

Die Schlange hüpfte weiter in die aufpeitschende Melodie des dritten Liedes. Ab und zu sah er Lucs dunklen Schopf im Pulk auf- und abspringen. Schließlich winkte Pierre einem der Gendarmen zu, der der Schlange am nächsten stand, und brüllte ins Funkgerät.

»Ziehen Sie meinen Assistenten aus der Polonaise!«

»Jawoll!«, rief der Beamte zurück, dann schaltete er ab.

Und dann ging alles ganz schnell.

In der Mitte des Platzes, dort, gleich beim Brunnen, gellte ein heller Schrei, gefolgt von einem vielstimmigen Kreischen. Menschen wichen zurück und drängten an den Rand, getrieben von einer sich ausbreitenden Welle panisch Fliehender.

Sofort stürmte Pierre vor, schob sich zwischen den Entgegenkommenden hindurch bis wenige Meter vor die Bühne, wo ein Mann in einer immer größer werdenden roten Lache lag.

Pierre stieß ein Fluchen aus. Es war der Journalist!

Noch im Näherkommen sah er zwei Sanitäter auf den am Boden Liegenden zueilen. Einer von ihnen hockte sich zu ihm und presste ein Tuch auf die Wunde am Hals, aus der das Blut strömte. Eine ganze Menge Blut. Es tränkte den Stoff und sickerte in das hochgeschobene Shirt.

Pierre kniete sich neben den Verletzten und beugte sich hinab.

»Monsieur Sachet. Können Sie mich hören?«

Der Journalist lag regungslos, dann ging ein Zucken durch seinen Körper, und die Muskeln erschlafften.

Benommen sah Pierre den Sanitätern zu, registrierte, wie sie hektisch versuchten, den Mann wiederzubeleben, während das Lichtstakkato von der Bühne die Szenerie gespenstisch beleuchtete. Wie der Platz sich langsam leerte und ein paar Schaulustige sich um sie scharten und ihre Kameras auf das Geschehen richteten. Erst als er aufstand und einem der hinzugekommenen Gendarmen dabei half, die Schaulustigen zur Räson zu bringen, bemerkte er, dass auch die Musik verstummt war. Und dass Luc neben ihm stand. Leichenblass, beide Hände vor dem Mund.

»Ich habe ihn gesehen«, sagte er atemlos. »Ich glaube, ich habe gesehen, wer das getan hat. Ein Mann mit Kapuze. Er ist in die Richtung dort gelaufen. Zum Stadttor.«

»Worauf wartest du noch«, herrschte Pierre ihn an. »Hinterher!«

Luc stürmte los, tauchte in die Menge der Hinausströmenden ein, während Pierre das Funkgerät an seinen Mund hob und dem Beamten, der am Stadttor postiert war, Anweisungen gab.

»Ja, ein Mann mit Kapuzenshirt.«

»Weitere Kennzeichen?«

»Nein, mehr weiß ich auch nicht.«

Es klang blass, es war nahezu unmöglich, inmitten der Menschenmenge, die einer Lawine gleich stolpernd und schiebend aus dem Dorf drängte, irgendwelche Einzelpersonen auszumachen. Noch dazu ohne nähere Beschreibung. Keine Haarfarbe, kein Gesicht. Nur eine Kapuze, die inzwischen sicher bereits wieder vom Kopf war.

Jetzt war Pierre auf der Aussichtsplattform an der *Rue du Pontis* angelangt und sah nach unten. Die Menschen strömten zu ihren Autos, eine dunkle, unübersichtliche Masse. Unvermittelt wandte er sich in Richtung Westen, wo es einen weiteren Ausgang aus dem von Stadtmauern eingefassten Dorf gab. Ein kleines, unscheinbares Tor, hinter dem man die Neubauten errichtet hatte, rosa gestrichene Appartementhäuser für die wachsende Bevölkerung. Gegenüber ein Parkplatz, auf dem gerade zwei Autos zusammenprallten, die gleichzeitig im Rückwärtsgang aus der Parklücke stießen.

Pierre eilte weiter, ignorierte die beiden Männer, die ausstiegen und sich gegenseitig Vorhaltungen machten, sah in jeden der geparkten Wagen, suchte nach etwas Verdächtigem. Es war zwecklos. Sein Instinkt war stumm; er hatte nichts, das ihn leiten konnte.

8

Es war kurz nach Mitternacht, als er wieder auf der *Place du Village* eintraf, deren Mitte inzwischen von der Spurensicherung weiträumig abgesperrt worden war. Auch Robert Lechat war da, frischgebackener *Commissaire* von Cavaillon. Er stand am Rande des Polizeibandes beim Bürgermeister, der mit hochroten Wangen auf ihn einredete. Neben ihm Luc, mit hängenden Schultern, den Tränen nahe.

»Eine Katastrophe«, hörte Pierre Rozier rufen, »eine unfassbare Katastrophe!«

Lechat nickte, löste sich aber, kaum dass er Pierre entdeckt hatte, und kam ihm mit verhaltenem Lächeln entgegen.

»*Mon ami*«, sagte er und klopfte Pierre auf die Schultern. »Wer hätte gedacht, dass wir uns so bald wiedersehen.«

»Ein anderer Anlass wäre mir lieber gewesen.«

Der junge *Commissaire* sah gut aus. Leicht gebräunte Haut, groß, athletische Figur, die nicht nur Folge seines stetigen Trainings war, sondern auch seiner asketischen Ernährungsgewohnheiten.

»Schlimme Sache, und das ausgerechnet während einer so großen Feier. Der Bürgermeister behauptet, jemand hat dem Ansehen des Ortes schaden wollen. Denken Sie das auch?«

»Ich weiß nicht, es ist wohl noch zu früh für derartige Spekulationen. Luc will einen Mann gesehen haben, der sich eilig vom Platz entfernt hat.«

»Ja, das hat er mir erzählt. Aber er hat ihn nur davonlaufen sehen. Nicht den Tathergang selbst. Wir können nicht wissen, ob er auch zugestochen hat. Meine Beamten haben angefangen, die Zeugen zu vernehmen. Kommen Sie, ich möchte Ihnen Inspektor Picard vorstellen, er ist neu bei uns, direkt von der Akademie.« Lechat zeigte auf einen jungen Mann mit militärischem Haarschnitt, der an einem der Tische vor den Essensständen saß und sich Notizen machte, während eine Frau mittleren Alters heftig gestikulierend auf ihn einredete.

Der *Commissaire* setzte sich in Bewegung, und Pierre folgte ihm. Drehte sich im Gehen noch einmal zu seinem Assistenten um und versuchte, dessen Blick zu erhaschen, aber Luc starrte auf seine Füße, die Hände in den Hosentaschen. Er würde sich um ihn kümmern müssen. Gleich, nach der Besprechung.

Der Inspektor unterbrach kurz die Vernehmung, als sein Vorgesetzter zu ihm trat, erhob sich und begrüßte Pierre mit kräftigem Händedruck.

»Schon irgendwelche Erkenntnisse?«, fragte Lechat.

»Nichts Wesentliches, aber wir sind auch noch mittendrin. Die Musiker sind zurück im Hotel, ich vernehme sie, wenn ich hier fertig bin. Auch wenn ich mir wenig Hoffnung mache, dass sie etwas haben sehen können.«

Inspektor Picard kniff die Augen zusammen und blinzelte ins grelle Scheinwerferlicht, das man inzwischen von der Bühne auf den Platz gedreht hatte, um den Tatort zu erhellen. Dann nickte er den beiden zu und setzte sich zu der Zeugin, die ihren Redeschwall ansatzlos wiederaufnahm.

»Ein cleverer Bursche«, sagte Lechat im Gehen. »Der wird es noch weit bringen. Setzen wir uns. Ich will wissen, wie Sie das Ganze einschätzen.«

Der *Commissaire* winkte in Richtung des Ausschanks und nahm an einem weiter abgelegenen Tisch Platz. Seine Haltung, die selbstsichere Gestik zeigten, dass der ehemalige Inspektor inzwischen ganz mit seiner neuen Verantwortung verschmolzen war.

»Ein Mord in aller Öffentlichkeit«, sagte Pierre, nachdem er sich Lechat gegenübergesetzt hatte. »Und dennoch habe ich ihn erst mitbekommen, als es schon zu spät war. Der Platz selbst war kaum beleuchtet, und überall Menschen, die tanzten. Was ist mit den anderen Beamten, hat irgendjemand etwas sehen können?«

»Nein, wir haben nichts in der Hand.« Lechat sah ihn ernst an. »Wir stehen ganz am Anfang.«

»Vielleicht habe ich etwas, das wichtig sein könnte.« In knappen Worten erzählte Pierre von seiner Begegnung mit Sachet. Davon, dass sein Vorgänger ungehalten aufgelegt hatte, als er den Journalisten erwähnte. »Maxim Sachet sagte, er habe explosive Informationen. Es könnte doch sein, dass Sachet jemanden mit seinen Nachfragen geärgert hat.«

»So ist es«, brummte der Wirt Philippe, der an den Tisch getreten war und einen Wasserkrug und Gläser vor ihnen abstellte. »Du solltest mal Louis Rollande befragen. Der hat sich mit diesem Journalisten gestritten.«

Lechat hob eine Braue. »Wer ist Louis Rollande?«

»Ein Obstbauer aus Sainte-Valérie«, erklärte Pierre. »Er bewirtschaftet einen der ältesten Höfe der Gemeinde.« Dann wandte er sich an Philippe. »War das gestern Abend? Ich habe Geschrei aus der *Bar du Sud* gehört und gesehen, wie Sachet herausgestolpert kam.«

»Genau, gestern Abend«, wiederholte der Wirt. »Dieser Journalist war bei uns in der Bar und hat mit Louis sprechen wollen. Worum es ging, konnte ich nicht verstehen, dafür war es zu laut. Aber dass es hitzig wurde, war nicht zu überhören.« Er machte eine kurze Pause und runzelte die Stirn, als lasse er die Begebenheit noch einmal vor seinem inneren Auge vorbeiziehen. »So habe ich Louis noch nie gesehen, total außer Kontrolle. Ich dachte wirklich, der bringt den um.«

Pierre schüttelte verwundert den Kopf. Er kannte Louis Rollande kaum, aber das passte nicht zu ihm. Er war keiner von denen, die sich in Schlägereien verwickeln ließen. Wenn er derart ausrastete, war es von Bedeutung. Aber ob er in der Lage war, derart kaltblütig zu morden? »Und dann? Was ist dann passiert?«

»Nichts. Ein paar der Männer haben sich dazugestellt und versucht, Louis zurückzuhalten. Zum Glück, eine Prügelei wäre das Letzte gewesen, was ich hätte brauchen können. Einer von ihnen hat dem Journalisten zugebrüllt, er solle sich lieber verziehen, bevor noch ein Unglück geschieht. Du hättest sehen sollen, wie schnell der fort war.«

»Wer waren die anderen Männer?«

»Unser Confiseur Thomas Bussan und Patrick Flamant, der Gärtner. Vielleicht noch jemand, aber so genau kann ich das nicht sagen.«

Pierre nickte. Thomas Bussan hatte er vorhin im tanzenden Pulk gesehen, ein paar Minuten, bevor das Unglück geschah. »Waren Louis Rollande und Patrick Flamant heute Abend auch auf dem Fest?«

»Ja. Louis hat eine Runde Schnaps geholt und sich damit zu seinen Jungs verzogen. Aber keine Ahnung, was dann war, dafür hatte ich keinen Blick.«

»Und gestern in der Bar, hat Sachet vor dem Streit noch jemanden angesprochen?«

»Tut mir leid, Pierre, aber es war die Hölle los. Frag besser Georgette. Die hat gestern gekellnert, vielleicht hat sie etwas gehört.«

»Danke, Philippe.«

Es war zumindest ein Anhaltspunkt, eine erste Spur, damit könnten sie beginnen.

»Tja.« Lechat schenkte ihnen Wasser ein und trank sein Glas in großen Zügen leer. »Wie es aussieht, hat Sachet etwas in Erfahrung bringen wollen, das im Verborgenen bleiben sollte. Wollen Sie sich darum kümmern?«

Pierre bejahte und fingerte seinen Notizblock aus der Tasche seiner Schutzweste.

Georgette befragen, schrieb er. Und dann die drei Namen, die ihm der Barbesitzer genannt hatte:

– *Louis Rollande, Obstbauer* → *Streit*
– *Thomas Bussan, Confiseur und Patrick Flamant, Gärtner* →
  Zeugen des Streits

»Ich werde auch mit Gilbert Fortin sprechen«, sagte Pierre, während er den Namen seines Vorgängers hinzufügte. »Der Heftigkeit seiner Reaktion am Telefon nach zu urteilen, wird er uns sicher sagen können, was der Journalist von ihm wollte.«

Dann blätterte er um und begann die nächste Seite mit einer Frage: *Was hat Maxim Sachet wissen wollen?*

Pierre fragte sich, ob Charlotte den Journalisten wohl gestern noch angetroffen und etwas darüber erfahren hatte, entschied aber nach einem Blick auf die Uhr, dass es zu spät war, sie jetzt noch danach zu fragen.

Beinahe eins.

Pierre sah über den Platz, auf dem man inzwischen ein Untersuchungszelt aufgestellt hatte, um den Tatort vor Blicken und nachträglichen Spuren zu schützen. Er musste heftig schlucken, um den Kloß in seinem Hals zu vertreiben. Die *Place du Village* hatte sich verändert, nichts zeugte mehr von der allabendlichen Stimmung, von der wohltuenden Atmosphäre, die er so liebte. Das sanfte Licht der historischen Straßenlaternen wurde überstrahlt von grellen Scheinwerfern, unter denen sich die Spezialisten der *police nationale* mühten, jede noch so kleine Spur zu sichern.

»Die zweite Frage, der wir nachgehen sollten, ist, ob jemand ein Interesse daran hat, dem Ort, beziehungsweise dem Bürgermeister zu schaden. Der Mörder ist, soweit ich erkennen kann, unglaublich kaltblütig vorgegangen, fast schon professionell. Es ist gar nicht einfach, den Schnitt so rasch zu setzen, dass das Opfer sofort stirbt und man gleichzeitig die Zeit findet, den Tatort unerkannt zu verlassen. Fällt Ihnen jemand ein, der da in Frage kommt?«

Lechats Stimme drang wie durch einen Nebel zu ihm vor. Pierre atmete tief durch und versuchte, sich wieder auf das Gespräch zu konzentrieren.

»Nein. Zumindest nicht spontan.«

»Schade. Dann werde ich meinen Beamten diese Spur übergeben. Vielleicht bringt es ja etwas, die Nachbargemeinden nach einem Anlass zu fragen. Ansonsten bleibt uns nur, die Auswertungen der Kriminaltechniker und die Ergebnisse der Zeugenbefragungen abzuwarten. Oder haben Sie noch eine andere Idee?«

Pierre schüttelte den Kopf und dachte, wie angenehm es doch war, mit dem neuen *Commissaire* zusammenzuarbeiten. Lechat hatte Pierre vor seiner Ernennung versprochen, ihn künftig in die Ermittlungen einzubeziehen, wenn es um Angelegenheiten ging, die Sainte-Valérie betrafen. Dass er es nun tatsächlich tat, war dennoch keine Selbstverständlichkeit, und Pierre wusste das zu schätzen.

»*Monsieur le commissaire?*« Inspektor Picard war zu ihnen getreten, in der Hand ein Tablet. »Ich habe die Zeugenbefragung so weit beendet. Es gab nichts Konkretes zum Tathergang. Obwohl manche einen enormen Gesprächsbedarf hatten. Aber ich habe ein paar Handyvideos bekommen, die den

Moment festhalten, als es passiert ist, leider ohne den Tatort direkt zu zeigen. Auf einer Aufnahme ist auch ein Mann mit einer Kapuze zu sehen.«

»Zeigen Sie her!«

Picard nahm neben Lechat Platz. Gemeinsam beugten sie sich über den Bildschirm des Tablets. Man sah die Bühne, auf der sich alle fünf Musiker befanden, in deren Mitte die Sängerin. Blitzendes Licht, frenetisch tanzende Menschen, dann Schreie. Dann lief ein junger Mann durchs Bild, nur ganz kurz, aber so, dass man unter der ins Gesicht gezogenen Kapuze eine auffällig gebogene Nase erkennen konnte und ein paar Strähnen langes schwarzes Haar.

»Ich habe Luc Chevallier gefragt, ob das der Mann sei, den er gesehen hat«, erläuterte Picard, »und er hat es bejaht.«

»Wir sehen ihn erst, nachdem die Schreie einsetzen«, gab Lechat zu bedenken. »Er läuft fort, wie viele andere auch.«

»Das stimmt.« Pierre spulte die Aufnahme wieder zurück, stoppte an der Stelle, an der der Mann ins Bild lief. »Aber der Zeuge, der die Aufnahme gemacht hat, steht etwa fünf Meter vom Brunnen entfernt. Sollte der Kapuzenmann tatsächlich vom Tatort kommen, muss er bereits vor dem ersten Schrei losgelaufen sein, um die Strecke zu überwinden.«

»Sie haben Recht.« Lechat wandte sich an seinen Inspektor. »Schicken Sie den Ausschnitt, auf dem man das Gesicht erkennen kann, an sämtliche Wachen der Region, versuchen Sie herauszufinden, wer dort zu sehen ist. Selbst wenn er nichts damit zu tun hat, ist er zumindest ein wichtiger Zeuge. Und wir sollten einen Aufruf starten und nach weiteren Zeugen suchen. Ich kann mir einfach nicht vorstellen, dass niemand die Tat gesehen haben will.«

»Wird erledigt. Ich werde jetzt die Musiker befragen, kommen Sie mit?«

»Ja, gut.« Lechat sah auf die Uhr und stand auf.

Auch Pierre erhob sich.

»Lassen Sie's gut sein, Pierre«, wandte der *Commissaire* ein. »Es ist schon spät, Sie sollten für heute Schluss machen. Ihr Tag war lang genug.«

»Ich würde aber gerne dabei sein«, beharrte Pierre. Dabei fiel ihm auf, wie schwach sein Einspruch klang. Seine Glieder schmerzten, ebenso sein Kopf. Ihm war, als habe jemand ihm den Stecker gezogen.

»Das ist doch nur noch Formsache. Mehr können wir jetzt ohnehin nicht tun.« Lechat reichte ihm die Hand zum Abschied. »Wir machen morgen früh weiter.«

»In Ordnung. Dann bis morgen.«

Pierre sah den beiden nach, bis sie im Dunkel der Gassen verschwunden waren. Um ihn herum herrschte eine geradezu gespenstische Stille. Der Platz hatte sich geleert. Nur aus dem grauweißen Zelt der Spurensicherung drang noch immer Licht.

Plötzlich fiel ihm ein, dass er Luc zum letzten Mal gesehen hatte, als dieser mit hängenden Schultern neben dem Bürgermeister stand. Er holte sein Mobiltelefon hervor und wählte die Nummer seines Assistenten.

»Ja?«

»Wo steckst du?«

»Zu Hause.«

»Alles in Ordnung?«

»Was glaubst du denn?«

Seine Stimme klang schleppend. Erst dachte Pierre, er hätte schon geschlafen, doch als Luc weitersprach, wusste er, dass sein Assistent getrunken hatte.

»Pierre, es tut mir leid«, lallte er. »Ich hätte meinen Platz nicht verlassen dürfen. Ich weiß nicht, was in mich gefahren ist.«

»Der Mörder ist gezielt vorgegangen. Du hättest es nicht verhindern können.« Das stimmte nicht ganz, aber es half nichts, Lucs Selbstvorwürfe noch zu verstärken.

»Was macht dich so sicher?«

»Weil es zu viele Menschen waren. Und weil er in der Menge jede Möglichkeit hatte, unerkannt zuzustechen.«

»Das sagst du doch nur, damit ich mich nicht so schlecht fühle.« Luc blies hörbar die Backen auf und stieß die Luft aus. »Unser schönes Sainte-Valérie … Ich hätte nie für möglich gehalten, dass so etwas hier passiert.«

»Ja«, sagte Pierre nur, dann wünschte er Luc eine gute Nacht.

Dasselbe hatte er auch empfunden. Der Anblick des Blutes, das in den Boden sickerte, der Tote – das hatte sich tief in seine Seele gebrannt. Es hatte ihn getroffen. Sainte-Valérie war verwundet worden. Und er hatte es nicht verhindern können.

9

Ist das nicht ein wundervoller Morgen?
Am liebsten würde ich die ganze Welt umarmen.
Bisou, Charlotte

Er hatte genau drei Stunden geschlafen. Wieder einmal. Wenn
das so weiterging, würde bald kein *café noir* der Welt helfen, ihn
richtig wach zu bekommen. Er war ja nicht einmal imstande
gewesen, eine einzige klar formulierte Antwort zu verfassen.
Seine SMS an Charlotte, deren morgendliche Frische ihn nahezu erschlagen hatte, war derart kryptisch gewesen, dass er sich
schwor, an diesem Abend früh schlafen zu gehen. Egal, was kam.

Dicker Kurs, hatte er geschrieben und erst später gesehen,
dass er sich vertippt hatte. *Kuss natürlich*!

Ihre Fröhlichkeit zeugte davon, dass sie noch nichts von
dem Mord mitbekommen hatte. Er würde sie anrufen, wenn
er wach genug war.

Pierre öffnete die Haustür und trat ins Freie. Das Morgen-
licht hatte dieses sanfte Gold, das der Hitze, die unweigerlich
folgen würde, vorausging. Schon bald würde die Sonne den
staubigen Boden zum Glühen bringen.

Er gähnte herzhaft und ging zu seinem Auto, das seitlich der
Scheune parkte, winkte den beiden Ziegen zu, die seine Bewegungen aufmerksam verfolgten.

»*Au revoir*, ihr Lieben«, sagte er und öffnete die Wagentür.
»Wünscht mir viel Erfolg!«

Zweistimmiges Meckern kam zur Antwort. Es war absurd, ganz klar, doch es war, als könnten sie ihn tatsächlich verstehen. Vorhin, als Pierre sie mit frischem Heu und ein paar Karotten versorgt hatte, hatte Cosima ihn aufmunternd angestupst, als wolle sie sich versichern, dass er in die Gänge kam. Auch jetzt zeigte die weiß-braun gescheckte Ziegenmama Mitgefühl, sie stellte ihre Vorderhufe ans Gatter und sah ihn mit braunen Kulleraugen an, während er sich mit einem weiteren Gähnen hinter das Lenkrad schob.

Nein, er war kein Frühaufsteher, war er noch nie gewesen, vor allem nicht, wenn wie heute Samstag war. Er brauchte täglich seine sieben Stunden Schlaf, um fit zu sein. Mindestens. Aber er war unruhig gewesen, war erwacht, als erstes Tageslicht durch das Fenster drang, und das Gezwitscher der Vögel hatte ihn schließlich aus dem Bett getrieben. Und so hatte er mürrisch bei einer Tasse Kaffee gesessen und auf seinem Smartphone Informationen über Maxim Sachet zusammengetragen, um ein Gespür für den Fall zu bekommen.

Der Journalist war achtundfünfzig Jahre alt geworden, wohnhaft in Arles, alleinstehend. Sein Alltag war bunt gewesen, wie man seinem Facebook-Account entnehmen konnte, in dem er sich als Lebemann präsentierte, der sich nicht nur für gutes Essen begeisterte, sondern vor allem auch für schöne Frauen.

Ebenso bunt waren auch die Zeitschriften, für die er schrieb. Die meisten von ihnen würde Pierre im Friseursalon von Madame Farigoule erwarten, hauptsächlich Boulevardblätter mit Klatsch und Tratsch. Daneben aber auch ein seriöserer Titel mit kulturellen Themenschwerpunkten – und zwei Feinschmeckermagazine, eines davon aus Deutschland.

Lauthals gähnend fuhr Pierre die Zypressenallee entlang, die vom Hof weg auf die Landstraße führte.

Die beiden Männer, die sich in der Bar an die Seite des Obstbauern gestellt hatten – Thomas Bussan und Patrick Flamant –, kannte er seit Jahren, ohne dass sie ihm übermäßig aufgefallen wären. Ersterer besaß eine *Confiserie* in der *Rue du Porteil,* deren kandierte Früchte beliebtes Mitbringsel waren, der Zweite wurde als freiberuflicher Gärtner überall eingesetzt, wo man Hilfe beim Pflanzen, Roden und der Pflege von Anlagen benötigte. Er schrammte, wenn man den Gerüchten im Dorf Glauben schenken konnte, immer nur knapp an der Pleite vorbei, weil er dem Alkohol verfallen war. Ebenso unergiebig war das, was er über Louis Rollande wusste, den Obstbauern. Polizeilich unauffällig, nicht einmal ein Strafmandat wegen Falschparkens. Dass er derart ausfällig werden konnte, dass der Barbesitzer eine Schlägerei befürchtete, war Pierre bislang verborgen geblieben.

Rollande war zweiunddreißig Jahre alt, seit drei Jahren verheiratet, ein Sohn. Die Obstfelder waren seit Generationen in Familienbesitz, laut Website seit 1897. Rollande hatte die Plantage erst vor wenigen Jahren von seinem Vater übernommen und modernisiert. Mit Erfolg. Er war einer der wenigen Obstbauern, die ihre Ware weder auf Wochenmärkten noch an Straßenständen entlang der D900 verkauften, und besaß in der Branche einen ausgezeichneten Ruf.

Pierre dachte, dass es eine gute Gelegenheit wäre, seinen Assistenten miteinzubeziehen, also rief er Luc an, während er in den *Chemin de Montagne* bog, der einige Kilometer parallel zum Berg verlief.

»Kannst du die beiden Zeugen des gestrigen Streits in der Bar zu den Hintergründen befragen? Sicher haben Bussan und Flamant mitbekommen, worum es ging.«

»Wird gemacht, Chef«, sagte Luc. Er klang wesentlich gefestigter als beim gestrigen Telefonat. Fast so, als freue er sich über die Gelegenheit, alles wiedergutmachen zu können. »Ich melde mich, sobald ich mit den beiden gesprochen habe.«

Pierre legte auf, kurbelte das Seitenfenster hinunter und genoss den Fahrtwind. Der Renault ruckelte über den unebenen Belag. Die Straße wurde schmaler, war begrenzt von hüfthohen Bruchsteinmauern, hinter denen sich Olivenfelder erstreckten und dichte Birkenwäldchen. Ab und zu unterbrochen von unscheinbaren Toren mit Zufahrtswegen, die ins Nichts zu führen schienen.

Als die Straße den Weg talwärts nahm, brach die Sonne durch die Baumkronen. Ihre langen Strahlen tanzten flirrend auf der Scheibe, dass Pierre die Augen zusammenkneifen musste, um nicht von der Spur abzukommen. Im letzten Moment entdeckte er die Einbiegung zur Obstplantage und bog mit rutschenden Reifen in den Sandweg. Mehrere Reihen netzüberspannter Apfelbäume säumten die Auffahrt bis hin zum Haupthaus. Dahinter Aprikosenbäume, so weit das Auge reichte.

Pierre parkte den Wagen neben einem kleinen Traktor, einem Einsitzer, auf dessen Anhänger mehrere Holzkisten gestapelt waren. Dann ging er auf das Haus zu. Ein klassisches Steingebäude, zwei Stockwerke, beige Fensterläden.

Louis Rollande öffnete beim dritten Klingeln. Ein Mann mit wilden Locken und Vollbart, der dem rundlichen Gesicht etwas Männliches verlieh. Er war barfuß, trug Jeans und ein Shirt, dessen Weiß im Schein der Sonne blendete. Sein Lächeln wirkte sympathisch, aber das konnte auch aufgesetzt sein.

»*Monsieur le policier*. Wollen Sie etwa zu mir?«, fragte er sichtlich überrascht.

»Ja, ich habe ein paar Fragen an Sie.«

»Das ist gerade schlecht, gleich kommen die Arbeiter, und ich will noch rasch zu Ende frühstücken. Können Sie nicht später wiederkommen, am Nachmittag vielleicht?«

»Es dauert nicht lange.«

Rollande zögerte, nickte aber ergeben. »Na gut, worum geht es?«

»Das möchte ich ungern hier draußen besprechen.«

»Warum?« Rollande zeigte, noch immer freundlich lächelnd, ins Freie, während ein spöttischer Zug um seine Lippen spielte. »Außer ein paar Vögeln gibt es niemanden, der sich um uns schert.«

»Haben Sie etwas zu verbergen?« Auch Pierre blieb höflich, aber hartnäckig. Er bevorzugte es, sich ein persönliches Bild von den Menschen zu machen, deren Motive ihn interessierten. Und das gelang am allerbesten mit einem Blick in die privaten Räume.

Der Obstbauer hob die Brauen und stieß schließlich die Luft aus. »*Bien*, dann kommen Sie mal rein. Aber wirklich nur kurz, in Ordnung?«

Pierre folgte ihm durch einen grellorange getünchten Flur in die Küche, die unerwartet modern war. Glänzende Fronten mit Granitplatte, ein großer Edelstahlkühlschrank, an dessen Tür mit Magneten Kinderzeichnungen befestigt waren.

Es war so wie in vielen Häusern, die von Familien bewohnt wurden: eine Art nachlässiger Ordnung inmitten sauber polierter Flächen. Pierre sah sich unauffällig um, überall kleine Stapel mit Bilderbüchern, eine Kiste Spielzeugautos auf der Fensterbank neben einem Glas voller Gummibänder, Büroklammern und Münzgeld. Auf dem Tisch stand ein benutzter Teller mit einem angebissenen Marmeladenbrot, daneben eine Schale Aprikosen.

»Meine Frau ist mit unserem Sohn übers Wochenende zu ihren Eltern gefahren«, sagte Rollande, der seinen Blick bemerkt hatte. Und fügte, obwohl Pierre gar nicht danach gefragt hatte, hinzu: »Sie wohnen in Nîmes.«

Er griff nach einer Aprikose und lehnte sich an den Küchentresen. Dabei fiel Pierre auf, dass seine Finger feingliedrig waren. Nicht so derb, wie er es für gewöhnlich von Männern kannte, die auf dem Feld arbeiteten.

»Bedienen Sie sich, *Monsieur le policier*, die sind ganz frisch.«

Pierre nahm sich eine orangerote Frucht. Sie war weich und duftend, und als er hineinbiss, schmeckte er süßes, saftiges Fruchtfleisch.

»Köstlich!«

»Nicht wahr? Das ist eine *Early Brush*, die erste der erntereifen Aprikosen. Es sind die besten, die Sie hier im Umkreis bekommen können. Perfekt gereift und von Hand gepflückt. Nicht auf einmal geerntet wie in den Großplantagen. Sondern in Etappen. Je nach Reifegrad der Frucht. Daneben vertreiben wir auch die *Bergarouge*, das ist eine Kreuzung aus *Orangered* und *Bergeron*, und natürlich die *Orange de Provence*. Die ist sogar preisgekrönt. Unsere Aprikosen sind Grundlage der exquisitesten kandierten Früchte. Ebenso wie unsere Kirschen. *Les Douceurs de fruits* ist unser größter Abnehmer.«

Pierre nickte wissend. *Les Douceurs de fruits* war die *Confiserie* von Thomas Bussan, der dem Obstbauern im Streit mit dem Journalisten beigesprungen war.

»Was haben Sie eigentlich vorher gemacht? Ich meine, bevor Sie die Plantage übernommen haben.«

Er hatte aus echtem Interesse gefragt. Nackte Fakten waren oft unerheblich, viel wichtiger waren die kleinen, unauffälligen Details, die einem später wieder in den Sinn kamen, wenn man sich mal verrannt hatte.

Doch Rollande zuckte nur die Schultern. »Dieses und jenes. Aber eine Familie braucht Stabilität und ein geregeltes Einkommen. Also habe ich, nachdem ich meine Frau kennenlernte, den Familienbetrieb übernommen.«

Es klang beinahe wehmütig.

»Bereuen Sie Ihre Entscheidung?«

»Würde ich mich dann derart engagieren? Für mich ist die Plantage mehr als nur ein landwirtschaftlicher Betrieb. Ich sehe darin eine Berufung, die Möglichkeit, etwas Besonderes zu erschaffen. Das ist beinahe wie bei Wein. Das Exzellente entsteht nur mit einer großen Portion Leidenschaft. Aber Sie sind sicher nicht gekommen, um mit mir über Lebensglück zu plaudern, oder?«

»Sie haben Recht.« Pierre bemerkte, wie Rollande einen raschen Blick zur Uhr warf. Er würde sich beeilen müssen, ansonsten erfuhr er nicht halb so viel, wie er sollte. »Sie haben sicher mitbekommen, was gestern Nacht geschehen ist.«

»Natürlich. Wer nicht?«

»Sie hatten am Vorabend Streit mit dem Opfer.«

»Wer hat Ihnen denn das erzählt?« Rollandes Gesicht war plötzlich angespannt.

»Unwichtig. Worum ist es da gegangen?«

»Unwichtig«, konterte Rollande und verschränkte die Arme. Die verbindliche Freundlichkeit war offener Ablehnung gewichen.

»Dann können Sie es mir ja erzählen. Ansonsten müsste ich annehmen, Sie wollten mir etwas verheimlichen. Und das wäre sicher nicht in Ihrem Interesse.«

Der Obstbauer zögerte kurz, dann zuckte er die Schultern. »Er wollte mich aushorchen. Über unser Dorf, unser Leben.«

»Was für Fragen waren das?«

»Ach, die waren eher allgemeiner Art. Es ging um das Wohlbefinden als Bewohner, was ich beruflich mache …«

»Und da sind Sie ausgeflippt?«

Rollande nickte, warf schließlich mit aufgesetzt wirkender Theatralik die Hände in die Luft. »Sie wissen ja, wie diese

Schmierfinken sind. Egal was man ihnen erzählt, sie zerren am Ende die Passagen hervor, die sie mit geschickten Fragen provoziert haben, machen dazu hübsche Bildchen – und einen Monat später stehen die Touristen im Vorgarten und halten ihre Objektive in jeden Winkel.«

»Wie kommen Sie denn darauf?«

»Man hört so einiges. Ich mag die Einsamkeit und Ruhe des Landlebens. Da brauche ich nicht noch jemanden, der darüber berichtet.«

»Die meisten würden sich über diese Art der Aufmerksamkeit freuen«, entgegnete Pierre. »Vor allem als Geschäftsmann. Das ist doch kostenlose Werbung, von der Sie profitieren könnten.«

»Ich brauche das nicht. Meine Obstplantage läuft auch so.«

Es waren eigenartige Antworten, nachlässig herausgeschüttelt. Dazu der betonte Gleichmut, der nicht darüber hinwegtäuschen konnte, dass Rollande sichtlich darum bemüht war, die Sache herunterzuspielen. Und nun wieder der Blick auf die Küchenuhr, dieses Mal begleitet von einem demonstrativen Stoßseufzer.

»Also gut«, sagte Pierre ergeben, »lassen Sie mich das Ganze noch einmal zusammenfassen: Der Journalist ist in die Bar gekommen und hat Sie zum Dorfleben und Ihrem beruflichen Hintergrund befragt. Das hat Sie derart wütend gemacht, dass Sie auf ihn losgegangen sind.«

»Ich bin nicht auf ihn losgegangen, ich habe ihn nur freundlich gebeten, mich in Ruhe zu lassen.«

»So freundlich, dass Ihre Freunde sich einmischten und den Journalisten schließlich hinauskomplementierten?«

»Ja. Wir wollen eben nicht, dass so ein mieser Schreiberling unser Dorf zum Zentrum eines zusammengeschusterten Artikels macht.«

»Soso, ein zusammengeschusterter Artikel. Dann kannten Sie Maxim Sachets Arbeitsweise also näher?«

»Nein. Aber die sind doch alle gleich.«

»Könnte es nicht eher an dem Thema liegen?« Am liebsten hätte Pierre seinen Tonfall verschärft. Aber er riss sich zusammen und setzte mit zuvorkommender Miene zum entscheidenden Stoß an. »Vielleicht an seinen Recherchen zu einem Vorfall, der etwa vier Jahre zurückliegt?«

»Nein, verdammt!« Der Obstbauer war laut geworden. Eine leichte Röte überzog sein Gesicht. »Ist mir egal, ob Sie mir glauben, aber ich will mit dem Ganzen nichts zu tun haben.« Er stieß sich vom Küchentresen ab und machte einen Schritt in Richtung Tür. »Und jetzt Schluss, wir haben genug geredet!«

Pierre nickte, blieb aber ungerührt stehen. Er hatte nicht vor lockerzulassen, nicht jetzt. Maxim Sachet hatte über etwas berichten wollen, das in der Vergangenheit lag; etwas, über das weder der Obstbauer noch der ehemalige *Chef de police* Gilbert Fortin sprechen wollten. Was auch immer es war, er musste es herausfinden, wenn er den Fall lösen wollte. Und Louis Rollande war sein Türöffner. Der Obstbauer wusste genau, worum es bei den Recherchen des Journalisten ging. Ob es ihn nur zum Mitwisser machte oder gar zum Täter, das galt es herauszufinden.

»Sie waren gestern Abend auch auf dem Fest.«

»Ebenso wie der gesamte Ort.«

»Ohne die Familie?«

»Was sollen die Fragen? Stellen Sie mich etwa unter Mordverdacht? Wegen eines einzigen harmlosen Streits in der Bar?«

»Ob das harmlos war, wird sich noch erweisen. Für den Anfang würde es helfen, wenn Sie mit offenen Karten spielen. Was meinten Sie damit, dass Sie *mit dem Ganzen nichts zu tun haben* wollen?«

Rollande stieß die Luft aus. »Ich habe alles gesagt, was es dazu zu sagen gibt.« Er wies in Richtung der Haustür. »Ich bitte Sie höflich zu gehen. Vor mir liegt ein langer Tag. Die Aprikosen fallen ja nicht von selbst vom Baum. Au revoir, *Monsieur le policier*!«

»In Ordnung«, erwiderte Pierre ruhig. »Ich komme wieder, wenn ich weitere Fragen habe.«

In diesem Moment hörte man ein knatterndes Motorengeräusch, das rasch näher kam und abrupt erstarb. Dann klingelte es.

Rollande hastete an Pierre vorbei zur Tür und riss sie auf. Erstarrte dann in seiner Bewegung.

»Der *Policier* wollte gerade gehen«, rief er hörbar erschrocken aus, und erst als Pierre sich an ihm vorbeischob, sah er, wer da angeblich bei der Aprikosenernte helfen wollte: Es war eine junge Frau mit hüftlangem schwarzem Haar, die einen Motorradhelm in der Hand hielt und ihn mit großen Augen anstarrte.

Pierre starrte zurück. Vor ihm stand Aurelie Azéma!

»Monsieur Durand, was machen Sie denn hier?«

Sie sagte es, als sei sie freudig überrascht, doch in ihrem Blick stand dasselbe Erschrecken, das er eben bei Rollande wahrgenommen hatte. Was auch immer Aurelie Azéma hierherführte – sie war nicht gekommen, um bei der Aprikosenernte zu helfen, so viel war sicher.

»Dasselbe wollte ich Sie gerade fragen.«

»Ich …« Sie verstummte und warf einen raschen Blick in Richtung des Obstbauern. »Wir sind alte Bekann…«

»Sie hilft mir«, fiel Rollande ihr ins Wort. »Nicht mehr und nicht weniger.«

»Alte Bekannte?«, nahm Pierre den Satz der Sängerin ungerührt auf. »Seit wann kennen Sie sich denn?«

»Das geht Sie nichts an.«

»Ich bin hier aufgewachsen«, antwortete Aurelie Azéma. Sie zuckte mit den Schultern und legte eine Hand auf Rollandes Arm. »Lass gut sein, Louis, wir haben nichts zu verbergen. Wissen Sie, ich habe früher ein paar Jahre in der Nähe gelebt, bei meiner Großmutter. Louis kenne ich noch von damals. Er war wie ein Bruder für mich.«

»War?«

»So«, fuhr Rollande dazwischen. »Nun reicht es wirklich. Komm, Aurelie, es gibt keinen Grund, sich zu rechtfertigen.«

Der Obstbauer nahm die Sängerin am Arm und zog sie ins Haus. Dann wartete er, bis Pierre auf den Hof getreten war und schlug die Tür mit lautem Knall zu.

10

Es war einer der Momente, in denen seine Fantasie Flügel bekam. Es ging ihn nichts an, was Rollande in der Abwesenheit seiner Ehefrau machte, aber dass die beiden sich näherstanden, als sie zeigen wollten, war offensichtlich. Hatten die Sängerin und der Obstbauer eine Affäre?

Nun war ihm auch klar, warum Rollande sich die ganze Zeit so eigenartig verhalten hatte, er hatte dieses Zusammentreffen um jeden Preis verhindern wollen. Aber trotzdem, er würde den Mann im Auge behalten.

Pierre blickte noch einmal in Richtung der Eingangstür, die, so meinte er zu erkennen, einen ganz kleinen Spalt offen stand, als wolle Rollande sichergehen, dass er auch wirklich fortfuhr. Pierre konnte es sich nicht verkneifen, noch einmal grüßend die Hand zu heben, dann umrundete er den Traktor, der den Polizeiwagen offenbar gut genug verdeckte, dass Aurelie Azéma ihn nicht bemerkt hatte, und setzte sich hinter das Steuer des Renault.

Als er vom Hof rollte, sah er einige Männer mit Handwagen die Reihen zwischen den Aprikosenbäumen entlanglaufen. Die Erntehelfer, dachte Pierre, zumindest in dem Punkt hatte Rollande nicht gelogen.

Neugierig, ob seine Kollegen inzwischen mehr erreicht hatten, wählte Pierre die Nummer von Robert Lechat, während er den Wagen auf die Straße setzte.

»Gibt es Neuigkeiten?«, fragte er, nachdem er knapp von

dem Gespräch mit Rollande und der Begegnung mit der Sängerin berichtet hatte.

»Wie man's nimmt. Ich komme gerade aus der Pension, in der sich Maxim Sachet eingemietet hatte«, berichtete Lechat. Pierre hörte seine Schritte durch das Telefon, er ging eilig. »Die Beweissicherung in der *Auberge Signoret* ist beendet. Die Kollegen haben nichts finden können, was für den Fall relevant sein könnte.«

»Kein Hinweis, woran der Journalist gerade gearbeitet hat?«

»Nein. Wir haben damit begonnen, seine Auftraggeber zu kontaktieren, sicher erfahren wir bald mehr.«

»Er hatte keine Unterlagen dabei?«, wunderte sich Pierre. »Keinen PC? Nichts, in das er seine Notizen schrieb? Was ist mit seinem Handy?«

»Wir haben eines gefunden und sind dabei, es auszuwerten. Aber es enthält keine Textdateien, falls du das meinst. Auch im Koffer selbst war nichts, das uns weiterhilft. Nur das Übliche. Ein paar Hosen, T-Shirts, Unterwäsche.«

Das Geräusch seiner Schritte setzte aus. Nun war ein Plätschern zu hören, Lechat musste jetzt in der Nähe des Brunnens stehen. Pierre fiel auf, wie ruhig es ansonsten war. Der übliche Geräuschpegel aus Gesprächen, Lachen, Musik und dem Klirren von Gläsern und Tassen war verstummt. Aber vielleicht kam es ihm auch nur so vor.

»Ich habe vorhin mit dem Beamten gesprochen, der seinen Bruder über den Tod informiert hat«, fuhr Lechat fort. »Maxim Sachet hatte offenbar nur von seinem nächsten Auftragsort erzählt, dem *Festival International du Film de La Rochelle*, das kommenden Freitag beginnt. Es existiert auch eine entsprechende Hotelbuchung. Er sollte wohl für eines der Boulevardblätter, für die er regelmäßig schreibt, ein paar Interviews mit den anwesenden Schauspielern führen. Aber der Bruder wusste nichts von einer Recherche, die seine Anwesenheit in Sainte-Valérie erklären könnte. Inspektor Picard ist jetzt vor Ort und befragt Sachets Freunde und Nachbarn, vielleicht weiß von denen einer mehr. Wir bleiben auf jeden Fall dran.«

»Und bei ihm zu Hause?«

»Die Kollegen haben lediglich ein Ladekabel gefunden. Vermutlich arbeitet er mit einem Laptop. Sachet wird es dabeigehabt haben. Keine externen Festplatten, möglicherweise sicherte er online, es ist nahezu unmöglich, da ranzukommen; die meisten Server sitzen im Ausland. Wir wissen ja noch nicht einmal, bei welchem Anbieter er gewesen sein könnte.«

»So ein Mist!«

Am liebsten wäre Pierre selbst in die Wohnung gefahren, um sich einen Eindruck zu verschaffen von dem Menschen, der darin gelebt hatte. Aber die Aufgaben waren klar verteilt. Lechat drehte das große Rad, stand im engsten Austausch mit Behörden, Gerichtsmedizin und Spurensicherung. Er selbst musste abwarten, bis die Ergebnisse da waren. Immerhin, er durfte eigenständig ermitteln, obwohl er sich bewusst für den Posten des *Chef de police municipale* entschieden hatte und damit eigentlich außerhalb des Spielfeldes sitzen musste. Dieses Mal jedoch war er dabei. Ohne Wenn und Aber und ohne jedes dienstliche Gerangel. Alleine das unterschied diesen Fall von den drei vorherigen, und es war ungemein befreiend.

»Ich brauche Bildmaterial«, bat er den *Commissaire*. »Fotos aus der Wohnung, eine Liste der Bücher und Zeitschriften, die sich dort befunden haben. Ich will wissen, was Sachet umtrieb. Meinen Sie, Sie könnten das für mich besorgen?«

»Ich werde Inspektor Picard bitten, Ihnen was zuzuschicken. Er kommt nachher nach Sainte-Valérie, wir sollten uns auf der

Wache treffen und das weitere Vorgehen besprechen. Passt es um eins?«

»Sicher. Aber dann sollten wir uns besser im *Chez Albert* treffen. Ich gebe Luc Bescheid.«

»In Ordnung. Ich muss jetzt Schluss machen, ich stehe gerade vor dem Bürgermeisteramt. Arnaud Rozier erwartet ein paar Pressevertreter. Er will mich dabeihaben.« Damit legte er auf.

Mit der Presse sprechen gehörte auch zu den Dingen, die der frisch gebackene *Commissaire* tun musste, um diese Aufgabe zumindest beneidete Pierre ihn überhaupt nicht.

Er warf einen Blick auf die Uhr am Armaturenbrett. Es war gleich neun. Er würde Luc über ihr Treffen informieren und dann nach Ménerbes fahren. Einen kurzen Augenblick erwog Pierre, seinen Vorgänger anzurufen und sein Kommen anzukündigen, doch er entschied sich dagegen. Die Wahrscheinlichkeit, Gilbert Fortin anzutreffen, schien ihm ungleich größer, wenn er überraschend kam.

Der Wagen hatte die abschüssige Straße hinter sich gelassen und bewegte sich gerade auf rissigem Asphalt in Richtung Tal, als das Telefon klingelte. Es war Charlotte.

»Ist das wahr?«, rief sie aufgebracht. »Maxim Sachet ist ermordet worden?«

»Ja. Jemand hat ihn niedergestochen.«

»Unfassbar! Gestern habe ich ihm noch meine *Épicerie* vorstellen wollen, und nun ist er tot.«

»Hast du mit ihm geredet?«

»Nein.« Charlotte stöhnte auf, rang hörbar um Fassung. »Ich wollte gerade die *Auberge Signoret* betreten, als er herauskam. Er ist beinahe gerannt und sah so beschäftigt aus, dass ich ihn nicht ansprechen mochte.«

»Wann war das?«

»Gegen zehn.«

Eine abrupte Biegung ließ ihn aufschrecken. Der Weg wurde schmaler, dicht bewachsene Böschungen neigten sich gen Fahrbahn, gebändigt von tiefen Gräben, die der Straße seitlich folgten. Pierre verlangsamte das Tempo. Das Gespräch war wichtig, er musste sich konzentrieren.

»Hast du gesehen, wohin er gegangen ist«, fragte er, »hat er jemanden getroffen?«

»Er ist die *Passage du Saint-Michel* entlang in Richtung des Dorfplatzes geeilt, alleine.«

»Ist dir sonst noch was aufgefallen, hatte er etwas bei sich?«

Ein tiefes Seufzen drang über den Lautsprecher der Freisprechanlage. »Keine Ahnung. Doch, ja, er trug so etwas wie eine Aktentasche. Sie war, glaube ich, schwarz.«

»Eine Aktentasche? Bist du dir sicher?«

»Ja, sonst hätte ich es doch nicht erzählt.« Ihre Stimme klang gereizt. »Er hielt sie nicht einfach in der Hand, sondern hatte sie fest an sich gepresst. Auf Brusthöhe.«

»Gut, das ist wichtig. Hast du sonst noch etwas bemerkt?«

»Nein, nichts. Aber wenn mir noch was einfällt, melde ich mich.«

»In Ordnung.«

Eine Aktentasche also, das war von Bedeutung. Er würde es Robert Lechat erzählen, wenn die Pressekonferenz vorüber war. In der Tasche musste mehr gewesen sein als nur ein paar Notizen. Vielleicht sogar sein Laptop. Was sich auch immer darin befunden hatte, war offenbar brisant genug, es verschwinden zu lassen.

»Pierre?«

»Ja.«

»Kannst du heute bei mir schlafen? Mir ist nicht wohl bei dem Gedanken, alleine zu sein.«

»Natürlich.«

»Aber es kann spät werden. Wir haben heute eine Geburtstagsgesellschaft im Restaurant.«

»Soll ich dich von der Arbeit abholen?«

»Das würdest du tun?«

»Natürlich«, sagte er mit einem Lächeln. »Bei deinem Pensum freue ich mich über jede zusätzliche Minute, die ich mit dir verbringen kann.« Unwillkürlich musste er an das zärtliche Geplänkel von Luc und Florentine denken. »Ist dir eigentlich aufgefallen, dass ich gar keinen Kosenamen für dich habe?«

»Wie kommst du denn jetzt darauf?«

»Na ja, ich dachte, es wäre vielleicht eine schöne vertraute Geste. Du nennst mich doch auch *mon policier*.«

»Und an was hast du gedacht?«

»Ich weiß nicht. Vielleicht … *ma colombe*?«

»Taube?« Charlotte lachte auf. »Keine Tiernamen bitte. Ich kenne jemanden, der nennt seine Freundin *ma caille* – meine Wachtel. Das ist irgendwie unwürdig.«

»Aber *minette* ist doch ganz süß.«

»Mieze? Das ist nicht dein Ernst. Lass gut sein«, wehrte sie ab, »ich brauche keinen Kosenamen. Vor allem keinen, den man sich vorher lange überlegen muss.«

»Na gut. Bis später also. Ruf mich an, wenn du fertig bist.«

Er freute sich auf Charlotte. Auch wenn er nun nicht ganz so früh schlafen würde, wie er es sich eigentlich vorgenommen hatte.

Vielleicht fand sich später, wenn er aus Ménerbes zurück war, etwas Zeit für ein kurzes Nickerchen in der Wache.

In Gedanken wieder ganz bei dem bevorstehenden Gespräch, setzte er den Blinker, bog auf die breitere Landstraße, die das Tal in Richtung des kleinen Luberon durchquerte, und gab Gas. Während er an gut gewässerten Weinfeldern und Kirschbaumreihen vorbeifuhr und an Parkbuchten, an denen in notdürftig zusammengezimmerten Ständen Obst und Gemüse angeboten wurde, dachte er, wie wenig er doch über seinen Vorgänger wusste. Er hatte keine Vorstellung davon, wie er aussah oder was für ein Mensch er war. Nur, dass Gilbert Fortin unglaublich gute Arbeit geleistet haben musste, zumindest hatten die Dorfbewohner ihn das anfangs bei jeder Gelegenheit spüren lassen.

Noch mehr allerdings interessierte ihn, was Fortin über die Sache zu erzählen hatte, die laut Gisèle für so viel Aufregung gesorgt hatte, dass sie sich lieber aus allem heraushalten wollte. Wenn er denn etwas preisgeben würde. Doch da war Pierre sich nach dem unterbrochenen Telefonat nicht so sicher.

II

Ménerbes lag auf einer Bergkuppe, langgestreckt wie ein Schiff. Pierre war erst einmal hier gewesen, vor vielen Jahren, damals hatte ihn die schiere Masse an Touristen erdrückt. Die langen Schlangen der Busse, die sich bis an den Ortsrand schoben. Touristen aus aller Welt, die auf der Rundreise durch die Provence einen Abstecher zu einem der schönsten Orte des gesamten Luberons machen wollten. Es war so voll gewesen, dass Pierre Ménerbes seitdem gemieden hatte.

Heute aber waren die Straßen frei, Pierre kurbelte das Fenster hinunter und genoss den Fahrtwind. Summend folgte er der Platanenallee hinauf zum großen Parkplatz, als ihm ein knallroter Citroën 2CV laut schnatternd entgegenkam, fast, als sei er einer Filmkulisse entsprungen.

Ein Relikt aus alter Zeit, das noch immer auf Postkarten prangte, beinahe so romantisierend wie der Lavendel, der von den Kalenderblättern und Reiseführern nicht mehr wegzudenken war. Ein Liebhaberstück, wenngleich wesentlich rarer, als so mancher Provence-Reisende erwarten mochte. Gäbe es nicht die Autoverleihe, die ihn zur Miete anboten – zusammen mit einem Arrangement aus Picknickkorb, Kühlbox und einer provenzalisch gemusterten Tischdecke – der von Charlotte liebevoll als Ente bezeichnete Citroën wäre inzwischen weitgehend aus dem Straßenbild verschwunden.

Pierre stellte seinen Wagen auf dem großen Platz seitlich der *Rue de la Fontaine* ab, direkt beim Ortseingang. Er war erstaunt, wie wenige Autos hier parkten. Noch vor Jahren hatte man hier kaum eine Lücke finden können. Diese Zeiten schienen vorbei.

Auch während Pierre den gepflasterten Weg in Richtung des Ortskerns nahm, begegneten ihm nur wenige Menschen. Das Dorf war wie ausgestorben, obwohl Ménerbes alles getan zu haben schien, um sich herauszuputzen. Gepflegte Steinhäuser, beige und orange getünchte Fassaden mit Fensterläden in sämtlichen Schattierungen von Blau. Ehemalige Toreinfahrten trugen Glasfronten, hinter denen sich Immobilienmakler, Galerien und Boutiquen präsentierten. Überall Kübel mit Oleanderbüschen, glänzend lackierte Parkbänke neben schwarzen, gusseisernen Fahrradständern. Der ganze Ort schien von dem teuer wirkenden granitfarbenen Pflaster durchzogen, selbst die kleinste Gasse. Erst als Pierre die *Rue du Portail Neuf* erreichte, an deren Mauern sich die Anwohnerparkplätze befanden, wieder der übliche, aufgesprungene Asphalt.

Gilbert Fortin wohnte in einem kleinen Steinhaus, direkt in einer Kurve. Es gab weder eine Hausnummer noch eine Türklingel; nur das ausgeblichene Namensschild auf dem Briefkasten seitlich des Eingangs zeigte Pierre, dass er hier richtig war.

Mit fester Hand klopfte er gegen das Holz.

Nichts.

»Monsieur Fortin«, rief er. »Bitte machen Sie auf. Ich möchte mit Ihnen reden.«

Keine Reaktion.

»Sie wollen zu Gilbert? Hat er etwa was verbrochen?«

Pierre fuhr herum. Hinter ihm stand, auf einen Stock gestützt, ein alter Mann mit schlohweißem Haar.

»Nein, ich habe nur ein paar Fragen an ihn.«

»Dann ist ja gut.« Der Mann machte eine mahlende Bewegung mit seinem Unterkiefer, bevor er weitersprach. »Sie finden ihn im *Café du Progrès*. So wie immer um diese Zeit.«

»Und wo ist das?«

»Sie kennen es nicht?« Er kicherte. »Wo sind Sie denn her, vom Mond?« Dann wies er mit dem Zeigefinger in die Richtung, aus der Pierre gekommen war. »Sie müssen dem Weg zurück zum Ortskern folgen. Es liegt auf der linken Seite, Sie können es nicht verfehlen.«

Fast wäre er vorbeigegangen. Von außen sah es aus wie ein Tabakladen, doch beim zweiten Blick erkannte er, dass links der Zeitschriften und Rauchwaren ein Bartresen war.

Pierre trat ein und sah sich um. Bis auf eine Frau in den Fünfzigern, die hinter dem Tresen stand und Gläser spülte, war niemand anwesend.

»Wo finde ich Monsieur Fortin?«

Die Frau hob den Kopf.

»Auf der Terrasse.«

Er folgte ihrem Fingerzeig und trat hinaus. Hier war die Hitze erträglicher. Rote Sonnenschirme überspannten die wenigen Tische, die sich dicht an eine breite Mauer drängten, hinter der sich ein sagenhafter Blick über das Tal eröffnete. Eine wahrhaft schöne Aussicht, wie Pierre feststellte, ähnlich derjenigen, die man von der *Rue du Pontis* in Sainte-Valérie hatte. Nur sah man hier auf die andere Seite des Tals und in dessen Rücken die Monts de Vaucluse.

Gilbert Fortin war der einzige Gast. Ein mittelgroßer, kompakter Mann Anfang sechzig mit grauer Bundfaltenhose und beigem Poloshirt; die Füße barfuß in leinenen Turnschuhen. Er saß mit dem Rücken zur Tür, die Augen starr in die Ferne gerichtet, den rechten Arm über die Stuhllehne gelegt.

»Bonjour, Monsieur Fortin«, sagte Pierre und stellte sich neben ihn. »Mein Name ist Durand, wir hatten telefoniert.«

»Sie sind ja ganz schön hartnäckig«, murrte der Angesprochene, ohne den Kopf zu drehen. »Und, was wollen Sie?«

»Darf ich mich zu Ihnen setzen?«

Gilbert Fortin schnaubte nur, was Pierre als Zustimmung auslegte. Bei der Frau, die ihm auf die Terrasse gefolgt war, bestellte er sich einen *Café noir*, während der ehemalige *Policier* wortlos auf sein leeres Glas zeigte, das vor ihm stand.

»Möchten Sie frühstücken?«, fragte die Kellnerin. »Wir haben gerade einen Schwung frischer Croissants bekommen.«

»Nein!«, brummte Fortin mit Nachdruck und ergänzte, nachdem die Frau sich wieder entfernt hatte: »Ich kann nicht verstehen, warum der Laden jeden Mittag aus allen Nähten platzt. Das Essen hier schmeckt grauenhaft. Das Meiste wird nur aufgebacken oder in der Mikrowelle erwärmt, selbst die angeblich so frischen Croissants.«

Pierre nickte, obwohl er ahnte, dass der eigentliche Grund für Fortins Ablehnung darin lag, dass dieses Gespräch nicht länger dauern sollte als notwendig. »Warum sind Sie dann hier?«

Der ehemalige *Policier* zeigte auf die Aussicht. »Deswegen.«

Endlich sah er ihn an. Pierre bemerkte, dass Fortins Augen ein wenig wässrig waren, aber das mochte auch am sanften Wind liegen, der über die Terrasse strich.

»Warum haben Sie vorgestern, als ich Sie anrief, gleich aufgelegt?«

»Weil ich nicht will, dass irgendein Journalist mich interviewt.«

»Warum nicht?«

»Weil die Dinge endlich einen Abschluss finden sollten.«

»Welche Dinge Sie auch meinen, die fangen gerade wieder an. Wissen Sie, was gestern passiert ist?«

Der Mann nickte und zeigte auf eine Zeitung, die zusammengefaltet auf dem Tisch lag.

»Hab's gerade gelesen.« Er lachte hämisch, griff nach dem Blatt und schlug es auf. »Das wird unserem lieben Arnaud nicht gefallen. Haben Sie das Bild von ihm gesehen? Er sieht aus wie der König der Lumpensammler.«

Pierre warf einen Blick auf die Seite, die Fortin ihm nun vor die Nase hielt und auf der ein Foto vom Bürgermeister zu sehen war, wie er mit windzerzaustem Haar vor dem schief in die Burgtür geklemmten Teppich mit dem Dorfwappen stand. Der Blickwinkel war tatsächlich etwas unglücklich, dachte Pierre mit einem Anflug von Heiterkeit, dann konzentrierte er sich wieder auf das Gespräch. »Können Sie sich vorstellen, was Maxim Sachet von Ihnen wollte?«

»Ja, das kann ich. Aber ich weiß nicht, ob ich darüber sprechen will.«

Die Kellnerin brachte den Kaffee und ein Glas Wasser, an dessen Oberfläche eine Scheibe Zitrone schwamm. Pierre warf ein Stück Zucker in seinen *Café noir*, während Fortin die Zitrone aus dem Glas fingerte und am Fruchtfleisch saugte, bevor er die übrig gebliebene Schale über die Brüstung schnippte.

»Der Journalist interessierte sich für eine Geschichte, die vor vier Jahren passiert ist.«

»Ich weiß nicht, was er damit meint.«

»Sie waren damals *Chef de police municipale*.«

»Das ist lange her.«

»Warum sind Sie fortgegangen?«, fragte Pierre. »War es wirklich wegen der Gesundheit?«

»Haben Sie einen Grund, das anzuzweifeln?« Fortin hatte sich in seinem Stuhl zurückgelehnt und wandte den Blick wieder in die Ferne. »Nun gut, Sie haben ja Recht damit. Ich habe mich mit Arnaud gestritten.«

»Worum ging es?«

»Er wollte das Dorf in eine Richtung steuern, die ich nicht mittragen konnte.«

»Wie meinen Sie das?«

»Ich wollte nicht, dass Sainte-Valérie so endet wie Ménerbes.« Fortin sah ihn ernst an. »Ich stamme von hier, müssen Sie wissen. Bevor ich meinen Posten in Sainte-Valérie antrat, habe ich hier gearbeitet. Über zwanzig Jahre. Dann habe ich es nicht mehr ausgehalten.«

»Warum?«

»Waren Sie in den neunziger Jahren schon einmal hier?«

»Ja.«

»Und? Ist Ihnen etwas aufgefallen?«

»Es war voller, regelrecht überlaufen.«

»Überlaufen ist gar kein Ausdruck!« Fortin trank einen Schluck von seinem Wasser. Dann stellte er das Glas lauter als notwendig auf dem Tisch ab. »Bevor dieser englische Autor Ménerbes zu einem Tourismuszentrum katapultiert hatte, war es ein friedliches, ruhiges Dorf. Über Jahrhunderte gewachsen, authentisch provenzalisch. Wir alle haben uns sehr wohlgefühlt. Natürlich, es gab auch Streit, und einige pflegten eine veritable Feindschaft, aber es war nichts gegen das, was dann kam.«

»Ein englischer Autor?«

»Sagen Sie bloß, Sie haben in all den Jahren, in denen Sie hier leben, noch nichts davon gehört?« Fortin warf ihm einen irritierten Seitenblick zu. »Der Autor hatte sich Ende der Achtziger in Ménerbes niedergelassen und über seinen Alltag geschrieben. Die Bücher wurden Millionenseller, vor allem im englischsprachigen Raum. Es gab Übersetzungen in siebzehn Sprachen, nur nicht auf Französisch. Daher wunderten wir uns, als die ersten Touristen einfielen und sich mit den Bewohnern fotografieren lassen wollten, bis wir erfuhren, dass der Autor sie alle aufs Genaueste beschrieben hatte. Samt Namen! Bald war das Dorf so überfüllt, dass man sich selbst fremd vorkam. Und dann, von einem Tag auf den anderen, war der Spuk vorbei, aber Ménerbes war nicht mehr wiederzuerkennen.«

»Es ist doch sehr schön geworden«, wandte Pierre ein. »Alleine dieses ebenmäßige Straßenbild, das hellgraue Steinpflaster, muss ein Vermögen gekostet haben.«

»Gefällt es Ihnen? Ach ja, ich vergaß, Sie sind ein waschechter Pariser.« Fortin verzog den Mund. »Das Geld dafür entstammt der großzügigen Spende einer Texanerin. Außerdem hat sie mit Hilfe ihrer Stiftung zur Förderung von Kunstprojekten das Haus von Dora Maar gekauft, der Geliebten Picassos. Es ist jetzt quasi eine Außenstelle des *Museum of Fine Arts* in Houston.«

So langsam verlor Pierre die Geduld. Das war ja alles spannend, ohne Frage, aber was hatte es mit seinem Fall zu tun?

»Könnten Sie bitte zur Sache kommen.«

»Nichts lieber als das!« Fortin sah ihn wütend an. »Das Geld, das der Tourismus ins Dorf gespült hat, ist vergiftet. Ich sage Ihnen auch, warum: Die Bücher hatten eine wahre Provence-Hysterie ausgelöst. Plötzlich reichte es nicht mehr, die Sehnsucht nach der perfekten Idylle im Vorbeifahren zu stillen, nun wollte nahezu jeder, der diesen Ort besuchte, auch hier wohnen. Der Preis war nebensächlich. Das ließen sich viele Dorfbewohner natürlich nicht entgehen. Plötzlich konnte man die einfachsten Steinhäuser zu astronomischen Preisen verkaufen. Menschen aus aller Welt fraßen sich wie die Heuschrecken durch den Ort und schmissen mit ihrem Geld nur so um sich. Sogar das alte *Café du Progrès* wurde verkauft.«

»Das *alte* Café?«

»Ja. Dies hier ist nicht das urspüngliche, sondern der klägliche Versuch einer Wiederbelebung. Das echte *Café du Progrès* lag an der *Place Albert Roure*. Es war ein Treffpunkt für die Dorfbewohner, seit fast hundert Jahren. So wie die *Bar du Sud* in Sainte-Valérie. Man war unter sich. Fremde sind daran vorbeigegangen, weil es ihnen zu schummrig war. Bis der Herr Engländer es zur Hauptattraktion seiner Bücher erhob.« In einer dramatischen Geste warf er die Arme nach oben. »Endlich war etwas los im Ort. Der Bürgermeister schwamm auf einer Welle der Glückseligkeit! Und als ein New Yorker Food-Tycoon hier Urlaub machte, legte er ihm nahe, das Café zu kaufen und mit viel Geld in einen stylischen Foodtempel *à l'américaine* zu verwandeln. ›Veredeln‹ hatte er es genannt und davon geträumt, aus Ménerbes ein zweites Disneyland zu machen. Der New Yorker war begeistert gewesen von der Idee und schlug geifernd zu.«

»Und, was ist daraus geworden?«

»Haben Sie hier irgendwo einen amerikanischen Fresstempel gesehen? Nein.« Fortin lachte triumphierend. »Sie kennen ja die Bockigkeit der Provenzalen, das ging nach hinten los, und zwar richtig. Jedenfalls gab es einen üblen Rechtsstreit mit den Pächtern, und so wurde das Café nach einem Namenswechsel wieder abgestoßen, als sei es irgendein lästig gewordenes Spekulationsobjekt. Über Jahre stand es zum Verkauf. Was meinen Sie, wie viel der New Yorker dafür verlangt hat?«

»Keine Ahnung.«

»1,2 Millionen! Für ein schmales, baufälliges Haus, dem man die Seele entrissen hatte. Und nun raten Sie mal, ob sich irgendein Einheimischer das leisten konnte.«

»Wahrscheinlich nicht.«

»*Exactement*!« Fortin nickte heftig. »Und dann, ganz plötzlich, blieben die Touristen weg. Der Autor war ausgeflogen und nach einem kurzen Intermezzo in Amerika nach Lourmarin gezogen. Nun schreibt er nur noch Bücher, die seine jetzige Rückzugsstätte mit keinem Wort erwähnen. Immerhin, er hat gelernt, wenn auch für uns zu spät.«

»Dann sind die Bewohner ja wieder unter sich.«

»Die Bewohner von Ménerbes«, fuhr der alte *Policier* erbost fort, »stehen vor den Trümmern eines gentrifizierten Ortes. Im Herbst, wenn die Zweithausbesitzer fort sind, gleicht das Dorf einer hohlen Kulisse. Das medizinische Zentrum musste geschlossen werden, woraufhin die Apotheke in Schieflage geriet. Der Schlachter, der aus Altersgründen schließen musste, hat keinen Nachfolger gefunden, und die Post wurde zur Agentur. Wenn wir Dinge des täglichen Lebens brauchen, müssen wir in die nächste Stadt fahren, nach Cavaillon oder nach Coustellet.«

»Das habe ich nicht gewusst«, sagte Pierre leise. Er war ehrlich betroffen. »Kann man denn nichts dagegen tun?«

»Natürlich kann man. Und das ist ein weiterer Grund, warum ich wieder hergezogen bin. Während man in Sainte-Valérie meine Bedenken als Unkenrufe verlachte, weiß man hier mein Engagement zu schätzen. Wir Bewohner sind inzwischen in der *Protégeons Ménerbes* engagiert. Diese Bürgervereinigung tut alles, um die Lage zu verbessern. Doch es ist ein harter Kampf. Das Meiste scheitert an der leeren Gemeindekasse. Kein Wunder, die neuen Einwohner versteuern ihr Geld ja woanders. Die wahren Gewinner in diesem Kampf sind Landschaftsgärtner, Poolbauer und Sicherheitsdienste, während der Rest des Ortes in Schönheit stirbt.«

Nachdenklich nippte Pierre an seinem Kaffee. Was Fortin da skizziert hatte, war eine unerfreuliche Entwicklung. Aber durch die unverhoffte Berühmtheit des Ortes auch besonders. In Sainte-Valérie würde so etwas nicht passieren, dachte er.

»Diese Unstimmigkeiten mit Arnaud Rozier, die Sie erwähnten … Gab es konkrete Dinge, die Sie kritisiert haben?«

»Da können Sie Gift drauf nehmen! Sie kennen doch die neuen Appartementhäuser an der *Rue des Escaunes*? *Voilà*! So sieht es aus, wenn man sich als Gemeindeoberhaupt über die eigenen Vorschriften hinwegsetzt. So nah an der Stadtmauer hätte man die gar nicht bauen dürfen. Ich meine nicht, dass jetzt alles original provenzalisch aussehen muss, aber man hätte nicht solche Betonklötze da hinstellen dürfen! Rozier hat überhaupt kein Gefühl für irgendwelche historischen Werte. Und das ist nur ein Punkt von vielen.«

»Bei der Burgruine zumindest hat er sich an die historischen Vorlagen gehalten.«

»Ja, und dabei unsere einheimischen Handwerker gegen polnische Billigarbeiter ausgespielt.« Fortin wartete auf eine Reaktion und fuhr, als Pierre verwundert die Stirn runzelte, knurrend fort: »Jetzt sagen Sie bloß, das haben Sie nicht gewusst. Als die Handwerker in Verzug kamen, hat Arnaud kurzerhand ein osteuropäisches Team mit den Maurerarbeiten betraut, obwohl die keine Ahnung von Restaurierung hatten.«

»Soweit ich weiß, ging der Auftrag an einen Betrieb aus Apt.«

»Ja, aber es gab eine Klausel im Vertrag. Den alleinigen Zuschlag haben sie erst bekommen, nachdem sie schneller gearbeitet haben als die osteuropäischen Wanderarbeiter. Das ging an die Ehre, was meinen Sie, wie die plötzlich bei der Sache waren.«

Das war also der Grund für die schnelle Fertigstellung!

»Tja«, fuhr Fortin fort, »da staunen Sie, ich bin nach wie vor gut im Bilde. Ich weiß nur zu gut, was in Sainte-Valérie vor sich geht, ich habe da meine Quellen.«

Pierre spürte einen kleinen Stich in der Brust. »Und diese

ominöse Quelle hat Ihnen sicher auch verraten, was Maxim Sachet von Ihnen wollte.«

»Glauben Sie wirklich, dass ich Ihnen das erzähle?« Er fuhr mit der Hand in die Hosentasche, fingerte einen Schein heraus und schob ihn unter das Glas. Dann erhob er sich. »Ich habe schon genug geredet. *Au revoir*, Monsieur Durand. Und viel Erfolg!«

Damit drehte er sich um und verschwand im Lokal.

Das konnte doch nicht wahr sein!

»Warten Sie«, rief Pierre ihm nach. Dann warf er eine Münze neben die Kaffeetasse und eilte hinterher. »Sie sind Polizist gewesen. Es kann Sie doch nicht kaltlassen, dass jemand in Ihrem alten Revier ermordet worden ist.« Nun war er auf der Straße, eilte voran, war nur noch wenige Schritte hinter Fortin. »Maxim Sachet hatte Fragen, die ihn vielleicht das Leben gekostet haben. Er wollte auch mit Ihnen sprechen. Woher wollen Sie wissen, dass Sie nicht der Nächste sind?«

Fortin blieb so abrupt stehen, dass Pierre beinahe gegen ihn geprallt wäre.

»Der Nächste? Nein, der Mörder hat genau das bekommen, was er wollte. Damit ist die Sache erledigt.«

»Was macht Sie so sicher?«

Fortin zuckte die Schultern.

Mit einer energischen Bewegung packte Pierre sein Gegenüber am Arm. »Jetzt reden Sie endlich Klartext, verdammt! Ist Ihnen eigentlich bewusst, was Sie anrichten mit Ihrer Geheimniskrämerei? Nicht nur, dass Sie damit die Ermittlungen behindern, es schadet auch Sainte-Valérie, wenn wir den Täter nicht schnellstmöglich finden. *Unserem* Sainte-Valérie, Monsieur Fortin!«

Die Gesichtszüge des alten *Policiers* wurden mit einem Mal weich. »Sie lieben den Ort auch, nicht wahr?« Mit langsamer

Bewegung schob er Pierres Hand weg. »Ich zeige Ihnen mal was. Kommen Sie!«

Schweigend gingen sie die *Rue du Portail Neuf* entlang, die sich mit Blick auf die andere Seite des Luberons hinauf zur Festung wand und auf der *Place de l'Horloge* endete, wo sich auch die Gemeindeverwaltung und das *Maison de la Truffe et du Vin* befand.

Hier blieb Fortin stehen und breitete die Hände aus, als wolle er den gesamten Platz umarmen. »Wenn Sie wüssten, wie oft fremde Völker schon versucht haben, diesen Ort zu erobern, selbst der Papst hat ihn sich zeitweilig einverleibt. Und dann, als endlich die Bewohner die Oberhand hatten, kam das Heer der Touristen!«

Pierre unterdrückte ein Lachen. Es hatte wie ein Scherz geklungen, aber Fortins Gesichtsausdruck machte deutlich, wie ernst er es meinte.

Pierre folgte den Blicken des ehemaligen *Policiers*, drehte sich im Kreis und ließ die Atmosphäre dieses Platzes auf sich wirken, der den höchsten Punkt des Ortes markierte. Was er sah, gefiel ihm. Frisch verputzte Herrenhäuser standen neben mittelalterlichen Festungsbauten, kreisförmig angeordnet. Schilder wiesen den Besucher auf Ausstellungen hin und auf eine Buchhandlung, in der man alles bekam, was man über Wein und Trüffel wissen musste. Und vor den Eingängen von Rathaus und *police municipale* flatterte die Tricolore im lauen Sommerwind.

»Na, nun kommen Sie schon!«

Fortin stand vor einem Rundbogen innerhalb der Festungsmauer und winkte ungeduldig, dann tauchte er in den Schatten ein. Pierre folgte ihm durch die kühlen Arkaden bis zu einer kleinen Aussichtsplattform. Erst als sie sich hier, in einer dunklen Nische des Komplexes, unbeobachtet fanden, kam Fortin wieder auf den Fall zu sprechen.

»Ich habe Sie hierhergeführt, weil ich möchte, dass Sie mir hier, an diesem ehrwürdigen Ort, Symbol historischen Widerstandes gegen fremde Übernahmen, ein Versprechen geben.« Er wies über die Ebene bis hin zu den Monts de Vaucluse. Dorthin, wo Sainte-Valérie liegen musste. »Schwören Sie bei Ihrer Seele, dass Sie alles tun werden, um Ihr Dorf vor der Eroberung durch Außenstehende zu schützen.« Fortin hob zwei Finger zum Schwur, küsste sie und führte sie ans Herz.

Der Moment war an Theatralik kaum zu überbieten, und obwohl er als ehemaliger Großstädter doch selbst einer dieser sogenannten Außenstehenden war, tat Pierre es Fortin tief berührt nach. »Ich schwöre, dass ich das Dorf schützen werde«, flüsterte er. »So wahr ich hier stehe.«

»Gut.« Fortin nickte zufrieden. »Vor vier Jahren«, begann er flüsternd, »hat es unweit des Dorfes einen Toten gegeben. Er hieß Adrien Oliveira, ein Schriftsteller, nur mäßig erfolgreich. Bis er plötzlich eine Idee hatte, die ihm einen hoch dotierten Vertrag einbrachte, weil sich mehrere Verlagshäuser um die Rechte stritten. Er wollte, nach Vorbild des Engländers, ein ganzes Dorf in einer Romanserie denunzieren. Ihr Dorf, Monsieur Durand, Sainte-Valérie.«

12.

Es machte Pierre schier fassungslos. Plötzlich gab es nicht nur einen Toten, dessen Ableben ungeklärt war, sondern gleich zwei.

»Adrien Oliveira kam ursprünglich aus der Nähe von Avignon«, erzählte Fortin. »Er hatte sich für ein paar Monate ein Haus in der Nähe von Sainte-Valérie gemietet, um an einem – wie er sagte – überaus wichtigen Buch zu arbeiten, für das er absolute Ruhe brauchte. Es sollte etwas sein, das die Welt bewegen würde, genau so hatte er sich ausgedrückt. Erst später haben wir erfahren, dass er damit das Dorf meinte. Alles sollte genau beschrieben werden. Die Straßen, die Cafés, die Geschäfte. Selbst die Personen. Mit vollem Namen. Er wollte unser Leben und unser Sein an die Öffentlichkeit zerren, es vor aller Augen ausbreiten – so, wie es der Engländer getan hatte – und dabei seinen eigenen Namen geheim halten.«

»Er wollte unter Pseudonym schreiben?«

»Ja, ebenfalls ein englisches, zumindest wurde das behauptet. Das Erfolgskonzept sollte kopiert werden, mit Fokus auf den amerikanischen Markt. Offenbar hat es schon Absprachen mit einer Filmproduktion gegeben, alles war genau wie bei seinem Vorbild. Die Leute sind Sturm gelaufen. Ich erinnere mich an eine Versammlung in der *Bar du Sud*, bei der es laut zugegangen ist. Viele haben Verwünschungen ausgestoßen, man wollte sich zusammenrotten und Oliveira einen Besuch abstatten, damit er von seinem Vorhaben abließ. Wie dieser Besuch aussehen sollte, können Sie sich sicher vorstellen. Ich habe sie gerade noch davon abhalten können, ihn zu lynchen.«

»Hat denn überhaupt jemand das Manuskript gelesen?«

»Es kursierte eine Kopie. Nicht viel, nur ein paar Seiten. Die Beschreibungen, die dieser Schmierfink absonderte, waren für manche ein Schlag ins Gesicht. Er ist gestorben, bevor er es beenden konnte. Das Buch ist nie erschienen.«

Es war Fortin anzusehen, dass er es nicht allzu sehr bedauerte. Auch der Obstbauer Louis Rollande war schlecht auf die sogenannten Schreiberlinge zu sprechen gewesen. Pierre hatte gedacht, er hatte damit Journalisten im Allgemeinen bezeichnet, nun aber ahnte er, dass es mit dem toten Schriftsteller zu tun haben musste und mit dessen Manuskript.

»Haben Sie ein Exemplar davon?«

»Nein. Es gab nur dieses eine. Und das wurde feierlich vernichtet.« Er machte eine Handbewegung, als entzünde er ein Streichholz. »Die Asche haben wir in der *Bar du Sud* im Klo runtergespült. Da, wo es hingehört.«

»Wissen Sie zufällig, in welchem Verlag es hätte erscheinen sollen?«

»Nein. Lassen Sie die Sache besser ruhen, Monsieur Durand.«

»Warum?«

»Sie könnten schlafende Hunde wecken.«

»Hatten Sie nicht gerade noch gesagt, der Mörder hätte nun alles, was er wollte?« Pierre schüttelte den Kopf. »Nein. Ich muss das tun, verstehen Sie, ich kann erst wieder ruhig schlafen, wenn der Täter gefasst ist. Und gerade Sie sollten das eigentlich am besten verstehen.«

»Also gut«, sagte Fortin. Er war seltsam zahm geworden seit dem Schwur. Fast so, als wäre Pierre mit einem Mal ein Verbündeter. »Was wollen Sie noch wissen?«

»Wer hat damals die Untersuchungen geleitet?«

»Ein Team der *police nationale* aus Cavaillon. Ich habe die Akten einsehen dürfen. Adrien Oliveira starb, wie es im offiziellen Abschlussbericht hieß, infolge der Überdosierung eines Halluzinogens. Sogenannte Gammahydroxybutyrate oder auch Liquid X. Oliveira ist ins Koma gefallen und schließlich an einer Atemlähmung erstickt. Es war eine dieser Substanzen, die man in Flüssigkeiten mischt. Man hat Spuren davon in einer Flasche Wein gefunden, was die Wirkung gefährlich verstärkt.«

»Wie viel hat er davon getrunken?«

»Eine halbe Flasche.«

»Klingt eher nach einem Selbstmord«, erwiderte Pierre. »Die Substanz hat einen markant salzigen Geschmack, Oliveira hätte es mit Sicherheit bemerkt.«

»So lautete auch die Einschätzung der *police nationale*. Aber in einem kräftigen Roten geht der Geschmack unter. Außerdem hat Oliveira nie Drogen genommen. Das hat die Haaranalyse ergeben.«

»Hat man denn Spuren am Korken gefunden? Irgendetwas, das darauf hinweist, dass man die Substanz in die geschlossene Flasche gegeben hat. Mit einer Kanüle beispielsweise.«

Fortin zuckte die Schultern. »Keine Ahnung, davon wurde im Bericht nichts erwähnt.«

»Also fußt Ihr Verdacht lediglich auf der Tatsache, dass Oliveira sich Feinde gemacht hat?« Pierre sah Fortin ernst an und beobachtete dabei jede seiner Regungen. Der alte *Policier* wusste mehr, als er zugeben wollte, dessen war er sich sicher. »Das haben Sie damals natürlich auch den ermittelnden Beamten erzählt?«

Fortin hob die Arme. »Nein. Was hätte ich auch sagen sollen? Wir alle haben geahnt, dass es jemand aus Sainte-Valérie gewesen sein konnte. Aber niemand hat etwas gesagt. Wie Sie schon meinten, es war ja nur eine Vermutung, kein konkreter Verdacht. Bis gestern. Es war kein Zufall, dass ausgerechnet jemand sterben musste, der sich mit dem alten Fall beschäftigte.«

»Und wer könnte es Ihrer Meinung nach gewesen sein?«

»Ich weiß es nicht. Sie kennen doch die Leute, Sie wissen, wie schnell sie auf hundertachtzig sind. Der halbe Ort wäre verdächtig, Monsieur Durand, der halbe Ort.«

Pierre nickte. Er konnte sich lebhaft vorstellen, wie sich die Dorfbewohner in die Sache hineingesteigert hatten. Der Mechaniker Stephane Poncet beispielsweise, der verwitwete Uhrmacher Didier Carbonne oder der Krämer Serge Oudart. Menschen, die von jetzt auf gleich heftig in Rage geraten und einander das Leben schwer machen konnten, in der Not aber ihre alten Fehden vergaßen und sich gegenseitig schützten. Und die ihm in den vergangenen Jahren ans Herz gewachsen waren. Es machte die Sache nicht einfacher.

Mit zunehmendem Unbehagen klammerte Pierre sich an die Hoffnung, dass jemand anders diese Posse angezettelt hatte. Vielleicht sogar Gilbert Fortin selbst. Dessen plötzliche Kooperation könnte eine Finte sein, er durfte ihn nicht aus dem Kreis der Verdächtigen ausschließen, nur weil er ihm auf einmal Rede und Antwort stand.

»Wo waren Sie gestern, während der *Feux de Saint-Jean*?«

Irritiert hob Fortin eine Braue. »Ich war nicht in der Nähe des Tatortes, wenn Sie das meinen. Ich habe Sainte-Valérie seit Jahren nicht mehr betreten. Und wenn ich da gewesen wäre, Monsieur, dann wäre das bestimmt nicht unentdeckt geblieben.«

Damit hatte er wohl Recht, dachte Pierre, während er zurück zum Parkplatz ging. Und dennoch schrieb er, kaum dass er sich hinter das Lenkrad seines Renaults gesetzt hatte, den Namen des ehemaligen *Policiers* in sein Notizbuch, auf die Liste der Verdächtigen.

Während Pierre Ménerbes wieder in Richtung des Luberon-Tals verließ, dachte er, wie sehr diese Neuigkeiten die Ermittlungen erschwerten. Sollten sie etwa den halben Ort vesammeln, um dem nachzugehen? Es würde Tage dauern, die Befragungen durchzuführen, und mehrere Beamte beschäftigen, ohne dass – dessen war er sich sicher – er einen einzigen brauchbaren Hinweis von den Leuten bekäme. Es musste einen anderen Weg geben, die Wahrheit herauszufinden.

Als Pierre zwanzig Minuten später den Wagen wieder vor der Wache in der *Rue des Oiseaux* parkte, wusste er auch, wie dieser Weg aussehen könnte. Bis zur Dienstbesprechung um eins war es noch eine gute Stunde. Zeit genug, um in der *Bar du Sud* vorbeizuschauen und Georgette zu fragen, ob sie mehr von dem Streit zwischen dem Obstbauern und dem Journalisten mitbekommen hatte als ihr Mann Philippe. Und ob sie vor vier Jahren dabei gewesen war, als sich die Dorfgemeinschaft gegen den Schriftsteller Adrien Oliveira verschworen hatte.

13

»Und du willst wirklich nichts anderes trinken? Einen Pastis oder einen guten Roten?«

»Nein. Der *citron pressé* ist genau richtig bei der Hitze.«

Pierre nahm das Glas entgegen, das Georgette ihm über die Theke reichte und trank sofort einen großen Schluck. Die attraktive Mittvierzigerin hatte das fein zerstoßene Eis mit einer selbst angesetzten Zitronenlimonade übergossen und mit einem Minzblatt dekoriert, was wunderbar erfrischend schmeckte.

»Ich bin gleich wieder bei dir«, sagte sie und balancierte ein Tablett mit Rosé zu einem Tisch im hinteren Bereich.

Die *Bar du Sud* war zur Hälfte gefüllt, auf dem Fernseher in der Ecke lief ein Pferderennen, das einige Gäste lautstark kommentierten. Aus der Klimaanlage drang kühle Luft – etwas zu kühl für Pierres Empfinden, aber alles war besser als die brütende Mittagshitze dort draußen.

Pierre pflückte das Pfefferminzblatt vom Glasrand und wartete kauend, bis Georgette ihren Platz hinter der Theke wieder eingenommen hatte.

»Wie geht es Lusette?«, sagte er, nachdem er den intensiven Mentholgeschmack mit einem Schluck *citron pressé* heruntergespült hatte.

»Gut, sie macht bald ihren Abschluss.«

Georgettes und Philippes Tochter studierte Informatik in Aix-en-Provence. Eine Tatsache, die dem Inhaber der Bar anfänglich auf den Magen geschlagen war. Ein Mädchen in einem Männerberuf. Und das ihm!

Schließlich hatte er sich dem Unausweichlichen gefügt. Und nachdem Lusette ihm geholfen hatte, das Kassensystem für die Pferdewetten wieder in Gang zu bringen, das kurz vor Beginn eines bedeutenden Rennens abgestürzt war, war er sogar richtiggehend stolz auf seine Tochter gewesen.

»Philippe hat erzählt, du hättest vielleicht den Streit mitbekommen, den der Journalist mit dem Obstbauern hatte, Louis Rollande.«

»Ja, das stimmt. Der Mann ist reingekommen und geradewegs auf ihn zugegangen. Das weiß ich, weil ich Louis und seinen Jungs gerade eine Runde Bier gebracht habe. Es hat keine drei Minuten gedauert, bis das eskaliert ist.« Georgette schüttelte den Kopf, dass ihre langen, mit Strasssteinen besetzten Ohrringe klimperten. »Für einen Moment hatte ich Sorge, sie würden sich hier in der Bar prügeln. Ich war kurz davor, dich zu rufen.«

»Hast du verstanden, worum es gegangen ist?«

»Nicht wirklich. Ich weiß nur, dass Louis sich erschrocken hat, als der Journalist ihn ansprach und zur Seite nahm. Der ist richtig blass geworden und war für einen Moment komplett sprachlos. Dann hat er seinen Jungs etwas zugerufen, und Thomas ist sofort auf den Mann losgegangen.«

»Thomas Bussan, der Confiseur? Ich dachte, es sei Louis Rollande gewesen, der aggressiv geworden war. Zumindest hat dein Mann das so erzählt.«

»Ja, hat er das?«

»Er meinte, er hätte gedacht, der bringt ihn gleich um.«

Georgette lachte auf. »Bei aller Liebe, aber hier irrt Philippe gewaltig. So genau kann er das auch gar nicht gesehen haben, er stand hinter der Theke, die Bar war voll. Ich war direkt dabei, und ich kann mich ganz genau daran erinnern. Louis hatte laut gegen irgendeine Unterstellung protestiert, er ist richtig wütend geworden. Aber er hat ihm keine Schläge angedroht oder so was, das war sein Freund, Thomas. Das war wirklich heftig, der hat den Journalisten an der Schulter gepackt und nach hinten gestoßen, dass der Mann gegen den Nachbartisch gekracht ist. Da sind einige Gläser zu Bruch gegangen, du kannst dir vorstellen, wie sauer ich war.«

Pierre runzelte die Stirn. Es kam häufig vor, dass Zeugen Situationen unterschiedlich schilderten, vor allem unter dem Eindruck einer schockierenden Bluttat, aber es ärgerte ihn jedes Mal aufs Neue. Immerhin, Georgette schien in dieser Situation zuverlässiger zu sein, zudem hatte sie beiläufig ein Detail verraten, das wichtig war.

»Eine Unterstellung sagst du? Hat Rollande das wirklich so gesagt?«

Georgette legte den Kopf schief und dachte nach, bevor sie antwortete. »Ja, ich glaube, dieses Wort ist gefallen. Wenn ich recht überlege, hatte es den Anschein, als wolle dieser Journalist etwas aus ihm herausbekommen. Und als Louis sich verweigerte, hat er ihm etwas entgegengeschleudert. Tja, und damit fing das Ganze an.«

Das erklärte so einiges.

»Und was ist mit Patrick Flamant? War der auch involviert?«

»Der ist mir«, antwortete sie ohne zu zögern, »kaum aufgefallen. Er stand dabei, ja, und vielleicht hat er auch etwas gesagt. Aber er war nicht aggressiv.«

»Kannst du dich an weitere Details erinnern? Gesprächsfetzen, irgendwelche Namen, die gefallen sind. Vielleicht etwas, das in Zusammenhang mit einem Vorfall vor vier Jahren steht?«

Georgette zog eine Braue hoch. »Ich weiß nicht, was du meinst.«

»Möglicherweise beziehen sich die Fragen, die Maxim Sachet gestellt hat, auf etwas, das in der Vergangenheit liegt. Erinnerst du dich an den Schriftsteller, der an einer Überdosis Drogen gestorben ist?« Pierre warf einen Blick in sein Notizbuch. »Er hieß Adrien Oliveira.«

Nun erhellte sich ihr Gesicht. »Natürlich erinnere ich mich an ihn. Er wollte ein Buch über Sainte-Valérie schreiben. Die meisten waren ziemlich aufgebracht deswegen. Sie sind richtig heißgelaufen. Dabei fand ich die Idee ganz hübsch. Na ja, nicht jeder ist gut dabei weggekommen. Aber dass daraufhin eine Inquisition über ihn hereinbrach …«

»Du kennst den Text?«

»Jeder im Dorf kennt ihn. Albert hat ihn vorgelesen, hier in der Bar. Zumindest das bisschen, was er hatte. Es waren vielleicht zehn, fünfzehn Seiten.«

»Albert, der Inhaber vom *Chez Albert*?«

»Ja.«

»Woher hatte er das Manuskript?«

»Er behauptete, ein guter Freund hätte ihm die Seiten zugesteckt, um ihn vor der Katastrophe zu warnen, die auf das Dorf zurollen würde.«

Pierre runzelte die Stirn. Das Thema kam ihm irgendwie bekannt vor. »Und dieser gute Freund hieß nicht zufällig Gilbert Fortin?«

Georgette lachte. »Das könnte man meinen, so überengagiert, wie der manchmal war, aber in diesem Fall war er ebenso überrascht wie wir alle.«

Oder er hat ein Talent zur Schauspielerei, dachte Pierre. »Weißt du noch, was da drinstand?«

»Lass mich mal nachdenken …« Georgette strich sich mit einer langsamen Bewegung über das Haar. »Ich kann mich nur bruchstückhaft erinnern«, sagte sie schließlich, »es ist zu lange her. Ich weiß nur, dass er über unseren Krämer gelästert hat und über einige andere, die hier im Ort ein Geschäft betreiben. Aber ansonsten …«

»Und die Beschreibungen reichten aus, um ein ganzes Dorf gegen ihn aufzubringen?«

»Ja, zumindest diejenigen, die sich wiedererkannten. Der Ton war zwar humorvoll, aber auch verletzend. Ich erinnere mich noch, dass ich mich gefragt habe, wen Oliveira wohl ausgehorcht hat, dass er all das wusste. So lange war er ja noch nicht in Sainte-Valérie …«

»Hatte er denn zu jemandem einen besonders engen Kontakt?«

»Nicht dass ich wüsste. Das Seltsame daran ist«, fuhr Georgette nachdenklich fort, »dass der Autor eigentlich ein ganz netter Mann war. Beinahe schüchtern. Oliveira war manchmal bei uns in der Bar, morgens, und trank seinen Kaffee, während er in irgendwelchen Büchern las. Ich hatte nicht das Gefühl, dass er hier Informationen sammelte oder die Menschen aushorchte, ganz im Gegenteil. Sobald die Bar voller wurde, ist er wieder gegangen. Nur mit den älteren, mit denen unterhielt er sich gerne auf Provenzalisch, da ist er regelrecht aufgetaut.«

»Was, wenn die ihm den Dorftratsch erzählt hätten und sich dann für seine Indiskretion rächen wollten?«

»Du denkst, er ist umgebracht worden?«

»Es ist eine Möglichkeit.«

Georgette warf lachend den Kopf zurück. »Das ist absurd. Die Männer, mit denen er gesprochen hat, sind allesamt um die siebzig. Alleine die Vorstellung, dass sie sich harte Drogen beschaffen, um einen Autor zu bestrafen, weil er Dorfinterna ausplaudert …« Sie hob die Arme. »Na ja, man steckt nicht drin in den Leuten. Ich hatte eher gedacht, dass Oliveira zu sensibel war für den ganzen Ärger und sich deshalb umbrachte. Klingt doch logisch, oder etwa nicht?«

Pierre nickte lächelnd. »Natürlich.«

Zwei Autoren, die das Dorf in Wallung bringen, dachte er. Ein Schriftsteller und ein Journalist. Der Fall schien eindeutig, fast so, als gelte es nur noch denjenigen herauszusieben, der sich am stärksten gekränkt fühlte. Und dennoch ahnte Pierre, dass dies noch längst nicht alles war.

Im hinteren Teil der Bar brach lautes Johlen aus. Einige Gäste waren aufgesprungen, schrien den Fernseher an, als würde ihr Anfeuern helfen, das Rennen zu entscheiden.

»Glaubst du wirklich«, rief Georgette gegen den Lärm an, »dass der Mord an diesem Journalisten etwas mit dem Tod von Oliveira zu tun hat?« Ihre Miene war nun ernst geworden.

»Ja, das denke ich. Zumindest hat Maxim Sachet sich vor seinem Tod nach dem Fall erkundigt.«

Sie nickte schweigend und sah in Richtung des Fernsehers, vor dem wieder Ruhe eingekehrt war. Dann nahm sie sich einen Lappen und begann, die Fläche an der Zapfanlage zu wischen. Sie sah mit einem Mal sehr sorgenvoll aus.

»Was weißt du darüber?«, fragte er.

Schweigend fuhr sie mit dem Lappen über den Holztresen.

»Irgendetwas ist doch.«

Mit zögerlicher Geste strich Georgette sich das Haar hinter die Ohren. »Eigentlich will ich damit nichts zu tun haben.«

»Du hast bereits etwas damit zu tun, Georgette, alleine, weil es dich beunruhigt.«

»Was soll ich sagen, Pierre, ich will niemanden anschwärzen. Aber ich habe das Gefühl, dass die Menschen seit dem Mord nur noch ein Thema haben. Und es ist dasselbe wie damals, bevor der Schriftsteller starb. Nur mit anderen Personen.«

»Erzähl.«

Pierre wartete geduldig, sah ihr zu, wie sie den Lappen unter den Wasserhahn hielt und ihn mit nahezu meditativer Inbrunst auswusch. Er wusste, dass es nichts bringen würde, sie noch mehr zu drängen, und hoffte, dass sie von selbst beginnen würde.

»Nun gut«, sagte sie endlich und sah ihn entschieden an. »Die Angst, dass unser Dorf ungewollt zu einem Touristenmagneten wird, ist heute mindestens genauso groß wie damals. Nur ist das Ziel der Wut heute kein künftiger Bestsellerautor, sondern es geht um die Marketingaktivitäten unseres Bürgermeisters.«

»Du meinst die *Feux de la Saint-Jean*?«

»Ja. Ein Heidenspektakel, du hast es ja selbst erlebt. Sainte-Valérie ist regelrecht überrannt worden. Und nun sind die Leute wütend, sie glauben, dass Rozier das Dorf zu einem Vergnügungspark machen will, nur um noch mehr Geld zu scheffeln.«

Aus unerfindlichem Grund fühlte Pierre sich bemüßigt, den Bürgermeister zu verteidigen, obwohl er ebenfalls wütend auf ihn gewesen war. »Das wird er nicht tun, was er macht, dient dem Dorf.«

»Ach ja?« Georgette wiegte zweifelnd den Kopf. »Ich glaube das ganz und gar nicht, und da bin ich nicht die Einzige. Ich habe das Gefühl, da braut sich was zusammen. So wie damals. Sie sind richtig wütend.«

»Wen genau meinst du?«

Sie seufzte laut. »Na ja, das geht quer durch die Dorfgemeinschaft. Vor allem die Alten, die sich ihre Zeit auf dem Bouleplatz vertreiben. Aber genauso die Handwerker, Geschäftsleute und Landwirte. Selbst die Familienväter. Ich will hier ungern einzelne Namen nennen.«

»Aber gerade die Alten waren doch begeistert, als er diese Tradition neu eingeführt hat.«

»Ja, weil sie dachten, er tue es ihretwegen. Sie glaubten, die provenzalischen Traditionen seien ihm wichtig. Dass es zu einem medienwirksamen Festival wurde, hat sie beunruhigt. Und nun soll schon im August das neue Burgmuseum eröffnet werden. Wenn Rozier dafür wieder so einen Affenzirkus macht, dann ...«

»Madame!« Der Ruf kam von einem der hinteren Tische. Einer der Gäste, die eben noch lauthals grölend vor dem Fernseher herumgehüpft waren, winkte mit hoch erhobener Hand. »Wollen Sie die Güte haben, uns endlich Aufmerksamkeit zu schenken? Wir sind kurz vor dem Verdursten.«

»Bin sofort da.« Georgette zuckte entschuldigend die Schultern. »Ich muss weitermachen. Der *citron pressé* geht aufs Haus.« Damit griff sie nach ihrem Block und eilte davon.

Pierre trank sein Glas leer und dachte, dass das Gespräch dem Fall eine weitere Facette hinzugefügt hatte. Nicht nur, dass er der Frage nachgehen musste, warum Thomas Bussan derart aggressiv geworden war und was es mit der ominösen Unterstellung auf sich hatte, auch waren nun die Dorfbewohner weiter in den Fokus gerückt. Vor allem die älteren Herren, mit denen sich Oliveira auf Provenzalisch unterhalten hatte – und deren Namen Georgette nicht hatte nennen wollen. Wobei Pierre sich denken konnte, um wen es sich handelte. Nur, dass er ihnen keinen Mord zutrauen würde. Einen Aufstand gegen die Politik des Bürgermeisters hingegen schon.

Er würde sich Didier Carbonne vorknöpfen, der sicher einen besseren Überblick hatte. Beim alten Uhrmacher genügte es meist, ihm eine deftige Mahlzeit zu spendieren, und schon bekam man die Informationen, die einem zur Vollendung des Puzzles fehlten.

Pierre hatte sich gerade von seinem Barhocker erhoben, als ein leises *Pling* den Eingang einer Mail ankündigte. Sie war von Lechat.

Hallo Pierre,
hier die gewünschten Bilder aus Maxim Sachets Wohnung.
Wir sehen uns um eins.
À tout à l'heure,
Robert

Pierre scrollte nach unten und besah sich die Fotos. Eine aufgeräumte kleine Wohnung, überall Regale mit Büchern und Ordnern in dunklem Grau. An den Wänden hingen Schwarzweiß-Fotografien von Stars aus den Sechzigern. Ein seltsam aufgeräumter Schreibtisch, er hatte sich eher kreatives Chaos vorgestellt, doch der Journalist schien ordnungsliebend zu sein.

Auf einem weiteren Foto war eine Art Leseecke zu sehen, Pierre klickte es an, um es zu vergrößern. Ein Freischwinger aus hellem Leder, wie er in den achtziger Jahren so beliebt gewesen war. Und daneben, auf dem Beistelltisch, ein kleiner Stapel Bücher, deren Buchrücken zur Kamera gerichtet waren.

Pierre zoomte näher heran und las die Aufschriften:

Zentralismus und Demokratie
Der Kreuzzug gegen die Albigenser
Gai Saber – Schule der Troubadourdichtung
Die Geschichte Okzitaniens

Er hielt inne. Das konnte unmöglich ein Zufall sein! Der Mord war während eines okzitanischen Festes geschehen. Gab es vielleicht einen ganz anderen Zusammenhang als bislang angenommen?

Plötzlich hatte er einen Gedanken. Er suchte noch einmal nach Georgette, fand sie hinten bei den Gästen. Lachend, scherzend, als habe sie den Ernst des Gesprächs längst wieder abgeschüttelt. Er rief ihren Namen und winkte ihr zu.

»Ist noch etwas?«, fragte sie, während sie ihm entgegenkam.

»Du sagtest, Oliveira hätte bei seinen Aufenthalten in der Bar Bücher dabeigehabt. Erinnerst du dich noch, welche es waren?«

»Nein, das ist zu lange her. Aber ich weiß, dass er immer so alte Werke gelesen hatte, ganz vergilbt. Anfangs hatte ich nämlich gedacht, er sei gar kein Schriftsteller, sondern Wissenschaftler oder Historiker.«

»Ist dir wenigstens das Thema noch im Gedächtnis? Denk bitte nach, es ist wichtig.«

Georgette rieb sich die Stirn. »Ich habe ihn mal gefragt, was das für Bücher sind. Ich kann mich nicht genau an seine Antwort erinnern, aber es muss irgendetwas mit der Geschichte Okzitaniens zu tun gehabt haben.«

14

Was für eine Neuigkeit! Während Gilbert Fortin davon über-zeugt gewesen war, dass der Grund für Oliveiras Tod in einem bestsellerverdächtigen Buchprojekt lag, tat sich hier mit dem Hinweis auf Okzitanien eine neue Spur auf.

Noch war etwas Zeit bis zur Dienstbesprechung, er würde sich rasch einen Überblick über die Historie verschaffen, um die Zusammenhänge zu verstehen. Und niemand anders kam dafür besser infrage als die neue Kuratorin des künftigen Burgmuseums.

Madame Levys Büro lag in der *mairie*. Pierre konnte nur hoffen, dass sie auch am heutigen Samstag arbeitete.

Mit großen Schritten überquerte er die *Place du Village*. Bühne und Essensstände waren inzwischen abgebaut worden, ein paar Journalisten trieben sich herum, richteten ihre Kame-ras auf das Untersuchungszelt, das noch immer neben dem Brunnen stand. Einer von ihnen sprach mit ernster Miene in eine Kamera, die er mit ausgestreckter Hand auf einer langen Stange vor sich hielt.

Die Tür zur *mairie* war tatsächlich unverschlossen. Gisèle saß an ihrem Platz am Empfangstisch und hob erst den Kopf, als er eintrat.

»Monsieur Durand, was machen Sie denn hier? Möchten Sie zum Bürgermeister? Der hat das Haus bereits vor einigen Minuten mit dem *Commissaire* aus Cavaillon verlassen, gleich nach Ende der Pressekonferenz.«

»Nein, ich …« Etwas glänzend Schwarzes weckte Pierres Aufmerksamkeit. Er hielt inne und trat ein Stück näher. »Was ist denn das?«

»Eine neue Telefonanlage!« Sie sagte es mit sichtlichem Stolz und tippte auf eine Bedienungsanleitung, die offen vor ihr auf dem Schreibtisch lag. »Sie kann sogar Musik spielen und klopfen, was auch immer das sein soll.«

»Sie meinen *anklopfen*«, korrigierte Pierre, überrascht über das Zeugnis technischen Fortschritts, das auf dem altmodischen Empfangstisch wie ein Fremdkörper aussah. Er hätte wetten können, dass derartige Neuheiten erst nach ihrer Pensionierung Einzug halten würden. Und das war noch einige Jahre hin. »Das signalisiert, dass während des Gesprächs ein weiterer Anruf eingeht.«

»Während man bereits jemanden in der Leitung hat?« Gisèles Augenbrauen hoben sich in einem Anflug von Skepsis. Dann lächelte sie. »Ich werde die Funktion einfach abschalten.«

Pierre lachte. Das war die Gisèle, die er kannte. Liebenswert, aber hoffnungslos altmodisch. Sie würde die neue Telefonanlage einfach so lange manipulieren, bis sie nichts weiter war als eine glänzende Variante ihrer alten.

»War das die Idee unseres Bürgermeisters?«

»Wie bitte?« Verwundert ließ sie ihre Brille auf die Nasenspitze rutschen.

»Ich meine, diese Neuerung kam sicher nicht freiwillig.«

»Doch, doch. Ich hätte es selbst nicht für möglich gehalten, dass ich mich derart umstelle. Aber letztlich habe ich eingesehen, dass auch ich mit der Zeit gehen muss. Es wird meine Arbeit ungemein erleichtern. Ich weiß gar nicht, warum ich das nicht schon viel früher gemacht habe.«

»Es war *Ihre* Entscheidung?«

»Selbstverständlich. Oder meinen Sie etwa, so etwas lasse ich mir aufzwingen?« Sie schob ihre Brille wieder nach oben. »Was kann ich für Sie tun, Monsieur Durand?«

»Ich möchte zu Madame Levy.«

»Die ist drüben im Burgmuseum. Einige Ausstellungsstücke sind angekommen, die katalogisiert werden müssen. Sicher wird sie im Archiv Ihr Klopfen nicht hören, brauchen Sie einen Schlüssel?«

»Nicht nötig.« Pierre griff in seine Gürteltasche und tastete nach dem kühlen Metall. »Arnaud hat mir gestern einen gegeben.«

Damit eilte er hinaus. Eine neue Telefonanlage – und sogar aus freien Stücken! So sehr konnte man sich täuschen.

Er fand die Kuratorin im Kaminraum des ersten Stocks. Madame Levy kniete vor einer Holzkiste und ließ die Dokumente in ihrer Hand mit einem spitzen Schrei fallen, als er sich vor sie stellte.

»Haben Sie mich erschreckt! Wo kommen Sie denn so plötzlich her?«

Sie lachte fröhlich, während sie sich erhob, strahlte ihn an, als sei er ein lang ersehnter Besucher.

»Ich habe einen Schlüssel. Ich hatte Ihren Namen gerufen, bevor ich eintrat, aber Sie waren so vertieft …«

»Ja, das war ich, in der Tat.«

Die Kuratorin klopfte den Staub von ihrem Rock. Heute trug sie eine hellrosa Bluse, ganz ohne Rüschen oder Blümchen. Und trotzdem wirkte sie noch immer wie ein Tonpüppchen. Was daran liegen mochte, dass ihre Wangen kleine rote Kreise zierten, die jedoch natürlichen Ursprungs waren und nicht, wie er gestern angenommen hatte, aufgemalt mit Rouge.

»Sehen Sie sich nur dieses wunderbare Stück an«, wisperte sie mit ehrfürchtiger Stimme. Sie entnahm der Kiste eine Schachtel, in der eine verbeulte Silbermünze lag. »Sie ist von Charles d'Anjou, *Comte de Provence*. Sie stammt aus dem dreizehnten Jahrhundert.« Madame Levy lächelte, als betrachte sie ein Hundebaby. »Ich finde es immer wieder erstaunlich, wie lebendig Geschichte plötzlich wird, wenn man eines ihrer Zeugnisse betrachtet. Man kann förmlich spüren, welche Schicksale sich mit dieser kleinen Münze verbunden haben, finden Sie nicht auch?«

Pierre trat näher. Er wusste, wovon Madame Levy sprach, ebenso erging es ihm bei alten Büchern. Während seiner Ausbildung hatte er sich manchmal in den alten Bibliotheken der Sorbonne herumgetrieben und Titel herausgesucht, die aus dem siebzehnten Jahrhundert stammten. Der Geruch, der ihm beim Aufschlagen der Folianten entgegengeströmt war, löste stets eine ganze Kaskade an Emotionen aus, die er nur schwer beschreiben konnte. Alleine die Vorstellung, dass genau dieses Buch bereits vor dreihundert Jahren in den Händen eines Menschen lag, der die Welt um so vieles anders erlebte, als er es nun tat, hatte ihn nachhaltig bewegt.

»Beeindruckend«, bestätigte er, während er sich über die Münze beugte. »Die Prägung sieht beinahe wie ein Templerkreuz aus.«

»Nicht nur beinahe. Der Templerorden gehörte zu den Verbündeten des Grafen im Kampf um die Krone Jerusalems. Und das ist nur eines von vielen Ausstellungsstücken aus dieser Zeit. Neben Bildern und Fresken haben wir auch Kleidung – wahre Schätze, die sich im Besitz der letzten Burgherren befanden, bevor Kardinal Richelieu sie im Zuge der Religionskriege belagerte und zur Flucht trieb. Erst vor wenigen Jahrzehnten hat man die zurückgelassenen Dinge in einem verborgenen Raum dieses Gewölbes gefunden und neben Büchern und Verwaltungsregistern im örtlichen Archiv der *mairie* gelagert. Vieles davon werden wir endlich in unseren neuen Räumen präsentieren können. Aber es wird auch einige modernere Elemente geben. Eine Videoinstallation, animierte Schautafeln und natürlich Audiovorträge. Eine der Schautafeln ist vor wenigen Tagen geliefert worden, wollen Sie mal sehen?«

»Gerne, aber nicht jetzt«, entgegnete Pierre, obwohl es ihn tatsächlich interessiert hätte. »Ich bin in Eile, eigentlich wollte ich Sie bitten, mir etwas über die Geschichte Okzitaniens zu erzählen. Ich habe allerdings nur …« Er sah auf die Uhr. Die Dienstbesprechung würde jeden Augenblick beginnen. »Nur zehn Minuten.«

»Nur zehn Minuten, bei einem derart komplexen Thema? Aber *Monsieur le policier*, das ist ganz schön sportlich!«

»Bitte!«

»Nun gut, ich gebe mein Bestes. Aber vielleicht sagen Sie mir zuerst, was Sie bereits darüber wissen.«

»Bislang nur, dass das Gebiet des alten Okzitaniens den Süden Frankreichs, einen Teil Kataloniens und des Piemonts umfasst und mit einer gemeinsamen Sprach- und Kulturgeschichte verknüpft ist«, begann Pierre. »Allerdings hatte ich bis vor Kurzem immer gedacht, der historische Kern liege vor allem in den Regionen rund um Carcassonne.«

»Die öffentliche Wahrnehmung konzentriert sich tatsächlich auf den Südwesten. Nicht nur, weil der Kreuzzug gegen die Katharer dort seinen Höhepunkt hatte, sondern auch, weil die Menschen dort alles tun, um die Erinnerung an diese Zeit aufrechtzuerhalten. In Carcassonne erlebt die Geschichte eine wahre Renaissance. Man lässt das Mittelalter wiederaufleben mit altertümlichen Märkten, Troubadouren und Minnesängern. Und auch der Beschluss des Regionalparlaments, die beiden Gebiete Languedoc-Roussillon und Midi-Pyrénées zusammenzulegen und ab Oktober 2016 auch offiziell *L'Occitanie* zu nennen, tut ein Übriges.«

»Der Kreuzzug gegen die Katharer«, wiederholte Pierre, er dachte daran, dass Sachet vor allem Titel gelesen hatte, die sich auf die Historie konzentrierten. »Das waren doch eigentlich auch Christen. Warum hat man gegen sie gekämpft?«

»Für den Papst waren sie Feinde«, erklärte Madame Levy. »Die Bewegung der Katharer war im ganzen Süden verbreitet. Sie glaubten daran, dass der Mensch dem Materiellen, dem Teuflischen, entsagen musste, um Gott nahe zu sein. Das Streben nach Vollkommenheit befreite die Seele von allem Bösen, es gab weder das Jüngste Gericht noch die ewige Hölle. Damit stellten die Katharer die offizielle Lehre des Papstes infrage, ebenso den pompösen Lebensstil der katholischen Kirche!«

»Und das hat sich der Papst nicht gefallen lassen.«

»Richtig. Aber um die Katharer samt der infiltrierten Adelsgeschlechter zu vernichten, brauchte er die Unterstützung des Königs. Der Süden stand damals unter der Herrschaft der Häuser von Toulouse, Burgund und Aquitanien – formal waren sie Vasallen des französischen Königs, faktisch aber unabhängige Regenten. Das Königshaus war dagegen machtlos, die Truppen zu schwach. Als aber Papst Innozenz III. sich mit dem Norden verbündete, um die Katharer zu schlagen, war für den König die Stunde gekommen.«

»Sie sprechen immer von den Katharern«, unterbrach Pierre, er dachte an einen der Buchtitel auf Maxim Sachets Lesetisch. »Was ist mit den Albigensern?«

Madame Levy machte eine abweisende Handbewegung. »Das ist quasi dasselbe. Ursprünglich bezeichnete man so die Bewohner der Stadt Albi, die liegt etwa achtzig Kilometer nordöstlich von Toulouse. Dort hatten sich gegen Ende des zwölften Jahrhunderts etliche nichtchristliche Lehren verbreiten können, daher benannte man später sämtliche Ketzer Südfrankreichs nach ihnen.«

»Gut, das verstehe ich«, sagte Pierre, während das Glockengeläut der *Église Saint-Michel* laut und vernehmlich durch das geschlossene Fenster drang. Er musste das Ganze abkürzen, sonst kam er tatsächlich zu spät. »Aber das erklärt noch nicht die überregionale Bedeutung des alten Okzitaniens. Was hat beispielsweise die Provence damit zu tun?«

»Gerade die Provenzalen haben einen nicht unerheblichen Anteil daran.« Sie wies mit der Hand auf die rot-gelbe Flagge, die wieder an ihrem Platz hing. »Sehen Sie sich nur das Symbol an, das okzitanische Kreuz. Zum ersten Mal verwendeten es provenzalische Adelige aus Venasque, bevor es im Jahr 1165 Teil des Wappens der Grafen von Toulouse wurde. Raymond de Toulouse war gleichzeitig Markgraf der nordwestlichen Provence und strebte gemeinsam mit seinem ehemaligen Gegner, dem katalonischen Königshaus von Aragón, dem die südöstliche Provence gehörte, nach einem vereinten Okzitanien, von Katalonien bis in das Piemont. Doch Raymond, wichtigster Schutzherr der Katharer, starb in der Schlacht bei Muret. Und mit ihm die Hoffnung.«

»Und das ist es, warum die Menschen noch immer danach streben? Wegen des Traums zweier Landesfürsten vor mehr als achthundert Jahren?«

»Es ist mehr als das, *Monsieur le policier*. Es ist die Sehnsucht nach eigener Identität. Erkennen Sie das nicht? Die Wunde der gewaltsamen Annexion durch den Norden ist nicht verheilt. Sie bricht immer wieder auf, weil man sich auch heute noch Stereotypen bedient. Dort der kühle und fleißige Norden, hier der unzuverlässige und träge Süden. Der Philosoph Ernest Renan behauptete sogar einmal, Frankreich hätte keinerlei Probleme, wenn man sich endlich vom Languedoc und der Provence trennen würde. Zu der Zeit nannte man die hiesigen Männer *Tartarins*, Feiglinge, in Anlehnung an einen Roman von Alphonse Daudet, in dem eine aus Tarascon stammende Figur als Aufschneider und Maulheld beschrieben wird, der all seine Abenteuer nur in der Fantasie erlebt und in Wahrheit nicht einmal fähig ist, einen Hasen zu erlegen. Diese Herabwürdigungen blieben natürlich nicht ohne Folgen.« Sie lächelte nachsichtig. »Was glauben Sie, warum immer mehr provenzalische Dörfer und Städte sich heute zu ihrem kulturellen Erbe bekennen?«

»Vielleicht um mit ein paar hübschen Attraktionen für die Urlauber die Gemeindekassen zu füllen«, entfuhr es Pierre, und er fügte, als er Madame Levys beleidigten Gesichtsausdruck sah, hastig hinzu: »Zumindest kommt es mir manchmal so vor, als stünden über all dem rein wirtschaftliche Interessen.«

»Wenn Sie damit die Intention unseres Bürgermeisters ansprechen, so mögen Sie Recht haben«, sagte sie, dabei schlich sich ein sanfter Singsang in ihre Stimme. »Aber das ist zweitrangig. Die Hauptsache ist doch das, was die Menschen tief in ihrem Herzen fühlen. Sie suchen Halt in den alten Traditionen, umso mehr, als sie ihnen in der heutigen Zeit zu entgleiten drohen. Auch das ist ein Grund, warum ich der Eröffnung dieses Museums entgegenfiebere. Es dient der Bewahrung und der Orientierung. Das Regionale, *Monsieur le policier*, birgt den allerstärksten Zusammenhalt. Mehr als alles andere.«

»Ein schöner Gedanke«, bestätigte Pierre und dachte an die Ablehnung, die einige Bewohner dem Museum laut Georgettes Aussage entgegenbrachten. Vielleicht würde sich das ändern, wenn sie sich die Ausstellung ansehen würden. »Bleibt die Frage, was das alles mit dem Mord an dem Journalisten zu tun hat.«

»Das ist der Grund für Ihr Interesse an der Geschichte Okzitaniens?« Verwundert schüttelte sie den Kopf. »Wieso sollte es da einen Zusammenhang geben?«

»Immerhin ist der Mord an einem traditionellen Fest geschehen«, antwortete Pierre vage, ohne Sachets Interesse an diesem Thema zu erwähnen. »Und der Wunsch nach Anerkennung einer eigenständigen Kultur birgt jede Menge Konfliktpotential, scheint mir.«

»Oh.« Sie legte den Finger an ihr Kinn, als müsse sie darüber nachdenken. »Ich meine, man sollte das nicht überbewerten. Ich lebe schon lange in der Provence, und das Okzitanische ist im Alltag weit weniger wichtig, als ein paar Feste oder eine Ausstellung vielleicht suggerieren mögen. Ganz im Gegenteil. Außer den alten Leuten interessiert es doch vor allem uns Historiker. Und ein Mord? Nein, wirklich, der gehört überhaupt nicht hierher und schon gar nicht im Zusammenhang mit etwas so Wunderbarem wie der Kultur.«

»Gerade sprachen Sie noch von der Suche nach einer Identität.«

Madame Levy lachte gurrend. »Ich fürchte, jetzt habe ich mich von der Emotionalität dieses Themas tatsächlich zu etwas hinreißen lassen. Wir Franzosen haben oft eine so düstere Sicht auf die Dinge, dabei sollten wir uns besser darauf konzentrieren, dass es uns so gut geht, nicht wahr? Dieser Mord hat uns alle durcheinandergebracht, besinnen wir uns lieber auf ein harmonisches Miteinander. Damit geht es uns allen besser, oder etwa nicht? Sainte-Valérie ist ein derart friedliches Dorf, ich bin richtiggehend begeistert, so freundliche und angenehme Menschen.« Sie nickte heftig. »Man muss das Positive sehen, *Monsieur le policier*, erst dann breitet das Leben seine wahre Schönheit vor einem aus.«

Pierre nickte, auch wenn er sich Madame Levys wirre Ausführungen nur damit erklären konnte, dass sie über besonders effektive Verdrängungsmechanismen verfügte. Die Kuratorin faltete nun ihre Hände vor dem Bauch und sah ihn mit sanftmütigem Lächeln an, als habe jemand sie mit dem Licht der Erleuchtung übergossen.

Kurz überlegte Pierre, sie von ihrem schwebenden Teppich wieder herabzuholen, aber es würde ja doch zu nichts führen. Und er musste weiter.

»Selbstverständlich, Madame, vielen Dank für Ihre Bemühungen.«

Auf dem Weg hinaus entwich Pierre ein verhaltenes Fluchen. Das Gespräch hatte ihn viel Zeit gekostet, und er war nicht einen Schritt weitergekommen.

Eilig überquerte er den Burgplatz und wollte gerade in die Gasse tauchen, die in die *Place du Village* führte, als er hinter sich eine hohe, quäkende Stimme vernahm.

»Monsieur Durand, gut, dass ich Sie treffe.«

Er hätte sich nicht erst umdrehen müssen, um zu wissen, wer ihn gerufen hatte. Und doch warf Pierre instinktiv den Kopf herum, als er seinen Namen hörte – er bereute es noch im selben Moment.

Es war Madame Duprais. Sie war offenbar gerade erst aus dem Friseursalon von Madame Farigoule gekommen und trug nun dasselbe Rot wie die Inhaberin.

Pierre hob den Blick und tat so, als habe er nur auf die Kirchturmuhr sehen wollen.

Wie oft hatte die neugierige Witwe bereits versucht, ihren tristen Alltag aufregender zu gestalten, indem sie ihn in ein Gespräch verwickelte. Meist wollte sie mehr über seine Beziehung mit Charlotte erfahren oder sich über den neuesten Stand der Ermittlungen informieren. Das Ganze stets gewürzt mit allerlei wohlmeinenden Ratschlägen, die sie wohl als eine Miss Marple des Dorflebens auszeichnen sollten. In Wahrheit aber waren ihre Theorien meist so abwegig, dass sie denen seines Assistenten Luc glatt Konkurrenz machen konnten.

Pierre wandte sich wieder nach vorne und eilte weiter, ohne von ihr Notiz zu nehmen. Er hatte keine Zeit für vertrauliche Plaudereien, er war ohnehin schon viel zu spät dran.

»*Monsieur le policier,* so warten Sie doch.«

Mit gesenktem Kopf schob Pierre sich durch die Gasse, schlängelte sich an einer Gruppe Touristen vorbei, hinaus auf die *Place du Village,* bis die Rufe in seinem Rücken leiser wurden und schließlich ganz verstummten.

Nein, dachte er, erleichtert über sein Entkommen. Er würde ihr sein Ohr dieses Mal nicht leihen, nicht einmal für wenige Sekunden.

15

Es war Viertel nach eins, als Pierre das *Chez Albert* erreichte und in den Schatten der Sonnenschirme tauchte, die überall dort aufgespannt waren, wo das dichte Laub der Platanen nicht hinreichte. Hier war die Hitze erträglich, selbst die Eiswürfel schienen langsamer zu schmelzen, wie Pierre mit Blick auf die beschlagenen Gläser feststellte.

Hastig ließ er den Blick über die anwesenden Gäste schweifen, die den Platz im Freien offensichtlich genossen. Ein junger Vater saß zurückgelehnt, die Augen geschlossen, während die Frau neben ihm ein kleines Mädchen auf dem Schoß hielt und ihm eine Geschichte vorlas. Über allem das gemäßigte Murmeln angeregter Plaudereien und das Klappern von Besteck. Pierre trat einen Schritt zur Seite und ließ die Kellnerin vorbei, die einen Stapel leeren Geschirrs über die Köpfe der Gäste hinwegbalancierte, als versuche sie sich als Zirkusartistin.

Seine Kollegen hingegen konnte Pierre nirgends entdecken. Fand die Dienstbesprechung etwa im Inneren statt?

Brummelnd schlängelte er sich zwischen den eng gestellten Tischen entlang zum Eingang. Stickige Luft schlug ihm entgegen, als er den Gastraum betrat, der nicht einmal zur Hälfte gefüllt war. Er war altmodisch eingerichtet. Schwere Holzmöbel, geraffte Gardinen, dunkelrote Tischdecken. Aus der Küche drang warmer Dampf, es roch nach gebratenem Speck, was Pierre daran erinnerte, dass er seit Stunden nichts mehr gegessen hatte.

Er fand die anderen an einem Fenstertisch. Der *Commissaire*,

Inspektor Picard und Luc saßen dicht beieinander und beugten sich über den Bildschirm eines Notebooks. Auf dem Tisch standen leere Teller mit Resten von Quiche und Clubsandwich, in einer Schale lagen ein paar Gemüsesticks, die gehörten mit Sicherheit Lechat.

»Entschuldigt bitte, ich hatte noch einen Term…«

»Pscht!«, unterbrach ihn Luc. Dabei presste er den Finger auf die Lippen, ohne den Blick vom Bildschirm zu nehmen.

Lechat hingegen hob den Kopf, drückte die Pausetaste und lächelte Pierre zu. »Wir haben schon mal begonnen«, sagte er. »Noch haben Sie nichts verpasst.« Er wies auf den Laptop, auf dessen Monitor eine Bühne zu sehen war, und startete den Bildlauf. »Das hat ein Kollege, der in der Gesichtserkennung arbeitet, im Internet gefunden.«

Pierre beugte sich vor. Das Video war offenbar in einem kleinen Club aufgenommen worden. Es war dunkel, nur ein einzelner Spot beleuchtete Léo Turpin, Bandleader von *Viva Occitània!*, der auf einem Barhocker saß und eine alte Weise anstimmte. Die Kamera schwenkte, zeigte andächtig lauschendes Publikum, bis sie einen Mann einfing, der Pierre bekannt vorkam. Gebogene Nase, zurückgebundenes Haar.

»Das ist doch …«

An dieser Stelle hielt Inspektor Picard das Bild an.

»Es gibt ähnliche Videos«, erklärte er, »die wir ebenfalls im Netz gefunden haben. Inzwischen wissen wir auch, wie der Mann heißt: Damien Girac. Er gehört zu einer Gruppe Fans aus einem Vorort von Avignon, die der Band überallhin folgen. Sie sind am Mittag des Mordtages mit einem alten VW-Bus in Sainte-Valérie angekommen. Um genau zwölf Uhr sieben. Die Überwachungsbilder am Parkplatz unterhalb der Stadtmauer zeigen, wie fünf junge Männer aussteigen, darunter auch der mit dem Kapuzenshirt.«

Pierre setzte sich auf einen freien Stuhl und holte seinen Notizblock heraus. Über ihm bewegte sich quietschend ein Ventilator, jede Umdrehung war wie ein Schreien. Wie gerne hätte er jetzt im Freien gesessen, unter dem Blätterdach der Platanen. Die Zikaden, deren Lautstärke bisweilen Laubsaugern Konkurrenz machte, nähme er gern in Kauf, gegen diesen Lärm waren ihre Geräusche geradezu ein sanftes Zwitschern.

»Ist der Mann polizeilich bekannt?«

»Er hat Vorstrafen wegen schwerer Körperverletzung, Vandalismus und Teilnahme an nicht genehmigten Demonstrationen«, erklärte Lechat. »Und Beamtenbeleidigung. Die ganze Palette also.«

»Er ist vierundzwanzig und arbeitet als IT-Spezialist bei einer Telekommunikationsfirma in Avignon«, ergänzte Inspektor Picard. »Spielt Rugby. Recht erfolgreich sogar, angeblich soll er zum *L'Estadi Tolosenc* wechseln, einem okzitanischen Club.«

»Hat man auch seine Begleiter identifizieren können?«

»Noch nicht. Aber die Kollegen sind dran. Endlich eine erste Spur.«

»Um zwölf Uhr sieben …« Pierre strich sich über die Stirn. »Charlotte hat Maxim Sachet am Morgen des Festes gegen zehn Uhr aus der Pension kommen sehen. Er hatte eine Aktentasche bei sich. Damit können wir zumindest ausschließen, dass er sich mit einem von ihnen getroffen hat.«

»Eine Aktentasche?« Lechat sah ihn nachdenklich an. »Wir haben keine bei seinen Sachen gefunden.«

»Dann müssen wir uns fragen«, warf Picard ein, »ob die Tasche direkt nach dem Treffen verschwunden ist oder erst, während Sachet auf dem Fest war. Da es im Zimmer keine Spuren eines Einbruchs gab, gehe ich von Ersterem aus. Dabei frage ich mich, warum er den Diebstahl nicht angezeigt hat.«

»Vielleicht hat es eine Übergabe gegeben«, gab Pierre zu

bedenken. Er notierte sich den Gedanken. »Andererseits sind die Schlösser der Pension alt und einfach zu knacken.«

»Behalten wir das im Auge«, sagte Lechat. »Kommen wir zum Bericht der Rechtsmedizin, hier ergaben sich Hinweise auf die Tatwaffe. Wahrscheinlich ein Ausbeinmesser, etwa fünfzehn Zentimeter lange, dünne Klinge mit scharfer Spitze.« Der *Commissaire* sah kurz in seine Aufzeichnungen und hob sofort wieder den Kopf, blickte gen Decke. »Verdammt, dieses Quietschen ist ja furchtbar. Kann man das nicht irgendwie abstellen?«

Er winkte der Kellnerin, die die leeren Teller mitnahm und versprach, den Ventilator auszuschalten.

»Der Täter«, fuhr Lechat fort, »war schnell und zudem äußerst präzise. Der Schnitt durchtrennte die Halsschlagader so sauber, dass die Sauerstoffzufuhr des Gehirns sofort unterbrochen wurde. Maxim Sachet war innerhalb weniger Sekunden bewusstlos und ist kurz darauf am Blutverlust gestorben, ohne dass die Sanitäter auch nur den Hauch einer Chance hatten, ihn zu retten. Die Art der Stichführung deutet darauf hin, dass die Klinge flexibel gewesen sein muss und leicht gebogen.«

»Dann könnte es auch eine Sichel gewesen sein«, bemerkte Luc mit ernster Miene. »Wir dürfen nicht vergessen, dass die Tat in der Johannisnacht begangen wurde.«

»Eine Sichel?« Pierre ahnte, was nun kam, er kannte das schon. »So eine, wie man sie zum Kräuterschneiden benutzt?«

»Ja. Unsere Geschichten sind doch voller Mythen von Hexen und Dämonen, die in dieser Nacht ihr Unwesen treiben.« Er fing Pierres Blick auf und hob beschwichtigend die Schultern. »Das ist natürlich Unsinn, ich weiß, es gibt keine mordenden Dämonen. Aber ich bin der Meinung, man sollte die besondere Bedeutung des Datums nicht außer Acht lassen.«

Inspektor Picard sah Luc irritiert an. »Und was wollen Sie damit sagen?«

»Die Tempelritter verwendeten Sicheln für den Nahkampf.«

»Tempelritter?« Pierre betrachtete das vor Eifer glühende Gesicht. »Gerade habe ich eine alte Münze gesehen, auf der das Kreuz dieses Ordens abgebildet war.«

»Da hast du es!«, rief Luc aus. »Die Provence ist die Wiege der Templer. Es gibt Reste bedeutender Komtureien, den Niederlassungen des Ritterordens, auch viele Kirchen, Klöster und Burgen dieser Gegend waren in ihrem Besitz.«

»Kommen Sie zur Sache«, unterbrach Inspektor Picard ihn. »Was hat das mit dem Fall zu tun?«

Luc, der die plötzliche Aufmerksamkeit zu genießen schien, lächelte verschwörerisch. »*Saint-Jean*, der heilige Johannes, ist der Schutzpatron des Ordens. Schon damals versammelten sie sich in dieser magischen Nacht, um ihren Schwur zu erneuern. Es gibt sie noch immer. Und ich bin der festen Überzeugung, dass uns diese Spur direkt zum Mörder führt.«

»Oje«, rief Picard in gespielter Verzweiflung aus, »ein Verschwörungstheoretiker!«

Luc kniff die Augen zusammen. »Das hat mit Verschwörungstheorien überhaupt nichts zu tun. Nur mal angenommen, Maxim Sachet hat über irgendwelche Quellen von diesen geheimen Treffen erfahren und wollte darüber berichten. Eine Entweihung ihrer Riten wäre für sie mit Sicherheit eine Katastrophe, sie mussten handeln, um das Geheimnis zu wahren.« Er tippte mit dem Finger auf Pierres Notizbuch. »Wer weiß, vielleicht ist einer dieser drei sogar der Großmeister. Ich habe versucht, Thomas Bussan und Patrick Flamant zum Streit zwischen Louis Rollande und dem Journalisten zu befragen und bin auf eine Mauer des Schweigens gestoßen.«

»Monsieur Chevallier«, versuchte Lechat ihn zu bremsen. »Das reicht, so kommen wir nicht weiter.«

»Hören Sie mir doch wenigstens zu, bis ich fertig bin«,

echauffierte sich Luc. »Da ist noch etwas: Am Eingang der *Confiserie* sind geheime Zeichen eingemeißelt. Die Buchstaben Alpha und Omega, die bereits in der Offenbarung des Johannes vorkommen. ›Ich bin das A und das O, der Anfang und das Ende.‹« Er klopfte mit der flachen Hand auf den Tisch. »*Et voilà*, die Beweislast ist erdrückend. Dass sämtliche Dokumente, die der Journalist bei sich hatte, verschwunden sind, spricht ebenfalls für meine Theorie.«

»Ach. Und dieser ominöse Verteidiger des Templerordens läuft mit so ner altmodischen Sichel herum?« Inspektor Picard lachte auf. »Dann ist ja alles klar. Los, lasst uns das Video durchsuchen, ob da jemand mit einer Rüstung auftaucht.«

»Och, das ist ja …« Luc presste die Lippen aufeinander. Innerhalb weniger Sekunden war sein Gesicht puterrot bis an die Haarwurzeln.

»Schluss jetzt, Luc«, unterbrach Pierre ihn. Höchste Zeit, das Thema zu wechseln. Er wandte sich an seinen Assistenten. »Du sagtest, du seist bei der Befragung von Thomas Bussan und Patrick Flamant auf eine Mauer des Schweigens gestoßen. Wie meintest du das, hat sich denn keiner von ihnen irgendwie geäußert?«

»Na ja, schon. Aber eben nicht zielführend. Sie haben beide unabhängig voneinander behauptet, sie hätten nichts davon mitbekommen. Sie seien erst dazugekommen, als der Journalist den Laden wieder verlassen hatte.«

»Was eine glatte Lüge ist.« Pierre sah in die Runde. »Ich habe mit Georgette gesprochen, der Frau des Barbesitzers. Zumindest Thomas Bussan war direkt am Streit beteiligt, ihrer Aussage zufolge war er es, der Maxim Sachet tätlich angegriffen hat.«

»Dann ist auch er verdächtig«, erwiderte Lechat. »Wir sollten ihm noch einmal einen Besuch abstatten.«

»Das übernehme ich.« Pierre machte einen großen Kringel

um den Namen des *Confiseurs*. »Gleich nach der Mittagszeit, wenn die Geschäfte wieder öffnen.«

»In Ordnung. Kommen wir zu den Zeitschriften, für die Maxim Sachet gearbeitet hat.« Lechat hielt inne und sah gen Decke, wo sich das Quietschen verlangsamte und schließlich erstarb. Erleichtert stieß er die Luft aus, dann wandte er sich an Picard. »Sie haben die Auftraggeber befragt. Irgendwelche Hinweise aus der Richtung?«

»Nein. Niemand wusste von den Recherchen. Sie bestätigten die Aussage von Sachets Bruder, dass er mitten in den Vorbereitungen der Interviews steckte, die er während des *Festival International du Film de la Rochelle* führen wollte. Aber wir haben inzwischen eine Liste der Telefonate und Chatverläufe der vergangenen Tage. Er hat sich mit dem Chefredakteur des *Provence Aujourd'hui* getroffen, eine Woche vor seinem Tod.«

»Haben Sie dort nachgehakt?«

»Ja, ich habe mit einem der Mitarbeiter des Blattes gesprochen. Er meinte, Pascal Blanchard, so heißt der Chefredakteur, habe über eine Stunde mit ihm gesprochen. Das wusste er so genau, weil eine Redaktionssitzung anstand und das ganze Team auf ihn warten musste.«

Lechat griff nach seinem Stift. »Hat er auch gesagt, worum es in dem Gespräch ging?«

»Das konnte er mir nicht sagen. Der Chefredakteur selbst war nicht im Haus, ich habe ihm ausrichten lassen, er solle mich zurückrufen.«

»Sehr gut. Wir werden sehen, ob es für den Fall relevant ist. Sonst noch was?«

»Ja.« Mit wenigen Worten erzählte Pierre, was er über den Tod des Schriftstellers Adrien Oliveira erfahren hatte, und bat den *Commissaire*, ihm die Unterlagen zu dem Fall herauszusuchen.

»Adrien Oliveira …«, murmelte Luc. »Ich war damals zwar noch nicht in Sainte-Valérie, aber der Name kommt mir irgendwie bekannt vor. Ich weiß nur nicht, wo ich ihn einordnen soll.«

»Vielleicht ist er ja ein Tempelbruder«, witzelte Inspektor Picard und fing sich einen bösen Seitenblick von Luc ein.

»Wie dem auch sei«, fuhr Pierre fort, ohne darauf einzugehen, »ich würde den alten *Policier*, Gilbert Fortin, gerne weiter im Auge behalten. Auch wenn er aller Wahrscheinlichkeit nicht auf dem Fest gewesen ist, habe ich doch irgendwie das Gefühl, dass er eine wichtige Rolle in dem Ganzen spielt.«

»Das sehe ich genauso«, sagte Lechat. »Damit haben wir nun einige Spuren, denen wir folgen sollten. Ich schlage vor, wir beenden die Besprechung an dieser Stelle.« Er erhob sich und nahm Pierre, während die anderen sich bereits auf den Weg zum Ausgang machten, beiseite. »Lassen Sie Ihren Assistenten raus, das bringt nur Unruhe.«

»Ich brauche ihn für die Recherchen«, wandte Pierre ein. »Auch wenn er manchmal übers Ziel hinausschießt, kann seine Art, sich in Dinge festzubeißen, sehr hilfreich sein.«

»Na schön, Sie müssen wissen, was Sie tun.«

Lechat sah ihn mit mitleidiger Miene an. Dann folgte er den anderen ins Freie.

Pierre atmete tief durch. Die stickige Hitze im Gastraum machte ihm zu schaffen. Er würde sich draußen einen Platz suchen und dann endlich etwas zu essen bestellen, bevor er Thomas Bussan in seiner *Confisérie* aufsuchte. Dabei könnte er sich noch einmal mit Albert unterhalten und ihn zu dem Manuskript befragen, von dem Georgette erzählt hatte.

16

Pierre hatte sich von den anderen verabschiedet und vor dem Ausschank aufgestellt. Nachdem draußen noch immer kein freier Tisch zu finden war, hatte er beschlossen, hier auf Albert zu warten, der in der Küche das Zepter schwang und sicher bald herauskommen würde, um die Bestellungen anzureichen. Früher wäre er einfach hineingestiefelt, aber seitdem er mit Charlotte zusammen war, wusste er um die Empfindlichkeit unter Hochdruck arbeitender Köche – und wenn er wütend war, würde Albert ihm gar nichts sagen.

Endlich, Pierre hatte sich gerade ein paar Brotstücke aus einem achtlos auf der Theke abgestellten Korb genommen, um den Hunger zumindest etwas zu lindern, wurde die Schwingtür aufgestoßen, und Albert trat heraus. Sein Gesicht war vollkommen verschwitzt, auf Höhe der beachtlichen Geheimratsecken standen glänzende Schweißperlen.

»Bonjour, Albert«, rief Pierre ihm zu.

»*Salut!*« Der Restaurantchef stellte ein paar dampfende Teller auf der Theke ab, und seine Hand fuhr auf den altmodischen Klingelknopf nieder. Das grelle Schrillen war noch durchdringender als das Kreischen des Ventilators.

»Kann ich dich einen Moment sprechen?«

Jetzt erst sah Albert ihn an. »Du bist lustig. Wie soll das gehen, die Gäste warten auf ihr Essen!« Er schüttelte den Kopf. »Ich komme ja kaum noch klar mit den ganzen Bestellungen.«

»Immerhin klingelt die Kasse.«

»Als ob das alles wäre, worauf es ankommt! Unserem Bürgermeister schießen sicher die Freudentränen in die Augen, wenn er aus seinem Bürofenster guckt und all die Besucher sieht. Aber ich könnte ein paar ruhige Tage ganz gut gebrauchen.«

»Komm schon, nur kurz, ich brauche deine Hilfe.«

Albert wischte sich über das Gesicht, um die dicken Schweißtropfen abzuwischen. »Na schön, was willst du?«

»Es geht um das Manuskript von Adrien …«

»Fängst du jetzt auch damit an?«

»Wieso *auch*? Hat Sachet ebenfalls mit dir sprechen wollen?«

»Nein. Aber ich hätte ohnehin nicht mit ihm gesprochen. Ich habe keine Lust, dass das Ganze wieder aufgewärmt wird! Ein Dreckszeug. Alles gelogen!«

»Was stand denn drin?«

»Lauter Beleidigungen und Unterstellungen. Weißt du, was dieser sogenannte Schriftsteller behauptet hat? Dass die Gerichte auf meiner Speisekarte allesamt abgeschrieben sind. Von einem Konkurrenten aus Arles. Das ist doch lächerlich!«

»Eine Provokation.«

»Allerdings! Ich bin froh, dass das nie veröffentlicht wurde.«

»Hast du noch ein Exemplar davon?«

Albert schüttelte heftig den Kopf und schwieg, während einer der Kellner heraneilte, leere Teller und Gläser auf dem Tresen neben einem bereits gefährlich schwankenden Geschirrturm abstellte und mit dem frischen Essen wieder nach draußen eilte. Eine weitere Bedienung kam und lud ein Tablett mit leeren Gläsern ab, bevor sie einen Zettel auf die Theke legte, sich umsah und schließlich selbst hinter den Tresen trat, um kurz darauf mit einer Flasche Rotwein wieder zu verschwinden.

»Antoine!«, rief Albert nach hinten in Richtung Küche. »Räum endlich das Scheißgeschirr ab! Und wo steckt eigentlich Michele?«

Ein junger Mann kam herausgeschossen, griff nach dem Stapel schmutziger Teller und balancierte ihn durch die Schwingtür.

»Ich muss zurück«, brummte Albert. »Du siehst ja, was hier los ist.« Damit drehte er sich um und stapfte ohne ein weiteres Wort in Richtung Küche.

»Wenn es den Text noch geben würde, könnte man vielleicht den entsprechenden Verlag ausfindig machen«, rief Pierre ihm hinterher, dabei kam ihm eine prächtige Idee, wie er Albert davon überzeugen könnte, zu kooperieren. »Wer weiß, ob der nicht inzwischen einen anderen Autor …«

Es war nur ein Versuch, aber Albert hatte angebissen. Er blieb stehen, riss die Augen weit auf und strich sich über seine Stirnglatze.

»Du meinst …«

»Keine Ahnung, ist nur eine Vermutung. Wenn Adrien Oliveira sein literarisches Erbe entsprechend geregelt hat, könnte es durchaus sein, dass ein Ghostwriter das Werk mit wenig Aufwand fertigstellt.«

»Nach so vielen Jahren?«

»Wie gesagt, es ist nur eine Vermutung. Aber da sich der gerade ermordete Journalist so ausgiebig für diese Zeit interessiert hat, liegt es nahe, dass der Verlag dahintersteckt.« Pierre hielt inne. »Wer weiß, vielleicht war Maxim Sachet ja selbst der Ghostwriter, vielleicht wollte er das Buch zu Ende schreiben.«

»Und wenn es so wäre, gäbe es eine Möglichkeit, den Verlag davon abzuhalten?«

»Sicher. Ein Dorf hat keine Persönlichkeitsrechte, aber zumindest dessen Bewohner. Je genauer die Beschreibungen, desto erfolgversprechender die Klage. Doch ohne den Text haben wir wohl keine Chance …« Pierre sah ihn mit entwaffnendem Lächeln an.

»Angenommen, es gäbe noch eine Kopie. Könnte man damit den Verlag zwingen, das Ganze zu stoppen?«

»Wenn die Genannten eindeutig erkennbar sind, ja.«

»In Ordnung.« In Alberts Augen stand Hoffnung. »Warte mal.« Er verschwand wieder in der Küche und kam kurz darauf mit einem schmalen Päckchen gefalteten Papiers zurück, dessen Kanten dunkle Schmutzspuren zeigten. »Ich habe damals eine Kopie gemacht und sie unter der Mikrowelle versteckt. Eigentlich sollte alles vernichtet werden. Gilbert hat es mit großem Tamtam verbrannt. Aber ich dachte, wer weiß ...« Mit einer raschen Geste hielt Albert ihm das schmale Papierpäckchen hin. »Aber erzähl den anderen nichts davon, verstanden? Sie würden mich lynchen!«

»Ich werde schweigen wie ein Grab.«

»So ist's recht, mein Freund.« Albert breitete die Arme aus und drückte Pierre unter dem Geruch von kaltem Bratfett an sich. »Du bist meine ganze Hoffnung«, sagte er mit belegter Stimme, dabei klopfte er ihm unaufhörlich ein ums andere Mal auf den Rücken. »Du wirst unser Dorf retten!«

Der unerwartete Gefühlsausbruch rührte Pierre. Er wartete, bis Albert ihn wieder losließ, und schob das Päckchen dann in seine Gürteltasche, gleich neben die gesicherte Waffe. »Ich gebe mein Bestes. Aber dafür sagst du mir, von wem du diesen Text bekommen hast. Und du besorgst mir einen Tisch auf der Terrasse.«

Albert lachte, es klang beinahe erleichtert. »Beim ersten kann ich dir nicht helfen, die Seiten steckten mit dem Vermerk ›von einem Freund, der es gut meint‹ in meinem Briefkasten. Aber den Tisch, den bekommst du.«

Wenig später saß Pierre unter leise rauschendem Blätterdach mit direktem Blick über die *Place du Village*. Das Zetern der Zikaden verstummte nur kurz, als die Bedienung ihm die Karte hinlegte, ein auf- und abschwellendes Zirpen, das die leisen Gespräche an den umstehenden Tischen stoisch übertönte.

Zufrieden gab Pierre seine Bestellung auf. Ein Glas Rosé, nur ein kleines, dazu eine Auswahl an Tapenaden. Und als Hauptgang *dos de cabillaud avec ratatouille provençale*. Dann lehnte er sich zurück, schloss die Augen und genoss den sanften Wind in seinem Gesicht. Er liebte die Ruhe, brauchte sie, um seine Gedanken zu ordnen. Noch während er die Lider geschlossen hielt, versuchte er, seine Erkenntnisse, die er bisher erlangt hatte, zusammenzufassen.

Nach dem jetzigen Stand gab es drei Spuren, von denen zwei voraussetzten, dass Maxim Sachet gestorben war, weil er etwas herausgefunden hatte, das mit dem Tod von Oliveira zusammenhing.

Eine Spur führte ins alte Okzitanien, es war bislang die schwächste von allen. Sowohl der Journalist als auch der Autor hatten sich mit der Historie beschäftigt, was natürlich auch Zufall gewesen sein konnte. Zusammen mit der Tatsache, dass man Sachet während eines okzitanischen Festes ermordet hatte, bekam es allerdings Gewicht.

Die zweite Spur führte zu einer, wie er fand, wilden Geschichte rund um ein ominöses Manuskript. Das, wenn er seinem Vorgänger glauben sollte, als gedrucktes Buch Unheil über Sainte-Valérie gebracht hätte. Verdächtig wären sämtliche Dorfbewohner, die eine Veröffentlichung verhindern wollten, inklusive des ehemaligen *Chef de police* Gilbert Fortin. Hauptverdächtige in dieser Posse waren Obstbauer Louis Rollande und seine beiden Freunde, obwohl Pierre diese fast schon zu auffällig fand, um ihnen eine größere Bedeutung beizumessen.

Eigenartig bei der Sache war, dass der Journalist selbst sich der Gefahr, die von seinen Erkundungen ausging, nicht bewusst gewesen zu sein schien. Er hatte Befragungen innerhalb von

Sainte-Valérie recht offen durchgeführt, ohne zu verhehlen, wie bedeutsam das Thema war, das er hier untersuchte.

Etwas Explosives, hatte er gesagt …

Und dann war da noch diese Aktentasche, von der Charlotte erzählt hatte. Was war wohl drin gewesen? Wen hatte Sachet an dem Morgen vor der Tat gegen zehn Uhr getroffen? Der Journalist war in Eile gewesen, vielleicht war er doch angespannter, als es den Anschein gehabt hatte. Er würde Charlotte heute Abend noch einmal zu ihrem Eindruck befragen.

Bei der dritten Spur stand das Dorf und dessen Attraktivität im Vordergrund. Jemand hatte, so der Verdacht des Bürgermeisters, seine Bemühungen, aus Sainte-Valérie einen Touristenmagneten zu machen, torpedieren wollen, indem er einen Menschen in aller Öffentlichkeit hinrichtete. Hier käme ebenfalls Gilbert Fortin in Frage, der sich, in Tracht gehüllt, gewiss unerkannt hätte durchs Dorf bewegen können. Auch der Fan mit der heruntergezogenen Kapuze, Damien Girac, der vielleicht genau in diesem Moment von den Kollegen verhört wurde, war hier einzuordnen. Zumindest vorläufig.

Pierre lehnte sich zurück und sah in den stahlblauen Himmel.

Drei Spuren, die den Fall in ganz unterschiedliche Richtungen brachten. Noch schwieg sein Bauchgefühl, welche dieser Richtungen zum Ziel führte.

Während er überlegte, ob ihm der Manuskriptauszug Aufschluss geben könnte, fiel sein Blick auf eine Zeitung, die jemand auf dem benachbarten Stuhl hatte liegen lassen. Er reckte sich danach und legte die Seiten, es mochten etwa zwanzig sein, dazwischen. Dann hielt er die Zeitung so, dass sie selbst für jemanden, der sich direkt hinter ihn stellte, nicht einsehbar waren, und begann zu lesen.

Als er zum ersten Mal wieder aufblickte, sah er, dass der

Rosé bereits vor ihm abgestellt war, ebenso ein Korb Weißbrot und die Schalen mit den beiden Tapenaden. Er war derart versunken gewesen, dass er nichts davon mitbekommen hatte. Rasch trank er von dem fruchtigen Wein und bestrich sich eine Brotscheibe mit der schwarzen Paste.

Nur kurz registrierte er die harmonische Mischung aus Oliven, Anchovis und Kapern, bevor er die letzte Seite las.

Wenig später faltete er die Blätter wieder zusammen. Nachdenklich. Er hatte mehrere Dorfbewohner erkannt, so, wie Georgette es ihm beschrieben hatte. An manchen Stellen hatte er laut auflachen müssen. Da war der Mechaniker Stéphane Poncet, der sich bei nahezu jedem Boulespiel mit dem verwitweten Uhrmacher Didier Carbonne beharkte. Oder der mürrische Krämer Serge Oudard, der den Touristen mit Kräutern bestreute Pizza aus dem Supermarkt als einheimische Spezialität verkaufte. Sogar Thomas Bussan kam darin vor, der Inhaber der *Confiserie*, der kam eigentlich sogar ganz gut weg, zumindest seine Arbeit. Der Autor, dessen Name in der Fußzeile jeder einzelnen Seite stand, war von den kandierten Früchten regelrecht begeistert und kam ins Schwärmen, als er sie beschrieb, wohingegen Bussans Frau äußerst zickig dargestellt war und man sich fragte, warum er sie nicht längst verlassen hatte. Und natürlich Albert, dessen Beschreibung der eigentliche Affront war.

Dass die Bewohner darüber empört waren, war nur zu verständlich. Dennoch hatte ihn etwas beim Lesen irritiert, er konnte nur noch nicht recht greifen, was es war.

Abwesend strich Pierre die grüne Olivenpaste auf das Weißbrot und dachte über sein Unbehagen nach. Plötzlich wusste er, was es gewesen war. Das Ganze war launig geschrieben, so, dass man unwillkürlich darüber lachte. Der Inhalt war stark verkürzt, mit gezielten Spitzen. Zu gezielt.

Er dachte an die Namen, die dort erwähnt wurden. Es war ausschließlich von Männern die Rede. Männern, die im Dorfgefüge wichtig waren. Neben Poncet, Carbonne und Oudard und einigen anderen auch Albert. Vor allem Letzterer war mit bissigem Sarkasmus gezeichnet, die eingestreuten Unwahrheiten waren derart verletzend, dass ein Aufschrei vorprogrammiert war.

Es war so auffällig, dass die Schlussfolgerung, die sich förmlich aufdrängte, beinahe unwirklich war.

17

Es existierten nur wenige Bilder von Adrien Oliveira, und immer in derselben tiefsinnigen Pose, in der er am Betrachter vorbeisah, als suche er in der Ferne nach einer Antwort. Ein junger, sensibel wirkender Mann mit dichtem braunem Haar, das ihm bis auf die Schultern ging.

Pierre scrollte weiter, den Blick aufs Display gesenkt.

Der Autor hatte erst wenige Bücher geschrieben, die meisten von ihnen in provenzalischer Sprache. Der letzte Titel war ein unerwarteter Erfolg gewesen, handelte von der Sinnsuche eines Reisenden und seinem Weg zur eigenen Identität. Die Kritiken der großen Zeitungen bestätigten Pierres Verdacht: Der Text war auf hohem Niveau verfasst, eine literarische Sensation. Er war in einem kleinen Verlag erschienen, dessen Namen Pierre nicht kannte, und hatte es dennoch auf die Bestsellerlisten der großen Buchhandelsketten geschafft.

Viel mehr war über den Autor nicht herauszufinden, nur dass er sich der Digitalisierung verweigerte, wie er in einem seiner wenigen Interviews erklärte. Computer, so hatte er gesagt, brächten die Menschen dazu, sich von ihrem Selbst, ihren Träumen und Sehnsüchten zu entfernen und sich stattdessen von fremden Impulsen leiten zu lassen, bis sie irgendwann glaubten, es seien ihre eigenen.

Nachdenklich starrte Pierre auf die Seiten des angeblichen Manuskripts.

Dieser Text, der vor Polemiken nur so wimmelte, klang nicht

nach einem Autor, den man für seine literarische Ausdrucksweise lobte. Entweder er hatte seinen Stil absichtlich verfremdet, oder jemand hatte ihn in seinem Namen verfasst und Albert in den Briefkasten gesteckt, um die Stimmung gegen den Autor aufzuheizen.

Wenn Oliveira aber nicht an einem solchen Buch gearbeitet hatte, woran dann?

»Ihr Kabeljaufilet, Monsieur. *Régalez-vous*!«

Pierre betrachtete den Teller, den die Kellnerin vor ihm abgestellt hatte. Es war ein ganz prächtiges Filetstück, gebettet auf eine herrlich nach Thymian und Rosmarin duftende Gemüsemischung, das Ratatouille, eines der traditionellen Gerichte der Provence.

Er würde jetzt in Ruhe essen. Erst dann, nachdem der Hunger gestillt war, würde er dem Fall wieder seine volle Aufmerksamkeit schenken können.

Während er das erste Stück Fisch aufspießte, meinte er, die Kräuter auf der Zunge zu schmecken, als wären sie bereits dort angekommen. Dann schob er die Gabel in den Mund und kaute langsam und genüsslich. Das Filet war fest, aber saftig, besaß einen leichten Grillgeschmack und ganz hinten im Gaumen die nussige Note gebräunter Butter. Es schmeckte wunderbar!

Pierre atmete tief ein und genoss den Moment des uneingeschränkten Wohlbefindens. Im Hintergrund plätscherte der Brunnen, mischte sich mit dem leisen Gemurmel der Tischnachbarn.

Er nahm eine zweite Gabel, dieses Mal mit allen Zutaten zusammen. Auch das Gemüse war hervorragend. Tomaten, Auberginen, Zucchini, rote und gelbe Paprika. Dazu ein leichter Hauch von Knoblauch und der süßliche Geschmack sanft geschmorter Zwiebeln.

Zufrieden schloss Pierre die Augen und schmeckte dem tomatigen Sud nach. Alle Achtung, das musste man Albert lassen, selbst in der Hektik vollbrachte er Wunder.

Er wünschte, dieser Moment würde ewig dauern. Für ihn gab es nichts Schöneres, als mittags im Freien zu essen, selbst bei diesen Temperaturen. Er blickte auf in die dichte Blätterkrone, hinter der sich das tiefe Blau des Himmels ausbreitete, und dachte an die vielen Momente in seinem Leben, in denen gutes Essen eine ganz besondere Rolle gespielt hatte. Es war sicher kein Zufall, dass er eine begnadete Köchin zur Freundin hatte. Aber natürlich war dies nicht der einzige Grund, warum er Charlotte liebte.

Das Klingeln seines Mobiltelefons drängelte sich in sein Bewusstsein. Bockig wollte Pierre einen weiteren Bissen nehmen, er hatte keine Lust, sich den Moment verderben zu lassen, dann aber legte er die Gabel beiseite und nahm den Anruf an.

»Wo bist du gerade?« Es war Luc.

»Noch immer im *Chez Albert*. Ist es wichtig? Bin gerade beim Essen.«

»Ich habe Informationen über diesen Schriftsteller. Aber ich kann auch später noch einmal anrufen.«

»Nein, schon gut, erzähl.«

»Also …« Luc begann mit einem Räuspern und machte eine bedeutungsvolle Pause.

Pierre konnte förmlich sehen, wie sein Assistent sich innerlich aufplusterte, um der nun folgenden Mitteilung ein ganz besonderes Gewicht zu verleihen. Er schielte nach seinem Teller und hoffte, das Gespräch würde nicht allzu lange dauern.

»Ich habe doch gesagt«, fuhr sein Assistent endlich fort, »dass ich Adrien Oliveira irgendwoher kenne. Aber ich bin nicht draufgekommen. Erst als ich in der Wache im Internet recherchiert habe. Als ich das Bild von ihm sah, wusste ich plötzlich, wer er ist.«

Wieder eine Pause.

»Leg los, das Essen wird kalt!«

»Er ist ein Hüter der Sprache.«

»Ein was?«

»Ein Hüter. So wie ein Schafhüter eben Schafe ...«

»Luc, ich weiß, was ein Hüter ist. Aber ich habe noch niemals etwas von einem Sprachhüter gehört. Es sei denn, wir reden von jemandem, der Wörterbücher herausgibt.«

»Ja, so ähnlich ist es auch, zumindest gehörte er zu einem Kreis von Autoren, die sich dafür einsetzen, dass die provenzalische Sprachkultur nicht in Vergessenheit gerät. Ihr Vorbild war Frédéric Mistral.«

»Du meinst den Dichter?«

»Er war nicht nur Dichter«, widersprach Luc und klang dabei, als müsse man diesen Umstand kennen, »sondern auch ein bedeutender Linguist. 1854 hat er gemeinsam mit sechs anderen Autoren auf Schloss Font-Ségugne bei Avignon die Vereinigung der *Félibrige* gegründet.«

»Du scheinst ja ein großer Bewunderer dieses Mannes zu sein«, merkte Pierre an, nicht ohne einen Hauch von Sarkasmus.

»Und ob! Mit dem Wörterbuch der neuprovenzalischen Sprache, dem *Lou tresor dóu Félibrige*, hat er sich ein Denkmal gesetzt. Für das Gedicht *Mirèio* hat er sogar den Literaturnobelpreis bekommen, soll ich es aufsagen? Es hat zwölf Gesänge.«

Ein kehliger Singsang drang durch den Hörer:

»*Cante uno chato de Prouvènço.*
Dins lis amour de sa jouvènço,
à travès de la Crau, vers la mar, dins li blad ...«

»Danke, lass gut sein!« Dass Luc des Provenzalischen mächtig war, war nichts Neues. Von ihm hatte Pierre im Lauf der Zeit sogar ein paar Wörter gelernt. Aber dass sein Assistent ganze Gedichte zitieren konnte und das Gründungsjahr der Vereinigung kannte, erstaunte ihn dann doch. »Woher weißt du das alles?«

»Ich bin nördlich von Saint-Rémy-de-Provence aufgewachsen«, antwortete Luc, und man hörte den Stolz in seiner Stimme. »In Maillane. Dort hat auch Mistral gelebt. Wir haben seine Geschichte mit der Muttermilch aufgesogen. Na ja, zumindest war sie Thema in der Schule.«

»Und woher kennst du Adrien Oliveira?«

»Er wohnte mit einigen anderen Autoren in einem Haus am Ortsrand, einer sogenannten literarischen Kommune. Es waren drei oder vier. Man hat sie manchmal in den Cafés gesehen. Rauchend und debattierend. Ich weiß noch, wie beeindruckt ich von ihnen war. Ein Bestsellerautor, weißt du, das ist doch echt toll, noch dazu mit provenzalischer Literatur! Und ein anderes Werk muss wohl auch ein paar Preise gewonnen haben. Die waren richtig gut, so wie damals die Gründer der *Félibrige*, das waren ja auch alles hochgelobte Autoren. Frédéric Mistral, Joseph Roumanille, Théodore Aubanel …«

»Was ist aus der Kommune geworden?«, unterbrach Pierre den Redefluss des jungen Mannes.

»Plötzlich waren die weg. Es muss vor vier, fünf Jahren gewesen sein oder so. Genaueres habe ich nicht mitbekommen, ich bin dann ja auch weggezogen und habe meine Ausbildung zum *Gardien de police municipale* gemacht. Aber …«, er hob die Stimme, »eben habe ich einen alten Schulfreund angerufen, der noch immer in Maillane wohnt, und ihn gefragt, ob er seitdem etwas von denen gehört hat.«

»Und, was hat er gesagt?«

»Der wusste auch nichts Neues. Er meinte, die Vereinigung hätte sich schon vor Jahren aufgelöst.«

»Gibt es jemanden, der uns mehr darüber erzählen kann?«

»Vielleicht die alte Madame Chaptal? Das Haus, in dem sie wohnten, gehört ihr.«

Pierre war wie elektrisiert. Alles, was Oliveiras Leben erhellen konnte, war wichtig. Und die Vermieterin war mit Sicherheit eine gute Quelle. »Hast du auch ihre Adresse?«

»Da müsste ich nachsehen. Ich weiß gar nicht, ob sie überhaupt noch in Maillane wohnt. Oder ob sie noch lebt.«

»Finde es heraus. Ich möchte mit ihr sprechen. Wenn es geht, noch heute Nachmittag.«

»Jawoll, Chef.« Er zögerte. »Ich würde gerne mitkommen.«

»Warum?«

»Ich dachte nur, weil …« Ein tiefes Seufzen folgte. »Sag Bescheid, wenn du mich brauchst, ja? Ich meine, ich kenne mich aus mit dem ganzen Kram. Und ich möchte das von gestern wiedergutmachen, verstehst du?«

»Ja, sehr sogar.«

Pierre legte auf und widmete sich wieder seinem Essen. Es war kalt geworden. Aber es schmeckte noch immer. Als er gerade eine weitere Gabel in den Mund geschoben hatte, sah er plötzlich eine schmale Gestalt in enger schwarzer Jeans die *Place du Village* überqueren. Fließend und anmutig, raubkatzengleich. Sie hatte eine olivfarbene Reisetasche geschultert, in der Hand trug sie einen Helm. In diesem Moment passierte sie das Untersuchungszelt, gleich würde sie wieder in einer der Gassen eintauchen.

Rasch tupfte Pierre sich den Mund mit der Serviette ab und sprang auf.

»Madame Azéma!«

Sie drehte sich um und blieb, als sie ihn erkannt hatte, abwartend stehen. Pierre schlängelte sich durch die Tischreihen und eilte auf sie zu.

»Ich möchte mich gerne mit Ihnen unterhalten. Wollen Sie sich kurz zu mir setzen?«

Die Sängerin schüttelte den Kopf. »Ich muss zurück, ich bin ohnehin spät dran. Ist es dringend?«

»Es geht um den Mord.«

Aurelie Azéma stellte die Tasche ab und strich sich mit beiden Händen das lange Haar zurück. Dabei sah sie ihn ernst an. »Ich konnte kaum schlafen, das Bild des Toten geht mir nicht aus dem Kopf.«

»Kannten Sie den Mann?«

»Nein.«

»Kannte jemand aus der Band ihn?«

»Glaube ich nicht. Wie war noch mal sein Name?«

»Maxim Sachet.«

»Ach ja.« Wie in Zeitlupe schüttelte sie den Kopf.

»Haben Sie nicht mit den anderen darüber gesprochen?«

»Nein. Wir waren wie paralysiert. Der Auftritt hatte so gut begonnen. Wir waren euphorisch, die Atmosphäre hier auf dem Platz war etwas ganz Besonderes. Und dann …« Sie sah hinüber zur Absperrung und verzog den Mund. »Die Jungs sind noch gestern Nacht zurückgefahren.«

Pierre nickte. Ihm fiel auf, dass Aurelie Azéma unruhig wirkte. Gehetzt. Immer wieder sah sie sich um.

»Ein paar Ihrer Fans sind ebenfalls hier gewesen. Einer von ihnen, Damien Girac, war zum Zeitpunkt des Mordes ganz in der Nähe des Tatortes. Kennen Sie ihn?«

»Natürlich. Er ist immer dabei. Er wird verdächtigt?«

Pierre nickte. »Was können Sie mir über die Männer sagen?«

»Das sind Extremfans. Es gibt kein Konzert ohne sie.

Sie sind ein bisschen wild, aber sonst okay.« Wieder dieser Blick. Scheu, unstet. Wie ein Tier auf der Flucht.

»Trauen Sie Girac die Tat zu?«

»Nein. Das heißt, ich kenne ihn ja kaum. Manchmal hängt er mit den Jungs ab.«

»Angenommen, er wäre der Täter. Haben Sie eine Vorstellung, welches Motiv er gehabt haben könnte?«

Nun sah sie ihn wieder direkt an. Pierre fiel auf, dass sie bernsteinfarbene Augen hatte. »Woher soll ich das denn wissen? Ich kenne weder die Hintergründe der Fans noch die des Toten. Würden Sie mich jetzt bitte weiterlassen?«

»Und Louis Rollande, hätte der ein Motiv?«

Eine deutlich wahrnehmbare Röte zog sich über ihre Wangen.

»Dazu kann ich nichts sagen.«

»Sie waren doch heute Morgen bei ihm. Der Mord wird sicher ebenfalls Thema gewesen sein, das liegt doch nahe.«

»Schon.«

»Hat er Ihnen erzählt, dass er sich mit Sachet gestritten hat?«

»Monsieur, ob Sie es glauben oder nicht. Wir hatten auch andere Themen als das.«

»Wie lange haben Sie beide sich nicht mehr gesehen?«

»Hören Sie auf, in meinem Privatleben herumzuschnüffeln«, zischte sie, dabei sah sie ihn mit funkelnden Augen an. »Ich habe nichts mit dem Mord zu tun.«

»Ich möchte Ihnen gerne glauben, Madame Azéma, aber ich habe das Gefühl, dass Sie mir etwas verschweigen.«

»Denken Sie doch, was Sie wollen!« Sie hatte es leise gesagt, kniff nun die Lippen aufeinander.

»Haben Sie Adrien Oliveira gekannt?«

»Ich …«

Sie sah an ihm vorbei, ihre Augen weiteten sich. Fast unmerklich, aber das kurze Aufflackern von Angst ließ ihn sich umdrehen. Er sah Touristen, die den Platz betraten, Gäste auf den Außenterrassen der Gaststätten. Spieler auf dem Bouleplatz. Doch niemanden, der seinen Blick auf sie beide gerichtet hielt.

»Nein«, flüsterte sie. »Lassen Sie mich jetzt gehen. Bitte.«

Pierre zögerte. Er wollte ihrem Wunsch nicht nachgeben. Sein Bauchgefühl sagte ihm, dass die Sängerin der Schlüssel zu dem Fall war. Gleichzeitig ahnte er, dass es besser wäre, das Gespräch augenblicklich zu beenden.

»Lassen Sie uns reden«, sagte er in einem letzten Versuch. »Wir können uns ein anderes Mal treffen. Ich kann Ihnen helfen, wenn Sie in Gefahr sind.«

»Ich will nicht reden, nein, versuchen Sie erst gar nicht, mich dazu zu zwingen. Und keine Polizisten, die vor meiner Haustür herumlungern, verstanden? Ich will nur, dass man mich in Ruhe lässt. Da ist nichts, es gibt keinen Grund, sich um mich Sorgen zu machen.«

Pierre seufzte und griff in seine Gürteltasche, schob ihr unauffällig seine Karte zu. »Bitte rufen Sie mich an, wenn Ihnen noch etwas einfällt. Oder wenn Sie Hilfe brauchen.«

Die Sängerin nahm die Karte entgegen und steckte sie hektisch in die Tasche ihrer Jeans. Dann schulterte sie ihre Reisetasche.

»Passen Sie auf sich auf, *Monsieur le policier*. Das meine ich ernst.«

Damit drehte sie sich um und verschwand mit eiligen Schritten in Richtung des Stadttors.

Am liebsten wäre er ihr nachgegangen. Hätte sich auf ihre Spur geheftet, sie observiert, bis er herausgefunden hatte, was sie ihm verheimlichte und wovor sie Angst hatte. In Paris hatten sie für solche Situationen unauffällige Autos gehabt und mehrere Beamte, die sich von Zeit zu Zeit abwechselten. Aber dies hier war nicht Paris, hier blieb ihm nur eine Verfolgung mit dem Polizeiwagen. Und da konnte er es auch gleich lassen.

Beunruhigt ging Pierre zurück in Richtung des Restaurants. Eine unbestimmte Gefahr hatte in der Luft gehangen und war auch jetzt, als er sich nach seinem Tisch umsah, noch immer nicht verschwunden.

Plötzlich war auch wieder das Gefühl präsent, das er gestern Abend verspürt hatte, als er den Toten mitten auf der *Place du Village* liegen sah. Ein Gefühl, das er seitdem erfolgreich verdrängt hatte: Etwas hatte sich in diesem Dorf festgekrallt, hatte sich hinter die idyllische Atmosphäre gedrängt. Etwas, das jederzeit wieder zuschlagen könnte, das spürte er mit jeder Faser seines Körpers. Maxim Sachet war einer Wahrheit nahe gekommen, die noch im Verborgenen lag. Um herauszufinden, welche Rolle Aurelie Azéma in der Geschichte spielte, würde er den Weg nachverfolgen müssen, den der Journalist gegangen war. Hier musste er ansetzen. Noch einmal ganz von vorne beginnen. Sich auf die Zeit vor vier Jahren konzentrieren. So, wie es auch Maxim Sachet getan hatte.

Irritiert blieb er stehen. Wo war denn nur sein Platz? Hatte er nicht dort gesessen, wo sich nun ein junges Pärchen in die Speisekarten vertiefte?

Er sah sich nach der Kellnerin um, diese strahlte, als sie ihn erblickte.

»Monsieur Durand, da sind Sie ja wieder. Ich hätte Ihnen die Rechnung sonst auch in die Wache gebracht.«

»Die Rechnung?« Jetzt verstand er. Die Kellnerin musste gedacht haben, er sei fertig gewesen, als er den Tisch allein ließ. Sein schönes Kabeljaufilet. Es war abgeräumt worden, ebenso wie sein Glas Wein. »So ein verdammter …«

Leise murrend zahlte er den ausstehenden Betrag. Der Appetit war ihm ohnehin vergangen. Und das sollte schon was heißen.

18

Es war kurz vor drei, als das Telefon im Vorzimmer klingelte. Pierre saß am Schreibtisch und versuchte, die bisherigen Erkenntnisse zu sortieren. Er hatte Lechat auf den neuesten Stand gebracht und ihn noch einmal daran erinnert, ihm die alten Akten zu Adrien Oliveiras Tod zu übermitteln. Seitdem wartete er auf eine Rückmeldung, die Zeit schlich dahin, ohne dass etwas voranging, es machte ihn wahnsinnig.

Pierre hatte überlegt, sich Louis Rollande noch einmal vorzuknöpfen. Aber er hatte nichts in der Hand, der Obstbauer würde ihm nicht einmal die Tür öffnen müssen.

Stattdessen hatte Pierre, wie auf der Dienstbesprechung vereinbart, Thomas Bussan aufsuchen wollen. Aber der war nicht in der *Confiserie* gewesen, man hatte ihm erzählt, Busson sei mit seiner Frau bei der Verwandtschaft eingeladen und erst am späten Abend wieder zurück.

Es gab nichts, was er tun konnte, also lehnte Pierre sich im Stuhl zurück und hatte gerade die Augen zu einem Nickerchen geschlossen, als sein Assistent ihn über die Nebensprechanlage anfunkte.

»Ich habe erfahren, dass Madame Chaptal inzwischen in Saint-Rémy-de-Provence wohnt, aber ich habe sie noch nicht erreichen können«, sagte Luc. »Dafür habe ich etwas Interessantes herausgefunden.«

»Ja?«

»In der provenzalischen Mythologie gibt es die Geschichte

der *chèvre d'or*, der goldenen Ziege. Hast du schon mal davon gehört?«

»Nein«, gab Pierre zu.

»Es heißt, dass sich in der Nacht zum 24. Juni eine Höhle im Berg von Saint-Jean öffnet, den man irgendwo im Vaucluse verortet. Dort, wo die Ziege herausspringt, befindet sich ein Schatz. Mistral schreibt von einem antiken Monument in der Provence. Vielleicht die Feengrotte von Corde oder die Felsen von Les Baux. Manche Quellen wähnen ihn in einer Burg, deren Bewohner vor den Sarazenen fliehen mussten. Willst du wissen, was ich vermute?« Er fuhr fort, ohne Pierres Antwort abzuwarten. »In Wahrheit waren es Tempelritter, die vor den päpstlichen Truppen flohen.«

»Tempelritter!« Pierre seufzte. »Verfolgst du noch immer diese Theorie?«

»Ja. Zumindest glaube ich jetzt zu wissen, warum sich alle Eingeweihten in Sainte-Valérie versammelten. Der Sage nach verbarg der Burgherr all sein Gold in einer Spalte innerhalb des Gemäuers und floh.« Er stockte, und als er weitersprach, leuchtete seine Stimme geradezu. »Der Mythos der goldenen Ziege, den Frédéric Mistral in seinem Epos aufgriff, ist vielleicht ein versteckter Hinweis auf den größten Schatz aller Zeiten, das Gold der Templer. Während alle Welt in Rennes-le-Château sucht oder in Gisors, liegt der Schatz hier vor unseren Augen. Und Mistral hat es gewusst. Nur hat niemand seine Botschaft verstanden.«

»Hätte er es gewusst, hätte er ihn längst gehoben.«

»Mistral war Literat, das darfst du nicht vergessen, ein Mann des Geistes, keiner, der nach Gold strebte.«

»Und was willst du mir damit sagen?«

»Ja, begreifst du denn nicht? Unser Dorf liegt in den Bergen. Und wir haben eine Burg. Und die Ziege, die den Weg zum Schatz weisen soll, könnte ja auch symbolisch gemeint sein.«

»Luc, komm zur Sache.«

»Das Dorfwappen von Sainte-Valérie«, sein Ton wurde geradezu verschwörerisch, »enthält eine Ziege. Sie ist der Hinweis. Der Schatz liegt in der ehemaligen Burgruine! Verstehst du? Adrien Oliveira hat es herausgefunden und musste sterben. Ebenso wie der Journalist. Es kann doch kein Zufall sein, dass er gerade am Abend zum 24., an dem laut Mythologie die Spalte sichtbar wird, hier gewesen ist. Er hat um Mitternacht den Schatz heben wollen, und jemand wollte ihn daran hindern.«

»Das ist doch Unsinn!«

»Ist es nicht.«

»Sagtest du nicht noch gerade vor wenigen Stunden, Sachet sei gekommen, um die geheimen Riten der Tempelritter zu enthüllen?«

»Das halte ich nach wie vor für möglich. Vielleicht war es sogar eine Verbindung aus beidem. Aber eines ist sicher: Die Tempelritter trafen sich hier, um den Schatz zu heben.«

Pierre verdrehte die Augen. »Die Burg war verschlossen. Sachet hätte gar nicht hineinkommen können. Ebenso wenig seine Mörder.«

»Vielleicht war es ja einer der alten Dorfbewohner, der die jahrhundertealte Tradition fortführt, den Schatz vor Diebstahl zu beschützen. Eine Art Gralshüter. Oder die Kuratorin, Madame Levy. Sie könnte Teil der Verschwörung sein. Sie ist praktisch aus dem Nichts gekommen, ausgerechnet jetzt, wir kennen sie ja kaum.«

Nun konnte sich Pierre nicht mehr zurückhalten. Er hatte versucht, seinen Assistenten ernst zu nehmen, aber das hier ging zu weit. »Es reicht, Luc, wirklich! Du solltest Bücher schreiben bei deiner Fantasie. Gralshüter in Sainte-Valérie, ich glaube, es hackt!«

»Okay, dann eben keine Gralshüter. Und was ist mit den Handwerkern? Die haben doch sicher auch einen Schlüssel. Während ihrer Arbeit haben sie die geheime Stelle entdeckt und mussten nur noch bis Mitternacht warten. Sie haben den Schatz gehoben und die Spalte einfach wieder zugespachtelt.«

»Was sicher nicht spurlos vonstattenging.«

»Du hast Recht!«, rief Luc aus, ohne sich am Sarkasmus, den Pierre in den Satz gelegt hatte, zu stören. »Wir sollten das nachprüfen. Hast du noch den Schlüssel von der Burg?«

Er war jetzt geradezu euphorisch. Seine Stimme hallte zweifach durch Pierres Büro. Aus Richtung des Vorzimmers und gleichzeitig durch den Telefonhörer.

»Sag mal«, bemerkte Pierre, »warum hast du mich eigentlich angerufen? Das hättest du mir ja auch direkt erzählen können.«

»Weil Robert Lechat in der Leitung ist. Er will dich sprechen.«

»Und das sagst du erst jetzt?«

Kopfschüttelnd warf Pierre seinen Assistenten aus der Leitung und nahm das Gespräch entgegen.

»Robert, entschuldigen Sie bitte, ich wollte Sie nicht warten lassen. Was gibt's?«

»Kein Problem. Ich habe mit dem Beamten gesprochen, der damals den Fall Adrien Oliveira bearbeitet hat, und mir die Akten angesehen«, berichtete der *Commissaire*. »Ich habe einen Ausdruck vor mir liegen. Der Drogentod des jungen Autors hat schon damals Fragen aufgeworfen. Er war laut Analysen kein Drogenkonsument. Daher ist man zunächst dem Mordverdacht nachgegangen und hat das Haus nach etwaigen Hinweisen durchsucht.«

»Und, wurde etwas gefunden?«

»Nichts Konkretes. Nur ein paar fremde DNA-Spuren in der Wohnung, aber es gab keinen Verdächtigen, so dass man von Speichelproben absah. Zumal es an der Weinflasche keine weiteren Fingerabdrücke gab, nur die von Oliveira.«

»Der Täter wird Handschuhe getragen haben.«

»Wenn es denn überhaupt einen gibt. Die Drogen kann der Autor doch auch ohne vorherigen Konsum genommen haben. Irgendwann ist immer das erste Mal. Vielleicht hat er die Wirkung einfach nur überschätzt?«

»Und was ist mit dem Manuskript?«

»Man hat keins gefunden«, antwortete Lechat. »Weswegen wir auch einen Freitod in Betracht ziehen können. Wer weiß, vielleicht hatte er so etwas wie eine Schaffenskrise. Der Abgabetermin drängt, und es ist noch keine einzige Zeile geschrieben. Oder er fand das bislang Verfasste derart furchtbar, dass er es vor seinem Tod vernichtet hat. Nicht dass ich das wirklich glaube, aber es wäre eine Möglichkeit.«

»Gab es wenigstens Verträge? Oder irgendeinen Vorschuss? Laut Gilbert Fortin soll ja sogar Hollywood angeklopft haben, das muss sich doch irgendwo bemerkbar gemacht haben.«

»Nicht in den Unterlagen und auch nicht in den Kontoauszügen. Adrien Oliveira hatte zwar im Jahr vor seinem Tod recht gut verdient. Aber es war kein größerer Vorschuss eingegangen, der die Annahme bestätigt, die großen Verlage hätten sich wegen seines neuen Buches um ihn gerissen. Selbst sein alter Verlag wusste nichts von einem geplanten Werk.«

»Das ist wirklich eigenartig«, sagte Pierre. Er dachte an das ungute Gefühl, das ihn während des Lesens beschlichen hatte. Rasch zog er den Text hervor, den Albert ihm gegeben hatte, und entfaltete ihn. »Ich habe gelesen, er verwendete keinen Computer. Ist das richtig?«

»Ja. Er hat seine Texte wohl noch mit der Schreibmaschine

verfasst, ebenso seine Post. Ungewöhnlich, nicht wahr? Vor allem für einen Mann seiner Generation.«

»Wie alt ist er eigentlich geworden?«

»Siebenundzwanzig. Es war ein einsamer Tod. Es hat ein paar Tage gedauert, bis eine Verwandte sich Sorgen machte und ihn dann auf dem Balkon liegend fand. Das war sicher kein schöner Anblick. Sein Geld hat er jedenfalls einer Organisation zum Erhalt der provenzalischen Sprache vermacht, den *Félibrige*. Ich habe auch schon mit dem *Capoulié* gesprochen, so nennt man den Präsidenten dieser Vereinigung. Er erinnert sich noch gut an den Autor. Oliveira war Mitglied, ist aber irgendwann nicht mehr zu den Versammlungen erschienen. Er hatte länger nichts von dem Autor gehört. Umso überraschter war die Vereinigung über die großzügige Spende.«

»Ein Tatmotiv?«

»Nein, sicher nicht.« Lechat seufzte. »Wollen Sie wirklich dieser alten Spur nachgehen?«

»Natürlich. Ich halte sie für entscheidend.«

»Pierre, mal ganz ehrlich, wir wissen noch nicht einmal, ob Adrien Oliveira überhaupt ermordet worden ist. Sie wissen doch, viele Künstler brauchen den Kick, um überhaupt etwas aufs Papier zu bekommen.«

Das war er wieder, der Robert Lechat, den er kannte. Asketisch, gesundheitsbewusst, diszipliniert. Für den *Commissaire* waren alle, die sich mal was Süßes gönnten, zuckerabhängige Junkies. Ein Künstler musste in seiner Vorstellung wohl ein besonders hemmungsloser Zeitgenosse sein.

»Man hätte die Substanz irgendwo gefunden«, widersprach er. »Spuren auf der Ablage, im Waschbecken oder im Müll.«

»Es mag ja sein, dass damals die falschen Schlüsse gezogen worden sind. Ich will trotzdem, dass wir uns auf den Mord konzentrieren, der gerade erst verübt wurde, statt permanent in der Vergangenheit zu stochern. Wir haben genug zu tun, die Kollegen sind noch immer dabei, sämtliche Kontakte zu überprüfen, es gibt einige Menschen, denen Sachet mit seinen Artikeln kräftig auf die Füße getreten ist. Darauf werden wir uns konzentrieren, das hat jetzt Priorität. Und die Tatsache, dass der Fan, Damien Girac, unauffindbar ist. Alles andere lenkt uns nur vom Wesentlichen ab. Alleine die Sache mit dem angeblichen Manuskript ist derart abstrus …«

»Das hatte ich am Anfang auch gedacht. Aber Sie dürfen nicht vergessen, dass der Journalist sich ausdrücklich nach dem alten Fall erkundigt hat. Dem müssen wir nachgehen.«

»Trotzdem werde ich den Gedanken nicht los, dass wir an irgendeiner Kreuzung falsch abgebogen sind.« Lechat seufzte. »Es ist, als ob wir einem Phantom hinterherlaufen. Und je länger ich darüber nachdenke, desto weniger scheinen die beiden Fälle zusammenzupassen. Oliveira ist ganz alleine in seinem Haus gestorben. Sachets Mörder hingegen hat ganz bewusst einen öffentlichen Raum gewählt. Vor aller Augen und etlichen Kameras. Er hat gewollt, dass seine Nachricht in alle Welt transportiert wird.«

»Es gibt einen Grund dafür, und den werden wir auch finden. Was ist los mit Ihnen, Sie sind ja richtig halsstarrig, so kenne ich Sie gar nicht.«

Lechat schwieg einen kurzen Moment. »Der Punkt ist«, sagte er schließlich, »dass der Präfekt mir im Nacken sitzt. Ihr lieber Herr Bürgermeister muss mächtig Dampf gemacht haben, nun sollen wir uns auf die vorrangigen Spuren konzentrieren, um rasch Ergebnisse zu erzielen. Und dabei brauche ich Ihre Hilfe.«

»Da mache ich nicht mit«, stieß Pierre hervor. »Ich werde mich nicht von einem Präfekten ausbremsen lassen, der vom Spielfeldrand aus entscheidet, was richtig ist und was falsch!«

Sein Ton war schärfer gewesen als gewollt, aber er konnte nicht anders. Lechats Gleichmut war ihm unerträglich, er schien genau das Spiel mitmachen zu wollen, das Grund dafür gewesen war, dass er selbst seinen Pariser Posten verlassen hatte.

In der Leitung herrschte Stille. Und es dauerte eine Weile, bis Lechat wieder antwortete.

»In Ordnung«, sagte er. »Sie haben vollkommen Recht. Es wäre tatsächlich fahrlässig, wenn man nicht jeder noch so vagen Spur folgen würde. Sie haben hinlänglich bewiesen, dass Sie über einen guten Spürsinn verfügen. Machen Sie, was Sie für richtig halten, ich werde dafür die Verantwortung übernehmen und Sie unterstützen, so gut ich kann.«

Pierre runzelte die Stirn. »Moment mal, ist das Ihr Ernst?«

»Ja. Wir sind doch ein Team, oder etwa nicht?«

Überrascht fuhr Pierre sich über das Haar. Das hatte er tatsächlich nicht erwartet.

»Und vielleicht«, fuhr Lechat mit einem Schmunzeln in der Stimme fort, »habe ich sogar etwas, das Ihre Theorie bestätigt. Oliveira hatte eine wöchentliche Kolumne in einer Zeitung, die für uns keine Unbekannte ist: *Provence Aujourd'hui.*«

»Dieselbe Zeitung, die Maxim Sachet vor seinem Tod aufgesucht hat?«

»Ja.« Jetzt grinste Lechat, Pierre hörte es an jedem einzelnen Wort. »Ich habe um vier einen Termin mit dem Chefredakteur, Pascal Blanchard. Aber eigentlich sollten besser Sie dorthin gehen, oder?«

»War die Frage ernst gemeint? Geben Sie mir die Adresse, ich bin schon unterwegs.«

19

Vierzig Minuten später erreichte Pierre die Stadtgrenze von Avignon.

Wieder einmal empfand er den Unterschied zwischen dem fruchtbaren Luberon-Tal und der Großstadt als eklatant. Kaum dass man unter der *autoroute du soleil* hindurchfuhr, dort, wo sie die Durance überkreuzte, glaubte man sich in einer anderen Welt. Die Straßen wurden voller, die Häuser verfallener. Die N7 war nun mehrspurig und führte an graffitibeschmierten Schallschutzwänden und endlosen Gewerbegebieten vorbei. Baumärkte, Fabrikhallen, Möbelgeschäfte, Autohändler. Je näher man der Stadt kam, desto aufdringlicher die Werbeschilder und Plakatwände. Und überall knallbunte Hinweise auf einen Ausverkauf, als sei das ganze Leben ein einziges Fest der Prozente.

Dabei war das Gesicht, das Avignon dem Besucher zeigte, der aus der entgegengesetzten Richtung kam, ein komplett anderes. Fuhr man vom Westen auf die Stadt zu, bot sich ein wahrlich imposantes Panorama. Herrschaftlich, grandios, beeindruckend. Am schönsten war der Weg über die D900, die, aus dem ehemaligen Languedoc-Roussillon kommend, durch ländlich-gepflegte Vororte bis zur Rhône führte und hinter der *Île de Piot* auf die *Pont Édouard Daladier*. Links die berühmte *Pont d'Avignon*, die etliche Besucher anzog, obwohl sie, von Hochwassern zerstört, nur noch vier ihrer ehemals zweiundzwanzig Bögen besaß. Kurz vor dem Festland tat sich dann die wahre Pracht auf: Vor einem lag die Stadtmauer mit dem majestätischen Papstpalast, der fast siebzig Jahre Zentrum der katholischen Kirche war. Noch immer beeindruckend, vor allem nachts, wenn funkelnde Lichter ihn erleuchteten und sich im Dunkel des Flusses spiegelten.

Das Redaktionsgebäude lag in der *Rue de la République*, ein historisches Stadthaus, dessen moderne Ladenzeile im Erdgeschoss wie ein Fremdkörper wirkte. Pierre betrat das Haus durch einen unscheinbaren Nebeneingang und folgte der Ausschilderung in den ersten Stock.

Die Redaktion der *Provence Aujourd'hui* bestand aus einem nur von Stützpfeilern unterteilten Großraumbüro, das man eher in einem kastigen Betonbau erwartet hätte als in diesem ehrwürdigen Gemäuer. Nur die hohe Decke zeugte von der ehemaligen Pracht, irgendein Idiot hatte sie jedoch mit langen Neonlampen verschandelt, aus denen grelles Licht flutete. An Wochentagen war dieser Raum wohl angefüllt mit dem Stimmengewirr der Mitarbeiter, heute aber waren die Schreibtische unbesetzt. Nur zwei Redakteure standen beisammen, in ein Gespräch vertieft.

Einer der beiden sah auf und kam eilig auf ihn zu.

»Ist etwas passiert?«, fragte er mit Blick auf Pierres Uniform.

»Die *police nationale* aus Cavaillon hat meinen Besuch angekündigt, ich habe einen Termin mit Pascal Blanchard.«

»Ach, dann kommen Sie mal mit.«

Der Mann ging auf eine gläserne Trennwand an der Stirnseite des Raumes zu, die über und über mit Zeitungsausschnitten und Artikeln beklebt war. Er klopfte kurz und öffnete die Tür zu einem rauchgeschwängerten Raum.

»Pascal, hier ist ein Polizist für dich.«

»Ah, danke, Guillaume!« Der Angesprochene, ein bärtiger

Mann um die sechzig, in Cordhose und Paisleyhemd, erhob sich von seinem Arbeitsplatz und streckte dem Besucher die Hand entgegen. »*Bonsoir*, Monsieur, kommen Sie, nehmen Sie Platz.«

Pierre folgte der Aufforderung und setzte sich an die Besucherseite des gewaltigen Schreibtisches, auf dem ein Chaos herrschte, das man nur mit Mühe als kreativ bezeichnen konnte.

»Ich bin gleich bei Ihnen«, sagte Blanchard und zog an einem Band seitlich der gläsernen Wand, woraufhin sich eine Jalousie entfaltete und den Raum vor den Blicken der anderen abschirmte. »Wollen Sie was trinken?«

Pierre verneinte, obwohl er Durst hatte. Aber die Gläser, auf die der Chefredakteur zeigte, besaßen allesamt einen gräulichen Schleier, der vom Inhalt des überquellenden Aschenbechers zu stammen schien, der neben ihnen auf dem Tisch stand. Er würde lieber elendig verdursten, als das Angebot anzunehmen.

»Sie kommen also wegen des Todes von Maxim Sachet«, begann Pascal Blanchard und rollte seinen Stuhl bis zur Tischkante. »Schreckliche Sache. Die Nachricht hat mich furchtbar getroffen, er war ein guter Journalist und Kollege. Wir haben früher, bevor er sich der Boulevardpresse zuwandte, häufig mit ihm zusammengearbeitet, und ich habe ihn als einen Mann mit großer Intensität zu schätzen gelernt, der den Fragen so lange nachging, bis er die Antworten fand. Haben Sie schon eine Ahnung, warum er ermordet worden ist?«

»Nein«, antwortete Pierre. »Aber vielleicht können Sie uns weiterhelfen. Maxim Sachet war kurz vor seinem Tod bei Ihnen in der Redaktion.«

»Das ist richtig.«

»Wollen Sie mir erzählen, worum es bei dem Besuch ging?«

»Er hatte sich da in etwas verbissen.« Blanchard lehnte sich zurück und verschränkte die Arme hinter dem Kopf. »Maxim hatte bei der Recherche zu einer Hintergrundgeschichte herausgefunden, dass es Drohungen gegen einen unserer Autoren gegeben hatte, Adrien Oliveira, der vor einigen Jahren angeblich an einer Überdosis Drogen starb. Maxim hatte angenommen, dass er jemandem unbequem geworden war, er hatte versucht, einen Zusammenhang herzustellen.«

Voilà! Pierre beugte sich vor. Seine Theorie war richtig gewesen, von Anfang an. »Von wem sind diese Drohungen denn ausgegangen?«, fragte er.

»Das hat er nicht gesagt, aber ich kann mir denken, worum es ging.« Blanchard rieb sich mit beiden Händen über die Augen. »Ich hoffe nur, dass es nicht erst der Anfang war.«

Der ernste Ton schreckte Pierre auf. »Der Anfang wovon?«

»Wissen Sie«, sagte Blanchard ausweichend, »das Ganze ist ein extrem emotionsbeladenes Thema.« Der Chefredakteur erhob sich, öffnete das Fenster und holte ein Zigarettenetui aus der Hosentasche. Straßenlärm drang herauf, das Gellen einer Sirene kam näher und entfernte sich wieder. »Möchten Sie auch eine?«, fragte Blanchard und streckte ihm das Etui entgegen.

Pierre schüttelte den Kopf.

»Adrien«, fuhr er fort, während er sich die Zigarette anzündete, »hatte jahrelang unsere wöchentliche Kolumne geschrieben. Es handelt sich um Texte, die ausschließlich auf Provenzalisch verfasst sind. Das ist sozusagen die kleine Schwester des Okzitanischen.«

»Ich habe gelesen«, warf Pierre ein, »dass Oliveira mit der Technik auf Kriegsfuß stand.«

»Da haben Sie Recht. Seine Texte hat er immer persönlich eingereicht, mit der Schreibmaschine getippt. Er schien manchmal aus einer anderen Zeit zu stammen, obwohl seine

Kolumnen immer höchst aktuelle Themen aufgriffen. Ein kluger Mann, das muss ich sagen. Unbestechlich und wach.«

»Wovon handelten seine Kolumnen?«

»Die Themen wechselten, ich ließ ihm da freie Hand. Er schrieb über Begebenheiten aus dem Alltag oder Neuigkeiten aus Politik und Kultur. Besonders beliebt waren seine Berichte aus den verschiedensten Regionen Okzitaniens.« Blanchard lehnte sich gegen den Fensterrahmen und blies den Rauch aus. »Wir haben die Kolumne vor vielen Jahren eingeführt, um die Sprachbewegung zu unterstützen. Und Adrien war unsere erste Wahl.«

»Woher kannten Sie ihn?«

»Ich habe ihn auf einer Informationsveranstaltung der *Félibrige* kennengelernt, das war 2009. Es ging um die Unterdrückung des provenzalischen Dialektes seitens der Behörden. Der Verband setzt sich seit Jahren gemeinsam mit anderen Vereinigungen für den Erhalt der regionalen Sprachen ein. Wie Sie sicher wissen, ist Frankreich das einzige europäische Land, das die Charta zum Schutz der Regionalsprachen nicht ratifiziert hat.«

Pierre hatte darüber gelesen. »Wegen des Artikels 2 der Verfassung. Darin ist festgeschrieben, dass Französisch die einzige offizielle Landessprache ist.«

»Exakt. Und die Herren Senatoren halten beinhart am alten Kurs der Auslöschung fest, auch heute noch. Für sie ist eine alleinige Amtssprache die Basis der zentralistischen Staatsordnung. Die Bevölkerung der betroffenen Regionen hingegen sehen darin nur einen weiteren Beweis für die Unterdrückung seitens der Pariser Staatsmacht.« Blanchard zog heftig an der Zigarette und schnippte die Asche ins Freie. »Das Ganze zieht sich jetzt schon fast zwei Jahrzehnte hin. Es ist absurd, aber man kommt politisch einfach nicht durch!«

Nord gegen Süd, dachte Pierre, dasselbe hatte auch Madame Levy erzählt. »Adrien Oliveira«, nahm er den Faden wieder auf, »war ein Aktivist?«

»Nun, das ist vielleicht ein zu starkes Wort für einen derart sanftmütigen Mann. Er war eher Philosoph, er versuchte, die Menschen mit Worten zu überzeugen. Er war ein Brückenbauer. Jemand, der auf Diskurs setzte. Genau aus diesem Grund habe ich ihn gebeten, die Kolumne zu übernehmen. Ich wollte jemanden, der mit Eindringlichkeit und Ruhe zum literarischen Leuchtturm der okzitanischen Gemeinschaft in der Provence wird. Nicht durch Aggression.«

»Sie scheinen ebenfalls zu glauben, dass er ermordet worden ist«, meinte Pierre. »Wie nun, vier Jahre später, Maxim Sachet ermordet wurde. Mitten während eines okzitanischen Festes. Können Sie sich vorstellen, Monsieur Blanchard, dass sich dahinter eine Botschaft verbirgt?«

Blanchard drückte seine Zigarette aus, nahm eine weitere aus dem Etui und drehte sie zwischen den Fingern. »Es könnte eine Aktion der okzitanischen Bewegung gewesen sein. Meiner Meinung nach war Maxim mit seinen Recherchen zwischen die Fronten geraten, was ja bereits Adrien Oliveira nicht überlebt hat.«

»Können Sie das näher erläutern?«

Blanchard blickte aus dem Fenster, dann wies er mit der Zigarette in der Hand seitlich des Papstpalastes in Richtung der Rhône.

»Nur einen Steinwurf entfernt liegt die neue Verwaltungsregion *Occitanie*. Ein Bruchteil dessen, was das alte Okzitanien ausmachte. Ein Krümel, hingeworfen dem Volk, das sich nach dem Kuchen sehnt. Aber meinen Sie wirklich, die staatlich gesetzten Grenzen existieren auch in den Herzen und Köpfen der Menschen?« Er wandte sich wieder Pierre zu. »Gerade erst hat es in Perpignan ein gemeinsames Manifest der Bewegungen *Oui à L'Occitanie* und *Oui au Pays Catalan* gegeben, in dem für eine Abspaltung des gesamten Kulturraums vom Norden geworben wird. Organisiert von der *Parti Occitan*, die auch in der Provence großen Zulauf hat. Einer links-ökologischen Partei wohlgemerkt, die sich gegen die Ausbeutung von oben einsetzt und dabei dem *Front National* im Grad ihrer Radikalisierung in nichts nachsteht. Links wie rechts formieren sich immer militantere Parteien und versehen ihr Anliegen wahlweise mit kommunistischen, antifaschistischen oder nationalistischen Parolen. Aber in einem sind sie alle gleich: im Aufruf zur Revolution.«

»Von Katalonien in die Provence ...« Pierre war bei Blanchards letzten Sätzen ganz ruhig geworden. Langsam fügte sich alles zusammen. Der Fall hatte sein Thema. »Glauben Sie, auch die Flamme vom katalanischen Berg Canigou, die bis in die Provence getragen wird, hat etwas mit dieser Bewegung zu tun?«

»Sicher. Für die meisten sind die *Feux de la Saint-Jean* nur eine schöne und friedliche Tradition, ein Fest der Brüderlichkeit. Aber dahinter regt sich der Widerstand gegen die Etablierten in Paris, die alles tun, um jeglichen Versuch der Selbstbestimmung im Keim zu ersticken.«

Blanchard zündete sich seine zweite Zigarette an und ging zurück zum Schreibtisch, durchsuchte einen Stapel Papiere. »Hier«, sagte er und breitete eine Karte vor Pierre aus, die zwei Abbildungen von Frankreich zeigte, jede mit unterschiedlichen regionalen Einteilungen. »Diese Karte dürfte Ihnen geläufig sein.«

Pierre nickte, sie war über Wochen Thema in den Nachrichten gewesen. Links wurden die ursprünglichen 22 Regionen gezeigt, rechts die neue Zusammenfassung in 13 Regionen.

»Wie Sie wissen, stößt die Gebietsreform, die in diesem Jahr in Kraft getreten ist, auf Gegenwehr. Angeblich will man die Regionen zusammenlegen, um sie wirtschaftlich zu stärken und damit die Staatsverschuldung einzudämmen.« Blanchard tippte auf die zweite Karte. »Ohne Rücksicht auf Verluste werden kulturhistorisch fremde Gebiete wahllos zusammengelegt! Sogar das Elsass, das eine spezielle Eigendynamik hat, wird mit zwei weiteren eingepfercht.«

»Aber die Zusammenlegung von Midi-Pyrénées und Languedoc-Roussillon«, entgegnete Pierre, »passt doch gut. Dass sie nun *Occitanie* heißt, wurde in einem Bürgerentscheid bestimmt. Nicht, wie Sie behaupten, von Politikern aus Paris.«

»Oberflächlich betrachtet haben Sie Recht«, sagte Blanchard, nachdem er endlich an seiner Zigarette gezogen hatte. »In Wahrheit aber ist es ein Versuch, das ursprünglich eingeforderte Okzitanien zu verhindern. Der Bürgerentscheid hat von der Brisanz dieser Zusammenlegung ablenken sollen. Und allen war von vornherein klar gewesen, dass von den Vorschlägen *Occitanie* gewählt werden würde. Die Gebietsreform ist der größte Staatscoup seit der Französischen Revolution von 1789, als man die mächtigen Provinzen zerschlug, um leicht kontrollierbare Departements zu erschaffen. Aus der großen Nation Okzitanien, die mehr als zweihunderttausend Quadratkilometer umfasste – was übrigens der zweifachen Größe Südkoreas entspricht – wurde die kleine Region *Occitanie*. Es gibt Kräfte innerhalb der militanten Gruppen, die das noch mehr auf die Barrikaden bringt.« Der Chefredakteur hob abrupt die Hand, wobei der Aschewurm, der sich inzwischen gebildet hatte, zu Boden fiel. Mit ausgestrecktem Zeigefinger stach er in die Luft, als kämpfe er gegen einen unsichtbaren Gegner. »Wir stehen am Beginn eines Flächenbrandes. Sehen Sie die Zeichen! Wenn wir jetzt nicht aufpassen, gibt es eine Revolution, die wir nie für möglich gehalten hätten!«

Eine plötzliche Stille trat ein. Blanchard senkte die Hand auf Höhe des Mundes, ließ seine Worte kurz wirken. Dann zog er heftig an der Zigarette, bis sie glühte, und versetzte ihr mit einer abfälligen Geste im Aschenbecher den Todesstoß.

20

Der erste Impuls, den Pierre hatte, als er auf die Straße trat, war, tief durchzuatmen, und dabei war es ihm egal, wie warm die Luft noch war. Erst später, als er durch die Altstadt zurück zum Parkplatz ging, fiel ihm auf, dass er eine Frage vergessen hatte. Nämlich die, warum Pascal Blanchard sich nicht von selbst bei ihnen gemeldet hatte, als er vom Tod Maxim Sachets erfahren hatte. Hätte er nicht um Aufklärung bemüht sein müssen, bei einem angeblich so engen Freund und Kollegen?

Es ärgerte ihn, er hatte sich von den Erklärungen einwickeln lassen, war zu abgelenkt gewesen, um all das herauszubringen, was ihm mit etwas mehr Distanz aufgefallen wäre. Pierre machte sich eine gedankliche Notiz, er würde noch einmal telefonisch nachhaken, wenn er wieder auf der Wache war.

Das Gespräch hatte ihn tatsächlich stärker mitgenommen, als er sich eingestehen wollte. Eine Revolution hatte der Chefredakteur angekündigt und dabei eine unüberhörbare Dramatik in die Stimme gelegt.

Hatte er mit seinen Schilderungen übertrieben? Oder brodelte es stärker, als Pierre bislang hatte sehen wollen?

Tief in Gedanken folgte er der Straße, als eine Büste seine Aufmerksamkeit auf sich zog, die mitten im Geschäftsviertel zwischen den Außentischen eines Restaurants stand, als habe jemand sie hier vergessen. Er trat näher und las die Inschrift auf dem Sockel. Es war das Abbild des Dichters Frédéric Mistral, der – umzäunt von einem handtuchgroßen Gärtchen – dem geschäftigen Trubel der Großstadt trotzte.

Pierre ging weiter und wählte die Nummer von Robert Lechat, um ihn über das Gespräch mit Blanchard zu informieren.

Irgendein kluger Mensch hatte einmal geschrieben, dachte er, während er dem Freizeichen lauschte, dass Identität keine Frage des politischen Gerüsts sei, sondern eine Frage der kulturellen Verortung, die sich über Tradition und Sprache definiere. Jeder Versuch, dies auszulöschen oder zu unterdrücken, entfachte erbitterten Widerstand. Ob man das aus dem fernen Paris heraus, dessen Identität ja niemals in Frage gestellt worden war, verstand oder nicht.

»Blanchard geht davon aus, dass sowohl Adrien Oliveira als auch Maxim Sachet zwischen die Fronten der Okzitanischen Bewegung geraten sind«, erzählte Pierre, als er Lechat endlich in der Leitung hatte. »Er ist der festen Überzeugung, dass die separatistischen Bestrebungen an Fahrt aufnehmen, seit Katalonien so massiv für die Unabhängigkeit vom spanischen Mutterland eintritt. Ich frage mich nur, wie viel an seinen Befürchtungen dran ist.«

»Die Okzitanische Bewegung ist doch schon lange tot«, entgegnete Lechat. »In den Achtzigern, ja, da haben die Winzer noch ihren Wein vor die Rathäuser gekippt und Straßen blockiert. Aber heute? Außer diesen paar Idioten, die vor drei Jahren für die provenzalische Unabhängigkeit Bomben in Maklerbüros gelegt haben, geschieht nichts in der Gegend, das auf separatistische Bestrebungen hinweist.«

»Blanchard weiß als Journalist vielleicht mehr über die Okzitanische Bewegung in der Provence als wir.«

»Er hat maßlos übertrieben!«, sagte Lechat entschieden. »Ich meine, wer kann näher am Geschehen dran sein als die Polizei. Ich arbeite täglich in unmittelbarer Nähe der Regionen, in denen es brodeln soll. Natürlich gibt es überall Konflikte. Gerade in den Städten, in denen viele Menschen aufeinanderleben. Aber ich habe mehr Demonstrationen gegen die Brüsseler Politik erlebt als wegen irgendwelcher Forderungen okzitanischer Unabhängigkeitsbewegungen. Kein aggressiver Protest, keine Aufmärsche. Nur ein paar harmlose Feste, Folkloregruppen und zweisprachige Straßenschilder.«

»Blanchard erzählte von politischen Gruppierungen, die sich aktiv für eine Abspaltung einsetzen.«

Lechat stieß ein Schnauben aus. »Das, was Monsieur Blanchard als Ringen um Identität beschrieben hat, ist nichts weiter als die Unterstützung einer intoleranten, regionalnationalistischen Politik, die ihr Heil darin sieht, die gesetzten Grenzen zu revidieren. Es gibt genug arme Irre, die nicht wissen, wie gut es uns heute eigentlich geht. Aber daraus einen Weltuntergang zu zimmern halte ich für reichlich übertrieben.«

»Was«, fuhr Pierre fort, »wenn es ganz wenige sind, die einen Höllenlärm machen, während der Rest nur mitschwimmt?«

»Ist es nicht immer so?«, kam die Antwort.

Nachdenklich verabschiedete Pierre sich von Lechat.

Ein Fahrradfahrer überholte ihn mit lautem Klingeln, Pierre schreckte auf und hob den Kopf. Irritiert blickte er sich um. War er hier überhaupt richtig? Er war einfach drauflosmarschiert, und nun stellte er fest, dass er sich verlaufen hatte.

Er versuchte, sich zu orientieren. Die Häuserzeilen sahen sich alle ähnlich, dachte er, während er kehrtmachte und in östliche Richtung weiterging.

Es waren hübsche Gassen, stellte er fest, so genau hatte er sie noch nie betrachtet. In den Erdgeschossen der historischen Wohnhäuser waren kleine Läden untergebracht. Boutiquen, Schmuckläden, Küchenzubehör; eine kleine Brasserie unter einer Reihe Platanen. Es erinnerte ihn an den Stadtteil, in dem er in Paris gewohnt hatte, nur kleiner und weniger belebt.

Ob Charlotte hier öfter flanierte? Dabei fiel ihm auf, dass er viel zu wenig über ihren Alltag wusste. Arbeit, immer nur Arbeit. Nun, da sie bald ihre *Épicerie* eröffnen wollte, würde sich nichts daran ändern. Ganz im Gegenteil. War das wirklich alles? War dies das Leben, dass sie auch in Zukunft führen würden?

Die Alternative hätte ihn früher erschreckt, nun aber war sie unerreichbar, selbst wenn er sie wollte: gemeinsam leben, mehr Zeit füreinander, vielleicht sogar Urlaub. Ihm stünde längst einer zu, nach der Saison würde er sich freinehmen. Und dann? Würde Charlotte ihren gerade eröffneten Laden einfach so für zwei Wochen schließen?

Die Antwort wusste er bereits, ohne dass er sie fragen musste.

Entmutigt kaufte er sich in einem Straßenausschank eine eiskalte Flasche Wasser und trank sie in einem Zug leer, bevor er weiterging. Es war beinahe Abend, er war müde, wollte nichts weiter als nach Hause kommen und sich hinlegen.

Endlich fand er die richtige Abzweigung, er erkannte das monströse Parkhaus, das die soeben empfundene Schönheit jäh zerriss. Während er den Wagen wieder auf die Straße lenkte, wanderten seine Gedanken zurück zu dem Gespräch mit Blanchard.

Vielleicht hatte der Chefredakteur mit seiner düster wirkenden Analyse wirklich unrecht gehabt. Der Flächenbrand hatte noch nicht begonnen. Aber die Glutherde waren unübersehbar.

Pierre fuhr gerade auf der kurvigen Straße zum Dorf hinauf, als sein Telefon klingelte.

»Blanchard hier«, tönte es aus der Freisprechanlage. »Ich habe lange überlegt, ob ich das tun soll.« Er machte eine kurze

Pause, in der tiefe Atemzüge zu hören waren, fast war es ein Seufzen. »Aber hier geht die Gerechtigkeit vor. Ich will niemanden schützen, der einen Kollegen auf dem Gewissen hat. Das bin ich Maxim schuldig.«

»Sie wissen, wer es getan hat?«

»Wissen ist zu viel gesagt. Aber Maxim hatte mich gefragt, inwieweit Adrien Oliveira Verbindungen zur okzitanischen Musikszene hatte. Eine von Oliveiras letzten Kolumnen rechnete mit dieser Szene ab.«

»Sie hatten gesagt, er hätte Drohungen erhalten. War das der Grund?«

»Ja. Ziel seiner Kritik war der Aufruf zur Gewalt, der indirekt immer wieder in den aufwieglerischen Texten steckte. Die meisten Lieder thematisieren ja die Ausbeutung Okzitaniens, sie üben Kritik an der Bebauungs- und Tourismuspolitik, an der Einfuhr von Billigweinen, an sprachlicher und kultureller Bevormundung … Und immer wieder der Aufruf zum aktiven Widerstand. Oliveira hingegen forderte weniger Revolution und mehr Dialog. Er war der Meinung, dass ein stetiges und sanftes Durchdringen mehr Aussicht auf Erfolg hätte als lauter Krawall.«

»Von wann stammt dieser Artikel?«

»Er war im Dezember erschienen, etliche Monate, bevor er starb. Die Reaktionen waren recht heftig, vor allem in der Musikerszene. Das konnte man in den Kommentarspalten sehen, die ich letztlich schließen musste. Er hatte sogar eine Morddrohung erhalten, man hat sie ihm im Autorenhaus unter der Tür durchgeschoben. Er war entsetzt, was er losgetreten hatte, damit hatte er nicht gerechnet. Offenbar sahen sie ihn als Abweichler. Als jemanden, der die Szene verriet. Das hat ihn sehr getroffen, obwohl es ja letztlich nur bestätigte, dass er mit seiner Meinung Recht hatte.«

»Warum hat er nicht die Polizei informiert?«

»Das kann ich nicht sagen, ich dachte, er hätte es getan. Danach hat er sich zurückgezogen und ist durch die Gebiete des ehemaligen Okzitaniens gereist, um nur noch von Landschaften und Traditionen zu berichten. Bis er dann nach Sainte-Valérie zog und seine Kolumne ganz einstellte.«

»Hatten Sie denn nicht, als man ihn fand, daran gedacht, dass diese Morddrohungen umgesetzt worden waren?«

»Ehrlich gesagt, nein. Die Lage hatte sich inzwischen wieder beruhigt. Bis Maxim plötzlich in der Redaktion auftauchte und danach fragte …«

»Können Sie mir den betreffenden Artikel zuschicken?«

»Das mache ich. Aber ich muss ihn aus dem Archiv holen lassen, das kann etwas dauern.«

»Je schneller, desto besser.«

Pierre gab ihm seine Mailadresse durch. Er dachte an sein Gespräch mit Aurelie Azéma, und dass es nach all dem, was er nun wusste, kein Zufall sein konnte, dass Sachet ausgerechnet während des Konzerts ermordet worden war. »Wissen Sie, ob es eine Verbindung zwischen Oliveira und der Band *Viva Occitània!* oder der Sängerin Aurelie Azéma gab?«

»Ich denke schon«, bestätigte Blanchard. »Maxim hatte ein Interview erwähnt, das er mit einer der Ikonen der Szene geführt hat. Ich hatte den Eindruck, das sei die Initialzündung gewesen, der Grund, warum er in dieser Sache zu recherchieren begann.« Er zog hörbar an einer Zigarette und blies langsam die Luft aus. »Ich sage es nur ungern, da ich den Musiker sehr schätze. Es ist Léo Turpin. Leadsänger von *Viva Occitània!* und Aktivist.«

»Verdammt«, entfuhr es Pierre, er hieb mit der Hand auf das Lenkrad, der Wagen schlingerte ein wenig, was ein entgegenkommendes Fahrzeug mit Hupen quittierte.

»Alles in Ordnung?«

»Ja.«

Nichts war in Ordnung. Er hätte daran denken müssen, es lag die ganze Zeit vor ihnen. Natürlich waren auch die Musiker befragt worden, jedoch nur als Zeugen des Abends, sie hatten ja für alle sichtbar auf der Bühne gestanden, unter Verdacht waren sie zu keinem Zeitpunkt. Aber dass einer ihrer Fans unmittelbar ins Geschehen verwickelt war, hätte ihn hellhörig machen müssen. Auf einmal war ihm auch klar, warum Blanchard sich nicht sofort bei den Behörden gemeldet hatte, als er vom Tod seines Kollegen erfahren hatte. Er wollte nichts tun, um der Bewegung, mit der er ganz offensichtlich sympathisierte, zu schaden. Es war keine Selbstverständlichkeit, dass er es sich anders überlegt hatte.

»Ich danke Ihnen für Ihre Offenheit«, sagte Pierre aufrichtig. Er wollte das Gespräch gerade beenden, als ihm noch etwas einfiel. »Glauben Sie, dass Adrien Oliveira vorhatte, einen Roman über ein provenzalisches Dorf zu schreiben?«

»Über ein Dorf? Vielleicht in Form eines Gleichnisses. Das Zusammenleben als Symbol für die Zustände. Aber sicher nicht als Roman.«

Pierre bedankte sich und legte auf.

Die okzitanische Spur hatte Fahrt aufgenommen. So sehr, dass Pierre sich fragte, ob Lechat nicht vielleicht Recht hatte, als er dem Manuskript eine Bedeutung für den Fall absprach. Das eine passte nicht zum anderen. Es sei denn, es gab ein verbindendes Detail, das er bislang übersehen hatte. Oder noch nicht kannte.

Nachdenklich sah er auf die Uhr, es war halb sechs. Er musste den *Commissaire* noch bitten, die Spur mit dem Bandleader von *Viva Occitània!* zu verfolgen und mit dem Untersuchungsrichter wegen einer Vorladung zu sprechen. Mehr würde er heute nicht erreichen können. Pierre setzte den Blinker und bog in die Zypressenallee, die auf seinen Hof führte. Morgen sollte er noch einmal mit Aurelie Azéma sprechen, auch wenn sie deutlich gemacht hatte, dass sie nichts mehr sagen würde. Aber er wollte wissen, warum sie, die ja offenbar ebenfalls zu den Aktivisten gehörte, heute Mittag auf der *Place du Village* eine derartige Angst gezeigt hatte.

War sie in Wahrheit auf Adrien Oliveiras Seite gewesen und damit auch auf der von Maxim Sachet? War dessen Tod eine Warnung gewesen, die auch ihr gegolten hatte?

Langsam ließ Pierre den Wagen auf den Hof rollen und kämpfte mit den widerstreitenden Gefühlen in seinem Bauch, von denen eines ihm zurief, dass er sich beeilen musste, wenn ihr nichts zustoßen sollte, während das andere ihn zur Zurückhaltung mahnte.

»So ein verdammter Mist!«

Er konnte die Sängerin doch nicht einfach ihrem Schicksal überlassen, er brauchte nur in den Ermittlungsakten bei der Zeugenerfassung nach ihrer Adresse zu suchen und hinzufahren.

Pierre schaltete den Motor ab und dachte an ihre Worte. »Und keine Polizisten, die vor meiner Haustür herumlungern, verstanden?«, hatte sie mit Nachdruck gesagt. »Ich will nur, dass man mich in Ruhe lässt.«

Es wäre fatal, wenn er sie jetzt aufsuchen würde. Vermutlich würde sie daraufhin jegliche weitere Kooperation verweigern.

Langsam stieg Pierre aus und stemmte die Hände in die Hüften, während er einem Vogelschwarm zusah, der oben in der Höhe seine Kreise zog.

Er war müde, die letzten Entwicklungen hatten ihn angestrengt. Er würde jetzt mit Lechat telefonieren, ein allerletztes Mal für heute, und sich dann hinlegen, nur ein paar Minuten, um neue Kraft zu tanken. Bevor er nicht wieder klar denken konnte, würde er nicht in der Lage sein, eine vernünftige Entscheidung zu treffen.

21

Das Haar klebte an ihrer Stirn. Sie war erschöpft gewesen und sofort eingeschlafen, früher als sonst. So war es oft, wenn sie von einer mehrtägigen Betreuung kam, die Gesellschaft anderer Kinder erschöpfte sie.

Es war ihr recht gewesen. So würde sie in aller Ruhe nachdenken können, ihrer Angst und den Tränen freien Lauf lassen, ohne dass Solène Fragen stellte. Fragen, auf die sie keine Antwort finden würde, zumindest nicht für ein kleines Mädchen von sieben Jahren.

Noch einmal strich sie ihrer Tochter über den dunklen Schopf, dann stand sie auf und zog die Vorhänge zu. Während sich die Stoffbahnen aufeinander zubewegten, glaubte sie, etwas auf dem Hinterhof gesehen zu haben. Einen Schatten, der plötzlich zur Seite glitt.

Entsetzt wich sie zurück. War *er* es gewesen? Wollte er sie an ihr Versprechen erinnern, das sie ihm unter Tränen gegeben hatte? Es war nur eine Frage der Zeit gewesen, er hatte sie gesehen, als sie mit dem Polizisten sprach.

Mit klopfendem Herzen schloss sie die Tür des Kinderzimmers hinter sich. Sie mussten weg hier. Noch bevor es dunkel wurde. Viel brauchte sie nicht. Solènes Tasche von der Betreuung stand noch im Flur. Sie nahm sie mit ins Schlafzimmer, warf sie aufs Bett. Mit zitternden Fingern zog sie Shirts und Jeans aus dem Schrank und legte alles zu den Sachen ihrer Tochter. Unterwäsche, Nachthemd, Zahnbürste. Eine Ansammlung an Nebensächlichkeiten, während das Einzige, was sie retten wollte, die nackte Haut war.

Plötzlich hörte sie ein Knarzen im Treppenhaus. Wie oft hatte sie sich über den Lärm der ausgetretenen Stufen geärgert, jetzt waren sie ihr Alarmsignal. Sie hielt inne, ging auf Zehenspitzen den Flur entlang und presste das Ohr an die Wohnungstür. Das Geräusch war verschwunden, dafür hörte sie jetzt ein Klopfen. Zaghaft erst, dann kräftiger.

»Aurelie«, drang es plötzlich durchs Holz. »Aurelie, ich weiß, dass du da bist, ich kann dich atmen hören.«

Entsetzt wich sie zurück. Ihr Herz schlug hart gegen ihre Brust. Hastig presste sie ihre Hand auf den Mund, um nicht zu schreien.

»Ich muss mit dir reden, Aurelie. Lass mich rein.«

Sie schüttelte stumm den Kopf.

»Komm schon, mach die Tür auf. Ich tue dir nichts, du kannst mir vertrauen.«

»Lass mich in Ruhe«, wisperte sie. Dabei liefen ihr die Tränen die Wangen hinab. »Lass mich bitte in Ruhe!«

»Verdammte Scheiße! Du glaubst doch nicht wirklich, dass du mich zum Narren halten kannst?« Seine Stimme wurde weicher, beinahe flehend. »Du kannst mir vertrauen, Aurelie, du kennst mich doch. Ich will nur mit dir reden.«

Eben, dachte sie, ich kenne dich besser, als du glaubst. Mit einer fahrigen Bewegung wischte sie sich die Tränen von den Wangen und versuchte, ihrer Panik Herr zu werden.

Sie musste ruhig werden, vernünftig denken. Er würde die ganze Nacht vor der Tür sitzen, das wusste sie. Er konnte hartnäckig sein, wenn er etwas erreichen wollte. Sie war ein Risiko für ihn. Was, wenn er sich gewaltsam Zutritt verschaffte, nachts, wenn sie schliefen? Die Schlösser waren marode, ein Fenster schnell aufzuhebeln.

Das Bild ihrer schlafenden Tochter schob sich vor ihr inneres Auge, augenblicklich fasste sie einen Entschluss.

Sie musste ihren Plan durchziehen, vor allem musste sie jetzt fliehen, solange es hell war, wenn die Wohnung nicht ihr Grab werden sollte. Hastig überlegte sie die Möglichkeiten. Dann atmete sie tief durch, ging in die Küche und wählte das schärfste Messer, schob es in einen passenden Schaft, bevor sie es in einem Seitenfach der kleinen Reisetasche verbarg.

Wenig später hatte sie alles beisammen. Leise schlich sie zur Wohnungstür und presste ein Ohr gegen das Holz. Sie hörte ihn leise summen, er war noch immer da.

Mit unwirklicher Ruhe ging sie in die Küche und setzte Wasser auf. Weckte, während es zu brodeln begann, ihre Tochter.

»*Maman*, was ist denn?«

»Komm«, flüsterte sie, »zieh dich an, wir müssen weg.«

»Warum denn?«

»Frag nicht. Sei bitte leise. Und tu, was ich sage, ich erkläre es dir später.«

Erst als Solène wenig später in Turnschuhen und Jeans neben ihr stand, schulterte sie die Tasche und nahm den Wasserkessel vom Herd.

»Auf drei rennst du die Treppe hinunter zum Motorrad!«, flüsterte sie ihrer Tochter ins Ohr. »Eins, zwei …«

»Warte, ich habe Lilou vergessen!«

Solène stürmte zurück in ihr Zimmer, in dem Moment, als sie die Tür aufriss. Er saß auf dem obersten Absatz und starrte sie an. Dann sah er den Wasserkessel in ihrer Hand. Er sprang auf, wütend, kam mit geballten Fäusten auf sie zu.

»Du verdammte Schlange!«

»Solène, wo bist du?«, schrie sie mit sich überschlagender Stimme nach hinten. Sollte sie die Tür besser wieder verschließen?

»Hier«, erklang es hinter ihrem Rücken. »Ich hab sie gefunden.«

Ohne zu überlegen, schüttete sie einen Schwall heißen Wassers auf ihn, schlug ihm dann, als er brüllend auf sie zustürzte, den leeren Kessel gegen den Kopf. »Drei!«, schrie sie und nahm ihre Tochter bei der Hand.

Mit einem Satz sprangen sie an der vor Schmerz schreienden Gestalt vorbei, die Treppe hinunter, hinaus auf die Straße. Während das Poltern hinter ihr ankündigte, dass er ihnen folgte, schwang sie sich auf das Motorrad und drehte den Zündschlüssel. Trat, während sich die Kleine eng an ihren Rücken schmiegte, den Kickstarter durch.

Aufröhrend sprang der Motor an.

»Er kommt«, schrie Solène hinter ihr und klammerte sich nur noch fester an sie, während das Gefährt mit einem Schlingern Fahrt aufnahm. »Mach schnell!«

Energisch bewegte sie den Gashebel nach unten und setzte das Motorrad mit einem Satz auf die Straße. Konzentriert balancierte sie durch die Gassen von Aix-en-Provence, bis sie das Ortsschild hinter sich ließ und das Tempo erhöhte. Der Fahrtwind zog um ihre Ohren, sie hatten die Helme vergessen, aber sie kamen voran, das war das Allerwichtigste.

Erst nachdem sie sich sicher war, dass er ihr nicht folgte, hielt sie an, um nachzudenken. Dann traf sie einen Entschluss. Mit einer hastigen Bewegung tastete sie nach der Karte, die sie am Mittag in ihre Hosentasche geschoben hatte. Erleichtert atmete sie aus, als ihre Finger das feste Papier berührten.

Sie musste Solène in Sicherheit bringen, bevor sie nach einer Möglichkeit suchte, ihn auszuschalten. Und der einzige Ort, an dem er sie mit Sicherheit nicht vermuten würde, lag in Sainte-Valérie.

22

»Ich habe Oliveiras Vermieterin endlich sprechen können. Madame Chaptal erwartet dich morgen um halb zwölf bei sich zu Hause, in der *Rue du Parage* Nummer 11. Sie sagt, du solltest versuchen, am *Boulevard Gambetta* zu parken. Sonntags habe man gute Chancen, dort einen Platz zu bekommen.«

Lucs Stimme hallte ein wenig. Dann folgte ein Plätschern.

»Wo steckst du eigentlich?«, fragte Pierre. Er war gerade erst auf den Hof gerollt und kaum aus dem Auto gestiegen, als die beiden Ziegen ihn bereits meckernd begrüßten. »Du klingst so eigenartig. Als seist du in einem Schwimmbad.«

»Fast. Badewanne trifft es besser.« Luc kicherte leise, ein Glucksen folgte, das eindeutig von einer weiblichen Person kam.

Pierre verdrehte die Augen. Ein milder Abendwind war aufgekommen, begleitete ihn auf dem Weg zum Stall. »Du hast Madame doch nicht etwa von der Wanne aus angerufen?«

»Sie hat mich zurückgerufen«, schnappte Luc, »was hätte ich denn tun sollen? Das war doch wichtig, da musste ich doch rangehen. Ich soll dir ausrichten, dass sie sich auf dich freut. Sie hat nie verstehen können, warum der Fall nicht weiter untersucht worden war.«

»Das hat sie gesagt?«

»Ja.«

»Hat sie auch gesagt, warum?«

»Nein. Ich habe allerdings auch nicht weiter nachgehakt. Ich meine, du bist ja morgen …«

»Schon gut.« Pierre seufzte.

Er beendete das Gespräch, als das weibliche Glucksen zum Gurren wurde, und legte den Riegel des Gatters um. Während er Cosima und das namenlose Zicklein zwischen den Hörnern kraulte, merkte er plötzlich, wie müde er war. Sämtliche Energiereserven waren verbraucht. Es wurde Zeit, dass er sich hinlegte. Ansonsten wüsste er nicht, wie er den weiteren Abend überstehen sollte.

Er hatte nur ein kleines Nickerchen machen wollen. Doch als ein leises Pling an sein Ohr drang, hatte das Licht vor dem Fenster bereits einen pastellrosa Schimmer.

Fluchend sah er auf die Uhr. Es war fast neun! Als er sich hingelegt hatte, hatte er beschlossen, noch auf einen Sprung in die *Bar du Sud* zu gehen, bevor er Charlotte von der Arbeit abholte.

Pierre erhob sich vom Sofa. Die Müdigkeit steckte noch immer in seinen Knochen, aber das würde sich legen, sobald er in Gang kam. Er musste sich beeilen, rasch duschen und sich umziehen, wenn er noch genügend Zeit finden wollte, mit den Männern des Dorfes zu sprechen – in der Hoffnung, sie würden ihm helfen, das eigenartige Manuskript mit der okzitanischen Spur der Ermittlung zu verbinden.

Pierre hatte den Fuß bereits auf die erste Stufe der steinernen Treppe gestellt, die nach oben ins Bad führte, als sein Magen laut und vernehmlich knurrte. Er musste unbedingt etwas zu essen haben, vorher würde er nichts Vernünftiges zustande bringen.

Wieder dieses *Pling*. Erst jetzt registrierte er, dass das Geräusch, das ihn geweckt hatte, von einer eintreffenden SMS stammte. Auf dem Weg in die Küche las er das Geschriebene.

Es wird spät heute. Man hat eine spontane Mitternachtssuppe
eingeplant, die muss vorbereitet werden. Gegen halb zwölf
sollte ich fertig sein. Bleibt es bei unserer Verabredung?
Holst du mich ab?
Kuss,
Charlotte

Und dann eine weitere SMS, die ihm ein Strahlen entlockte.

PS: Hast du schon in den Kühlschrank geguckt? Eine kleine
Speisenauswahl der künftigen *Épicerie*. Was davon gefällt dir
am besten? *Bon appétit!*

Diese Frau war unglaublich. Konnte Charlotte etwa Gedanken
lesen? Rasch tippte er eine Antwort ein.

Dich schickt der Himmel! Ich sehe gleich mal nach.
Und natürlich hole ich dich ab wie versprochen. *Bisou!*

Gespannt öffnete er den Kühlschrank. Und tatsächlich: Dort
stand ein gut gefülltes Weckglas, auf dem Etikett ein mit rotem
Filzstift gemaltes Herz. Es war ein großes Glas für mindestens
zwei Personen, wenn nicht sogar für drei. Daneben eine Schale,
die laut Aufkleber ein *taboulé orientale* beinhaltete und mehrere
Stücke Mangoldtarte.

Die Unermüdliche, wo nahm sie bloß all ihre Energie her?
Es war ihm beinahe suspekt. Er ahnte, dass sie dafür früh auf-
gestanden sein musste, obwohl ein langer und anstrengender
Arbeitstag auf sie wartete.

Mit einer Mischung aus Verwunderung und Dankbar-
keit nahm er alle drei Gerichte heraus und stellte sie auf dem
Küchentisch ab. Dann löste er das Gummi vom Weckglas und

hob den Deckel. Es war ein Cassoulet, ganz klassisch mit weißen Bohnen und diversen Fleischstücken, von denen er wusste, dass sie aus Schweinenacken und Entenkeule bestanden. Und mittendrin würzige *saucissons d'Arles*. Lecker!

Mit wenigen Handgriffen hatte er einen Topf hervorgeholt und das Cassoulet hineingegeben. Schon bald begann der Eintopf, einen herrlichen Duft zu verströmen. Pierre senkte die Nase und fächelte ihn sich zu. Knoblauch, Thymian, Speck – ein wunderbares Aroma!

Er korrigierte sich, dafür musste sie nicht nur früh aufgestanden sein, sondern *sehr* früh. Ein echtes provenzalisches Cassoulet, das hatte sie ihm einmal erzählt, war enorm aufwendig. Die vielen Einzelschritte, in denen man das Fleisch briet oder gemeinsam mit den Bohnen und Tomaten im Ofen garte – erst der Schweinenacken, dann die Entenkeulen und schließlich die Wurst –, dauerten insgesamt mehrere Stunden. Mehr als zwölf, wenn man die Einweichzeit der Bohnen berücksichtigte.

Während er darauf wartete, dass sich der Eintopf erwärmte, nahm er sich das Taboulé vor und schob sich noch im Stehen einen Löffel davon in den Mund. Die Kombination aus Couscous, knackiger Paprika, süßen Rosinen und frischer Minze war einfach unglaublich. Charlotte war eine begnadete Köchin, sie hatte tatsächlich den Beruf ergriffen, der vollkommen auf sie zugeschnitten war. Die Mischung aus Akkuratesse und Leidenschaft, die er so an ihr liebte, durchströmte ihr gesamtes Tun, egal in welchem Bereich.

Auch hier in seinem Bauernhaus hatte sie dies ausgelebt und zudem ein sicheres Händchen für Material und Farben bewiesen. Mit exzellentem Stilgefühl hatte sie das Haus während der Renovierungszeit mitgestaltet, es behaglich eingerichtet, geradezu elegant – trotz begrenzter Mittel. Alleine die Küche strahlte eine ungeheure Wärme aus, war zu einem Raum geworden, in dem man gerne zusammensaß. Unter PVC und schmutziggrauer Patina war ein fantastischer Fliesenboden zum Vorschein gekommen, dessen Ornamente hellgraue, beige und blaue Muster zusammenfassten. Er passte hervorragend zum geölten Holztisch und zur neuen Küchenzeile, die den alten Herd umrahmte, den sie vor dem Sperrmüll gerettet hatte. Dazu passende Vorhänge, farbige Kissen, Kräutertöpfe.

Er war ihr wirklich dankbar gewesen, dass sie so viel Energie hineingesteckt hatte, und obwohl er es geradezu hasste, einkaufen zu gehen, hatte es ihm Spaß gemacht, mit ihr über den sonntäglichen Antikmarkt in L'Isle-sur-la-Sorgue zu schlendern und Ausschau nach hübschen Einrichtungsgegenständen zu halten.

Alle Ideen, die Charlotte bei ihrer ersten Besichtigung vor Augen hatte, waren verwirklicht und sogar noch erweitert worden, auch im Außenbereich. Die schöne Sitzecke bei der brüchigen Steinmauer war von einer glyzinenumrankten Pergola gekrönt, so dass man tagsüber Schutz vor der Sonne fand und ihre untergehenden Strahlen abends bei einem Glas *Côtes de Provence* genießen konnte. Weiter hinten, wo das Gras wild wucherte, blühte nun ein Meer aus bunten Sommerblumen.

Nur den Teich hatten sie noch nicht angelegt. Und auch keinen Weinberg. Aber das würde er später einmal selbst angehen. Irgendwann, wenn die Zeit dafür reif war.

Pierre nahm sich einen Kochlöffel und rührte im Topf. Wie lange würde sie dieses Tempo durchhalten können?

Seitdem er sie kannte, hatte sie sich nicht ein Mal Zeit genommen, innezuhalten, Luft zu holen, sich treiben zu lassen. Was nützte es, in einer Landschaft zu leben, deren Anblick einen unmittelbar entschleunigte, wenn man sich nicht entschleunigen lassen wollte? Wenn sie nur immer wie aufgezogen durch die Gegend eilte, getrieben zwar vom Ehrgeiz, einen Traum zu verwirklichen und den ihres Liebsten noch dazu, dabei aber so rastlos, dass sie sich nicht ein Sekündchen Ruhe gönnte, bevor sie die *Épicerie* eröffnete.

Er würde mit ihr sprechen müssen. Auch wenn er schon jetzt ahnte, dass Charlotte ihren eigenen Kopf hatte und ihn auch durchsetzen wollte, so hoffte er doch, sie zum Innehalten und Nachdenken zu bringen.

Ein leises Blubbern erinnerte ihn daran, dass es längst Zeit war, den Topf vom Herd zu nehmen.

Rasch stellte er einen Teller auf den Tisch, legte Besteck dazu und sogar eine Serviette. Dann nahm er ein Streichholz und entzündete ein Windlicht, das dem Ganzen einen festlichen Anstrich gab.

Pierre lächelte.

Er, der über Jahre das Leben eines Junggesellen geführt hatte, trotz gelegentlicher Freundinnen, war richtig seriös geworden. Zumindest fühlte es sich für ihn so an. Beinahe handzahm. Fehlte nur noch, dass er zu schnurren begann.

Aber, dachte er, nachdem er die erste Gabel in den Mund geschoben hatte, dieses Essen war es wert, zelebriert zu werden. Wenn Charlotte sich eine derartige Mühe gab, ihn zu verwöhnen, dann sollte es auch in gebührendem Rahmen genossen werden.

23

Als Pierre gegen zehn die Tür zur Bar öffnete, war er pappsatt. Er hatte die ganze Familienportion des köstlichen Cassoulets aufgegessen, so dass er die Mangoldtarte unangerührt wegstellen musste. Mit einem Hauch von Wehmut hatte er die Kühlschranktür wieder geschlossen. Aber es half nichts. Ein einziger klitzekleiner Krümel konnte sich bereits fatal auswirken. Er würde die Tarte morgen probieren müssen, wenn sein Magen nicht in die Knie gehen sollte.

Mit Vorfreude auf den dringend notwendigen Digestif trat Pierre ein. Lautes Stimmengewirr dröhnte an seine Ohren, der laue Nachtwind wechselte mit einer dichten Wand aus schwerer Atemluft. Neugierig sah er sich in der *Bar du Sud* um, überflog die Gesichter der Gäste.

Rollande und seine Freunde waren nicht anwesend, was Pierre sehr bedauerte. Er hätte sich gerne mit Thomas Bussan unterhalten, dem *Confiseur*, der so aggressiv geworden war.

Dafür sah er hinten auf einer der Bänke unterm Fenster den alten Uhrmacher Didier Carbonne, der trotz Hitze eine altmodische Mütze trug, die aus den Zwanzigern zu stammen schien. Neben ihm saß der Krämer Serge Oudard, ihnen gegenüber der Mechaniker Stéphane Poncet und der Poststellenleiter Roland Germain, tief über einen Satz Karten gebeugt. Alles ältere Männer, von denen er wusste, dass sie noch den provenzalischen Dialekt beherrschten, zumindest ansatzweise.

Laut Georgette hatte Adrien Oliveira sich mit ihnen oft unterhalten, hier würde er ansetzen.

Er orderte einen *liqueur de verveine* und stellte sich dann mit dem Glas in der Hand zu den Kartenspielern, wartete, bis die Runde beendet war. Dann bat er auch Cederic Baffie, mit dessen Tochter Celestine er einmal zusammen gewesen war, vom Tresen hinzu.

»Ich brauche eure Hilfe«, sagte er, nachdem weitere Stühle um den Tisch gerückt worden waren und alle beisammensaßen.

»Schieß los«, forderte ihn Poncet, dessen Gesicht von der vielen Sonne regelrecht geröstet aussah, grinsend auf. »Es muss ja was Ernstes sein, wenn du deinen schicken Hof verlässt und dich in die Untiefen des Dorfes begibst.« Er lachte, dass sein dunkler Schnauzbart wackelte.

»Allerdings.« Pierre ignorierte den kleinen Seitenhieb. Gelassen trank er einen Schluck vom Digestif, dessen zitronige Frische sich wohltuend in seinem Magen ausbreitete. »Es geht um Adrien Oliveira, den Autor, der vor vier Jahren an einer Überdosis Drogen starb. Ihr habt euch damals häufiger mit ihm unterhalten, ich würde gern wissen, worüber.«

Ein Kopfschütteln folgte, nun murrten sie. Der Krämer lehnte sich zurück und verschränkte die Arme.

»Ich weiß, dass ihr das Ganze am liebsten vergessen würdet«, sagte Pierre und überlegte kurz, wie er fortfahren sollte. »Aber das Kapitel muss endlich beendet werden, damit unser Ort wieder frei atmen kann.«

»Das Kapitel ist bereits geschlossen«, bellte Poncet, »und es gibt nichts mehr dazu zu sagen.«

»Ach ja? Ihr glaubt also, ihr könntet so einfach zur Tagesordnung übergehen? So, wie ihr es damals gemacht habt, als der Schriftsteller gestorben war?«

»Dafür können wir nichts«, entgegnete Oudard, »genauso wenig wie für den Mord an dem Journalisten.«

»Und warum dann dieses beharrliche Schweigen?« Pierre blickte aufmerksam in die Runde. Überall angespannte Gesichter, Carbonne zog den Schirm seiner Mütze nach unten und schlug die Augen nieder. »Ich war heute in Ménerbes und habe mit Gilbert Fortin gesprochen. Er hat mich gebeten, alles zu tun, damit Sainte-Valérie nicht in den Fokus der Öffentlichkeit kommt. Das wird wohl nicht zu verhindern sein, es sei denn, es gelingt mir, den Fall ad acta zu legen. Und dafür brauche ich eure Hilfe. Ich muss herausfinden, warum Maxim Sachet über Adrien Oliveira recherchiert hat, bevor er ermordet wurde!«

»Du hast mit Gilbert gesprochen?«, fragte Baffie und strich sich über sein glänzend schwarzes Haar. »Davon hat er gar nicht …«

Die Männer wurden sichtlich unruhig, sie sahen sich an, schienen mit Blicken und unauffälligen Gesten zu beratschlagen, was sie tun sollten, während Pierre sich auf seinen Cognacschwenker konzentrierte und ihn nach und nach leerte.

»*Bon*«, sagte Carbonne schließlich. »Aber nur, wenn du uns eine Runde Pastis bestellst.«

»Aber gerne!« Pierre winkte in Richtung Tresen und machte, als er Philippes Blick erhaschte, eine kreisende Geste, die alle Männer am Tisch mit einschloss. »Also gut. Was wisst ihr über den Autor?«

»Dieser Mann hat gelogen, dass sich die Balken biegen!«, echauffierte sich Oudart. »Angeblich soll ich aufgebackene Tiefkühlpizza als heimische Spezialität ausgeben. Wie stehe ich denn da? Als ob ich meine Kunden bescheißen würde!«

»Wieso?«, sagte Poncet, dabei grinste er hämisch. »Stimmt doch, oder etwa nicht?«

»Und wenn schon«, knurrte der Krämer. »Das ist eine Frage

von Respekt. Ich will nicht, dass so etwas an die Öffentlichkeit gezerrt wird.«

»Nur mal angenommen«, unterbrach Pierre das Geplänkel, »das Manuskript, das im Umlauf war, wäre gar nicht von ihm gewesen.«

»Wie kommst du denn darauf?« Baffie kniff die Augen zusammen.

»Weil …« Pierre hatte nicht vor, den Männern sein und Alberts Geheimnis zu verraten, »weil ich inzwischen weiß, dass er ein zurückhaltender und ausgeglichener Mensch gewesen ist. Keiner, der aufwiegelt. Ihr habt euch doch mit ihm unterhalten, oder nicht? Hättet ihr ihm so etwas tatsächlich zugetraut?«

»Eigentlich nicht«, bestätigte Carbonne und strich sich über seinen struppigen Bart.

»Papperlapapp«, echauffierte sich Oudart. »Das hat nichts zu sagen, verstellen kann sich jeder. Er hat uns ausgehorcht und war drauf und dran, unser Vertrauen zu missbrauchen, so sieht's aus!«

»Ich weiß nicht …« Carbonne sah zu Philippe, der ihnen ein großes Tablett mit einer Flasche *Janot* auf den Tisch stellte, daneben einen Krug Wasser und mehrere Gläser, einige davon mit Eiswürfeln. Dann nahm er sich ein Glas, mischte in Ruhe sein Getränk und fuhr dann fort. »Ehrlich gesagt habe ich da so meine Zweifel. Ja, wir haben uns unterhalten, aber eher über Alltägliches. Das Wetter, die Politik. Ich hatte den Eindruck, es mache ihm Freude, sich auf Provenzalisch auszutauschen. Der Mann konnte verdammt gut zuhören.« Seine Augen glänzten. »Es hat mir Spaß gemacht, mal wieder *patois* zu sprechen. Es hatte mir gefehlt.«

»Ja.« Poncet zog eine seiner selbstgedrehten Zigaretten aus der Hemdtasche, zögerte kurz und steckte sie wieder ein. »Eigentlich war er ein feiner Kerl.«

»Seid ihr denn von allen guten Geistern verlassen?« Jetzt schrie Oudart beinahe. »Ihr wollt doch nicht etwa diesen Schmierfinken verteidigen!«

Pierre sah ihn unverwandt an. »Gilbert Fortin meinte, er hätte einige daran hindern müssen, Adrien Oliveira zu lynchen.«

»Hm«, brummte Oudart und konzentrierte sich jetzt ganz auf den Pastis.

»*Bof*, Unsinn«, entgegnete Carbonne grinsend und zeigte dabei seine Zahnlücken. »der war doch ganz vorne mit dabei.«

»Hältst du wohl die Klappe?« Oudart sah den alten Uhrmacher jetzt tadelnd an, dann schlug er mit der Hand auf den Tisch, dass die Gläser klirrten. »Und wenn schon. Ich kenne kaum jemanden, der dem Herrn Schriftsteller nicht am liebsten sämtliche Finger gebrochen hätte.«

»Fortin hatte mitgemischt?«, wiederholte Pierre. Das hatte bei dem ehemaligen *Chef de police municipale* ganz anders geklungen. Pierre dachte an dessen Pathos, an das Versprechen, das er ihm hatte geben müssen, es brachte ihn auf einen Gedanken.

»Angenommen«, begann Pierre langsam, er musste es vorsichtig formulieren, um die anderen nicht in Verteidigungsstellung zu bringen, »euer Freund Fortin hat den Text selbst verfasst.«

Oudart sah ihn entgeistert an. »Warum hätte er das tun sollen?«

»Das weiß ich noch nicht. Vielleicht, um euch gegen den Autor aufzuwiegeln. Ein Versuch, das echte Manuskript zu verhindern, indem er einen Aufstand provoziert.«

»So ein Unfug«, zischte Oudart, »treib es ja nicht zu weit!«

»Oliveira starb angeblich an einer Überdosis Drogen«, fuhr Pierre ungerührt fort, »obwohl er sonst nie Drogen nahm. Könnte es sein, dass hier die Emotionen hochgekocht sind, dass sich jemand – ohne jegliche Beweise für die Anklage – zum Rächer aufgeschwungen hat?« Pierre sah in die betretenen Gesichter. »Hat jemand aus Sainte-Valérie versucht, ihm etwas anzutun?«

»Niemals!« Poncet funkelte ihn an. »Das ist eine Unterstellung.«

»Abgesehen davon«, echauffierte sich Oudard, »würde sich keiner von uns auf die Suche nach einem Drogendealer machen, um einen Mord zu planen. Ich wüsste Besseres, um jemanden umzubringen, als so ein Teufelszeug. Ein Löffelchen Pflanzenschutzmittel beispielsweise. Oder ein feines Essen mit leckeren Pilzen, die hätte man noch nicht einmal nachweisen können.«

»Bei einer Obduktion schon.« Pierre zögerte kurz, folgte dann seinem Bauchgefühl. »Ich glaube euch. Aber ich werde nicht zulassen, dass ihr mir irgendetwas verschweigt, das den Fall aufklären könnte.« Pierre blickte von einem zum anderen. »Maxim Sachet ist gestorben, weil er dem Mörder Oliveiras auf der Spur war. Hier, in unserem Dorf. Für mich wird Sainte-Valérie nicht mehr dasselbe sein, wenn ich das nicht aufkläre. Und ich denke, euch geht es ebenso.«

»Ach, was!« Carbonne ließ sich im Stuhl zurückfallen und verschränkte die Arme. Aber es war ihm anzusehen, dass Pierres Worte ihn nachdenklich stimmten.

Auch die anderen schwiegen beharrlich.

Frustriert nahm Pierre sich eines der Gläser, in denen die Eiswürfel zu kleinen Pfützen geschmolzen waren, und mischte einen ordentlichen Schwung Pastis aus der Flasche mit einem Drittel Wasser. Der erste Schluck tat gut, milderte das Gefühl des Ausgeschlossenseins, das mit dem letzten Satz wieder hervorgebrochen war. Doch erst als er einen zweiten getrunken hatte, bemerkte er, dass sich hinter dem Schweigen der Männer Ratlosigkeit verbarg.

»Wir wissen nicht, wer es war, das schwöre ich dir«, sagte nun auch Baffie. »Aber damals erschien uns der Tod des Autors als Gottesgeschenk.«

»Die Aussicht«, ergänzte Germain, »dass unser geliebtes Sainte-Valérie irgendwann ebenso enden könnte wie Ménerbes, hat uns allen das Herz gebrochen. Dieses ganze falsche Glänzen und Funkeln, die Überschwemmung mit fremden Leuten, all das wäre für uns unerträglich.« Er atmete schwer, schnaufte dabei. »Ich bin hier aufgewachsen, Pierre. Als ich ein Kind war, sind wir doch auch mit weniger Luxus klargekommen. Wir hatten nur den Brunnen in der Mitte. Sonst nichts, keine Leitungen, keine Kanalisation. Und wir sind trotzdem glücklich gewesen.«

Die anderen nickten einhellig.

»Wenn du mich vor die Wahl stellen würdest«, ergänzte Poncet, »ob ich lieber weniger verdienen oder täglich von Touristen überrannt werden möchte, dann brauche ich nicht eine Sekunde zu zögern.« Er wies zur Tür. »Du brauchst dir nur den Platz anzusehen, der ist wie geleckt. Kaum ein Monat vergeht, ohne dass jemand seine Hausfassade ausbessert. Alles für eine Postkartenidylle, die nur noch mehr Menschen anzieht. Es reicht jetzt, ich will nicht, dass sich hier alles ändert. Dass unsere Kultur nur noch Staffage ist, die fremde Menschen fürs Urlaubsalbum fotografieren.« Er warf seine Hände in die Luft, die, warm und erdrückend, in Bewegung kam. »Und unser Bürgermeister ist ganz vorne mit dabei, der macht doch alles fürs Kapital. Nimm nur mal die *Feux de la Saint-Jean*. Wir dachten, das wird ein hübsches Ereignis für die Dorfbewohner, das Aufleben einer alten Tradition. Und nun sieh, was er daraus gemacht hat. Fackeln mit dem Aufdruck eines Reiseunternehmens! Wohin soll das noch führen, hm? Wohin? Nein, Pierre«, beendete er kopfschüttelnd seinen Monolog, »mit den Morden haben wir nichts zu tun. Aber *das* will ich nicht. Das ist nicht mehr mein Dorf. Und ich bin nicht der Einzige hier, der so denkt.«

Die Stille war belastend. Um sie herum tobte das Leben, doch hier am Tisch schien die Zeit stillzustehen.

»Wie viele sind es, die so denken?«

»Fast das ganze Dorf«, sagte Germain leise. »Bis auf die neu Hinzugekommenen natürlich. Aber die zählen ja nicht.«

»Selbst die Frauen! Die werden von wildfremden Menschen fotografiert, kaum dass sie ihre Nase aus dem Fenster stecken«, ergänzte Carbonne. »Fehlt nur noch, dass die demnächst unsere *Bar du Sud* übernehmen und uns komplett verdrängen!«

Pierre seufzte. »Weiß der Bürgermeister, dass es euch so geht?«

»Natürlich. Seit Jahren liegen wir ihm damit in den Ohren. Er sagt, wir brauchen uns keine Sorgen zu machen. Wir übertreiben. Tourismus bringt Wohlstand. Die ganze Litanei.«

»Arnaud ist ein Bandit«, stieß Oudart hervor und begann, mit seinem Finger hektisch vor Pierres Nase herumzufuchteln. »Ein …«, er suchte nach Worten und zeigte sich zufrieden, als er sein Urteil endlich verkündete: »Ein *connard*, ein Affenarsch!«

»Ihr solltet noch mal mit ihm darüber reden«, versuchte Pierre zu beschwichtigen. »Wenn ihr das mit dieser Eindringlichkeit klarmacht, wird Arnaud sicher reagieren.«

»Pah! Das haben wir längst aufgegeben. Der hört nicht auf uns! Das kannst du vergessen.« Poncet hob die Flasche und schenkte Pierre einen ordentlichen Schwung Pastis nach, so dass kaum noch Wasser ins Glas passte. »Trink lieber. Das ist das Einzige, was hilft.«

Pierre nahm einen Schluck. Die Mischung war zwar stark, enorm konzentriert, aber das war ihm in diesem Augenblick egal.

Es würde das Unbehagen lindern, das sich in seinem Magen ausbreitete. Überall brodelte es, auch hier. Er konnte die Männer gut verstehen. Auch er hatte seine Mühe mit Roziers Eigenwillen, bislang hatte er jedoch respektiert, wie er das Dorf führte. Dass er aber den Anliegen der Bewohner mit derselben Überheblichkeit begegnete wie ihm, das traf einen empfindlichen Punkt. Er trank einen weiteren Schluck, drehte das Glas in seiner Hand.

Der Einblick in die Seele der älteren Dorfbewohner war wichtig gewesen, aber etwas hatte ihn doch hellhörig gemacht. Als er erwähnte, dass er mit Gilbert Fortin gesprochen hatte, waren sie unruhig geworden, Baffie hatte sie beinahe verraten, aber Pierre hatte den Satz im Geiste vollenden können. »Davon hat er gar nicht …« … erzählt.

Diese Männer waren also die Quellen, aus denen der ehemalige *Chef de police* seine Informationen schöpfte. Auch die Argumente waren ähnlich. Pierre erinnerte sich, wie eigenartig er die Szene empfunden hatte, als der alte *Policier* ihn vor der fernen Kulisse Sainte-Valéries hatte schwören lassen, den Ort gegen alle Feinde zu verteidigen. Geradezu absurd war es gewesen, beinahe manisch.

Pierre setzte das Glas wieder an die Lippen und nahm etwas von dem Getränk in den Mund, ohne es herunterzuschlucken.

Sainte-Valérie sollte nicht in die Schlagzeilen kommen. Es sei denn in negativer Weise. Denn wer will schon in einem Dorf Urlaub machen, in dem der Tod herrscht.

Die Erkenntnis ließ ihn die Luft einziehen, dabei verschluckte sich Pierre an dem Pastis. Er hustete heftig, Poncet klopfte ihm beherzt auf den Rücken.

»Alles gut, *mon ami*?«

Mit tränenden Augen hob Pierre die Hand. »Alles gut, danke. Kannst aufhören.«

Abschreckung … Dieses Motiv hatte der Bürgermeister auch vermutet, aber er, Pierre, hatte es nicht ernst nehmen wollen. Obwohl die Art des Mordes – in der Öffentlichkeit, vor aller Augen – dafür sprach.

Angenommen, der ehemalige *Policier* hatte die Dorfbewohner mit einem falschen Manuskript aufwiegeln wollen, um eine Disneyisierung des Dorfes zu vermeiden. Bis einer von ihnen den Autor ins Jenseits beförderte. Als dann plötzlich der Journalist auftauchte und er Gefahr lief, enttarnt zu werden, musste er handeln.

In Gedanken machte Pierre ein großes Ausrufezeichen hinter den Namen seines Vorgängers.

Fortin hätte den Mitwisser beseitigen und damit gleichzeitig Arnaud Roziers hochtrabende Pläne für Sainte-Valérie zunichtemachen können. Inmitten des Trubels wäre ein Mann in historischer Tracht nicht aufgefallen, er hätte unerkannt agieren können.

Blieb noch die Frage, wie all das mit der okzitanischen Szene zusammenhing, vor allem mit dem Bandleader Léo Turpin. Oder waren es zwei gänzlich verschiedene Dinge, die er hier zu verknoten suchte?

»Zwei verschiedene Dinge …«, flüsterte er. Noch immer war das fehlende Puzzleteil nicht gefunden, aber er spürte, dass er ihm näher kam.

Hastig zog er sein Mobiltelefon hervor. Er musste mit jemandem darüber sprechen. Den Gedanken hin- und herschwenken und von allen Seiten betrachten, bevor er sich wieder verflüchtigte. Zwar war es spät in der Nacht, aber das war ihm jetzt egal. Lechat würde es verstehen.

Mit zusammengekniffenen Augen hob er das Display vor sein Gesicht, als ihn eine Flut verpasster Anrufe und eingegangener Nachrichten erstarren ließ, die letzte vor drei Minuten.

Hallo Pierre, bin etwas früher fertig geworden. Du kannst mich abholen. Freue mich auf dich! Dicker Kuss, Charlotte

Stehe auf dem Parkplatz. Wie lange brauchst du noch?

Komm schon, ich bin müde, beeil dich.

Pierre!!!!

Mit fliegenden Fingern tippte er auf das Display:

Bin sofort da!

Dann sprang er auf, warf ein paar Geldscheine auf das leere Tablett und rannte raus, ohne sich zu verabschieden.

24

Mit hochrotem Kopf stolperte Pierre ins Freie, sein Telefon fest umkrallt. Die frische Nachtluft traf ihn wie ein Schlag. Er musste stehen bleiben, sich zusammenreißen. Verdammt, warum war sein Hirn plötzlich voller Watte?

Es war zu viel Pastis gewesen. Dazu der Verveinelikör, er hätte es merken müssen, hatte es aber ausgeblendet, so vertieft war er in den Fall gewesen.

Pierre rieb sich mit beiden Händen über das Gesicht, ohne dass dies den Nebel, der ihn umgab, vertrieb. Er würde nicht fahren können, ausgeschlossen. Er musste sich ein Taxi nehmen. Hektisch wählte er die Nummer des regionalen Unternehmens. Nichts. Nur ein Tuten. Niemand ging ran.

»Verdammt!«

Er drehte sich um und stürmte wieder in die Bar. Als er drinnen gewesen war, hatte er nicht gemerkt, dass die Luft so stickig war, geradezu unerträglich, dabei hatte sich der Raum inzwischen deutlich geleert. Mit ausladenden Schritten stürzte er zum Tresen und rief Philippe zu sich.

»Kannst du mir ein Taxi bestellen?«

»Jetzt, um diese Uhrzeit? Ohne Vorbestellung?«

»Ja, los, du kennst doch alle Unternehmen, oder etwa nicht?«

Philippe runzelte die Stirn und drehte sich zu der Korktafel um, auf der sämtliche Taxiunternehmer der Gegend angepinnt waren. Er wählte eine nach der anderen, um immer wieder kopfschüttelnd aufzulegen. Endlich sah Pierre ihn sprechen.

Gott sei Dank! Er sah auf die Uhr. Kurz vor zwölf. Charlotte wartete jetzt schon länger als dreißig Minuten, höchste Zeit, dass er losfuhr.

»Und?« Erwartungsvoll sah er zum Wirt, dessen angespannter Gesichtsausdruck nicht zu seiner Hoffnung passen wollte.

»Tut mir leid, Pierre, nichts zu machen. Der Einzige, den ich erreichen konnte, liegt schon im Bett.«

»Das kann doch nicht wahr sein, es wird doch irgendjemanden geben, der noch fährt!« Er hatte es geschrien.

»Du kannst doch laufen. Wir sind hier in der Provence, Pierre, nicht in Paris. Da stehen die Taxis nicht an jeder Straßenecke, schon gar nicht nach elf. Wenn du willst, kann ich dir eines aus Cavaillon kommen lassen, aber ich fürchte, unter hundert Euro kommst du …«

»Vergiss es!«

Wütend stapfte Pierre zurück zur Tür. Hätte er bloß nicht so viel getrunken!

»Was war denn mit dir los?« Carbonne tauchte neben ihm auf und sah ihn mit triefenden Augen an. »Warum bist du so schnell verschwunden, ist dir schlecht geworden?«

»Unsinn. Ich habe vergessen, Charlotte von der Arbeit abzuholen. Aber ich bin zu betrunken, und ich bekomme kein Taxi.«

»Rosalie kann dich fahren.«

»Wer ist Rosalie?«

Doch Carbonne hatte sich bereits in Bewegung gesetzt, eilte erstaunlich schnell durch die Gassen, so dass Pierre Mühe hatte, ihm zu folgen. Noch im Laufen rief er Charlotte an.

»Pierre, wo steckst du denn?«

»Es tut mir leid, ich bin gleich da, es ist etwas dazwischengekommen.«

»Wie lange brauchst du noch?«

»Nicht lange. Zehn, fünfzehn Minuten«, sagte er mit schwerer Zunge.

»Sag mal, hast du getrunken?«

»Unwesentlich. Bin gleich da.« Damit legte er auf.

Erst, als sie vor einem schmalen Haus in der *Rue Magot* stehen blieben, schwante Pierre, wer ihn fahren sollte.

»Rosalie ist Madame Duprais?«

»Natürlich. Wen hast du denn erwartet? Die Schutzheilige von Palermo?« Carbonne betätigte den Türklopfer.

Pierre lachte verzweifelt auf. Grundgütiger, das Schicksal meinte es wirklich schlecht mit ihm. »Kann die überhaupt Auto fahren?«

»Sicher. Früher hat sie ihren Mann immer kutschiert.«

»Der ist seit über fünfzehn Jahren tot!«

»So was verlernt man nicht.« Carbonne zeigte eine bemerkenswerte Gelassenheit. »Sie kann meinen Wagen nehmen.«

Endlich öffnete sich die Tür. Das Erste, was Pierre durch einen schmalen Spalt erkennen konnte, war ein rosafarbener Morgenmantel.

»Ja, was gibt's?« Müde Augen blinzelten durch den schmalen Spalt, dann wurde die Tür erschrocken aufgerissen. »Didier, Monsieur Durand, ist etwas passiert?«

Schon als Pierre ihre schrille Stimme hörte, wusste er, dass es ein Fehler gewesen war. Aber nun war es zu spät. Mit höflichem Lächeln versuchte er, die weiße Spitzenhaube, unter der sie ihr Haar verbarg, zu ignorieren. Er hoffte, das Glucksen, das sich in seiner Kehle drängte, würde sich unter Kontrolle bringen lassen.

»Nein«, brummte Carbonne. »Ich hab unserem *Policier* nur gesagt, du würdest ihm helfen. Kannst du mit meinem Wagen zur *Domaine* fahren, um seine Freundin abzuholen?«

»Jetzt, um diese Uhrzeit?«

»Sie steht auf dem Parkplatz und wartet auf ihn. Und er hat zuviel getr…«

»Ich weiß, es ist ja nicht zu überriechen.«

Nun gluckste Pierre tatsächlich, aber in diesem Moment passte es auch, es klang, als würde er über sich selbst lachen.

Madame Duprais' kleine Knopfaugen wanderten von Didier zu Pierre und wieder zurück. Hinter ihrer Stirn schien es heftig zu arbeiten. Pierre konnte förmlich hören, was in ihren Gedanken vor sich ging. Sie, die selbsternannte Wächterin von Sainte-Valérie, sollte tatsächlich ein Liebespaar durch die Gegend kutschieren, das immer wieder Stoff für höchst unterhaltsamen Tratsch zu bieten hatte!

Er wünschte plötzlich, Madame Duprais würde ablehnen. Die ganze Situation war absurd, er hätte besser zu Fuß gehen sollen.

»Aber natürlich fahre ich Sie, *Monsieur le policier*«, rief sie aus. »Es ist mir ein Vergnügen.«

Wenig später standen sie vor der Garage auf dem Hof von Carbonnes alter Uhrmacherwerkstatt. Er schob die breite Tür nach oben und machte Licht. Im vergangenen Jahr war Pierre schon einmal hier gewesen, damals hatte er Carbonnes alte Uhrmacherwerkstatt besichtigt. Auch die kleinsten Schräubchen waren unerwartet sauber und ordentlich verwahrt worden. So, als gelte es, einen Schatz zu hüten. Es hatte ihn gerührt, den Witwer in seinem Element zu sehen. Er, der immer ein wenig zerzaust und ungepflegt wirkte, hatte eine filigrane, sensible Seite offenbart, die Pierre erstaunte.

Am Zubehör für Autos hingegen schien Carbonnes Herz nicht zu hängen.

Seitlich des verbeulten Kastenwagens standen hohe Regale, vollgestopft mit Blechdosen und Werkzeug. Lappen hingen aus alten Schuhkartons, überall lagen Eisenstangen und Blechteile. Zwei volle Mülltüten behinderten die Ausfahrt, ebenso diverse Benzinkanister und Fässer.

Der alte Uhrmacher kratzte sich am Kopf. »Vielleicht hätte ich hier mal aufräumen sollen«, murmelte er.

Mit vereinten Kräften schafften sie die Hindernisse beiseite und schälten den Wagen aus dem Verschlag.

Endlich stand der Citroën auf der Straße, mit blubberndem Motor, als wolle er sich darüber beschweren, dass man ihn aus dem Schlaf gezerrt hatte.

»So, mein lieber Monsieur Durand«, flötete Madame Duprais, nachdem sie sich in das Gefährt gezwängt hatten, »es kann losgehen.« Damit legte sie den Gang ein und fuhr mit kleinen ungelenken Hüpfern die gepflasterte Straße entlang in Richtung der Dorfausfahrt, winkte dabei lässig zu Carbonne, der am Straßenrand stand, die Mütze in der Linken, und sich mit der Rechten am Kopf kratzte.

Pierre sah konzentriert nach vorne und versuchte, den Blick von ihrem rosafarbenen Schlafrock zu wenden, den sie aus Zeitgründen anbehalten hatte. Angesichts dieses Ungetüms bekam der Vorname Rosalie einen ungewollt humoresken Beiklang.

»Wussten Sie denn nicht, dass Mademoiselle Berg abgeholt werden möchte?«, fragte sie höflich und setzte, als er nicht gleich antwortete, nach: »Tja, so sind die Männer. Umso wichtiger ist eine verständnisvolle Frau an der Seite. Sie können froh sein, dass Mademoiselle Berg eine so gütige Person ist.«

Pierre rutschte tiefer in den Sitz. Das durfte doch nicht wahr sein!

Er hatte so sehr gehofft, sie wenigstens ein einziges Mal nicht in einem seiner Fälle ertragen zu müssen. Stattdessen war es sogar noch schlimmer als sonst. Wusste er sich normalerweise rasch und elegant ihren Fragen zu entziehen, war er ihr dieses Mal hilflos ausgeliefert. Er und die neugierigste Person des Dorfes in einem Auto! Es war derart absurd, dass er es ins Reich der Fantasiegeschichten geschoben hätte, wenn ihm jemand das vorausgesagt hätte.

»Und? Wie weit sind Sie mit dem Mordfall?« Madame Duprais legte den nächsten Gang ein, es knirschte etwas, dann rollte der Wagen wieder gleichmäßig voran.

»Keine Sorge, Madame, wir sind nahe dran.«

»Haben Sie schon jemanden im Auge?«

»Wenn es so wäre, dann würde ich es Ihnen mit Sicherheit nicht verraten.« Pierre hatte es patzig gesagt. Natürlich war es gefährlich, Madame Duprais in dieser Situation zu verärgern, sie hatte ihn in der Hand. Aber er hatte keine Lust, den Höflichen zu mimen, das war es nicht wert. Wenn sie ihn rauswerfen sollte, dann würde er eben zu Fuß weitergehen. So einfach war das.

Aber sie fuhr fort, ohne dem Gesagten Beachtung zu schenken.

»Wie ich hörte, haben Sie auch schon mit Gilbert Fortin gesprochen. Wussten Sie, dass er sich damals um das Amt des Bürgermeisters bewerben wollte?«

»Wirklich?« Das war tatsächlich eine Neuigkeit.

»Ja. Er hatte vernünftige Ansichten, wie ich meine. Er wäre sicher gut für den Ort gewesen. Aber der Gemeinderat war auf Roziers Seite.«

»Fortin hat sich aufstellen lassen?«

»Ja, und er wird es sicher im nächsten Frühjahr erneut tun.«

»Das funktioniert nicht, er ist kein Mitglied der Gemeinde.«

Madame Duprais antwortete nicht. Aber das feine Lächeln, das vom Tacho beleuchtet wurde, war ihm nicht entgangen.

Gilbert Fortin wollte Bürgermeister werden? Offenbar hatte er all die Jahre die Kontakte zu den hiesigen Bewohnern gepflegt, um auf den richtigen Moment für die Machtübernahme zu warten. Einige von ihnen würden sich gewiss gerne in den Gemeinderat wählen lassen und dann – zack – käme im Frühling der Umsturz. Das erklärte so einiges.

Nun gut, dachte Pierre, überrascht von dieser Information, dann würde er die Fahrt eben nutzen, um ein wenig zu plaudern. Wer weiß, was Madame noch so alles zu berichten hatte. Zum Beispiel über den *Confiseur*, den er heute nicht angetroffen hatte, als er ihn zu den Tätlichkeiten in der Bar befragen wollte.

»Wie gut kennen Sie Thomas Bussan?«

»Ein unangenehmer Mann. Jähzornig, immer ein wenig unfreundlich zu seinen Kunden. Zum Glück steht der nicht oft im Laden, das machen alles die jungen Damen, die er beschäftigt, sonst hätte er bald keinen einzigen Kunden mehr.« Sie machte eine abwertende Bewegung, verlor dadurch für einen kurzen Moment die Kontrolle über die Lenkung, ließ sich aber nicht aus der Ruhe bringen. »Ich für meinen Teil gehe da nicht mehr einkaufen. Aus Prinzip. Er hat mich einmal unmöglich behandelt, als ich kurz nach Ladenschluss noch kandierte Früchte kaufen wollte. Es waren Sekunden, schwöre ich Ihnen, aber er hat mir die Tür vor der Nase zugeknallt und mich einfach so stehen lassen. Seitdem meide ich den Laden wie die Pest. Das hat er nun davon.«

»Haben Sie ihn während der *Feux de la Saint-Jean* gesehen?«

»Natürlich, er war vollkommen betrunken. Konnte sich kaum noch auf den Beinen halten. Am Ende lag er in der Ecke und hat …« Sie verzog den Mund. »… nun, wie soll ich sagen, … sich unschön entleert.«

Das schloss ihn als Verdächtigen aus, ein präzise gesetzter Schnitt war in dem Zustand kaum möglich. Pierre hatte es sich beinahe schon gedacht. Im Geiste strich er den *Confiseur* von seiner Liste und arbeitete sich weiter vor.

»Und Louis Rollande?«

»Nein, ich war ja selbst am Feiern, wissen Sie, ich kann ja nicht ahnen, dass die Polizei meine Beobachtungen braucht.«

Pierre schmunzelte. Nun ja, dann eben nicht. Aber vielleicht könnte Madame Duprais ja etwas Licht in Rollandes Verhältnis zu Aurelie Azéma bringen. Denn warum die am Morgen so plötzlich bei ihm aufgetaucht war, war eines der vielen Rätsel, die noch auf Auflösung warteten.

»Kennen Sie Aurelie Azéma?«

»Aber natürlich. Die ganze Stadt war ja mit ihrem Gesicht zugekleistert. Ist das Ihre Hauptverdächtige? Sehr gut, das habe ich mir fast gedacht.«

»Hauptverdächtige?«, wiederholte Pierre verdutzt. »Und warum, ich meine, wie sind Sie darauf gekommen?«

»Sehen Sie, es interessiert Sie doch. Ich hatte versucht, es Ihnen heute Mittag zu erzählen, aber da hatten Sie ja nichts Besseres zu tun, als davonzurennen, als sei der Teufel hinter Ihnen her.« Sie klang nicht vorwurfsvoll, eher süffisant.

»Heute Mittag war ich in Eile«, versuchte er eine Entschuldigung. »Eine Dienstbesprechung, ich war schon zu spät. Aber jetzt bin ich ganz Ohr, Madame Duprais, Sie haben meine volle Aufmerksamkeit.«

»Nun ….« Sie neigte ihren Kopf in seine Richtung und flüsterte, als wolle sie ihm ein Geheimnis verraten: »Ich habe sie mit dem Journalisten gesehen. Am Morgen vor seinem Tod.«

Pierre starrte sie an. Wenn das wahr war, hatte die Sängerin ihn angelogen. »Um wie viel Uhr war das?«

»Es muss gegen zehn gewesen sein. Sie haben sich in der kleinen Pâtisserie in der *Rue Magot* getroffen. Ich war gerade auf dem Weg ins Dorf, um mein Trachtenkleid von der Reinigung zu holen, als ich sah, wie die Sängerin vor der Ladentür stand und auf jemanden wartete. Nervös ist sie gewesen, hat sich immer wieder umgedreht. Ganz plötzlich ist sie dann in die Pâtisserie gegangen, nachdem sie jemandem zugenickt hatte, der die Straße überquerte. Es hatte wohl unauffällig sein sollen, aber ich habe einen Blick für so etwas. Natürlich habe ich nicht gewusst, wer er war, aber ich hatte mich noch gewundert, was dieses junge, hübsche Ding mit dem graumelierten Herrn wollte. Er hätte ihr Vater sein können. Den ganzen Weg zur Reinigung habe ich mir Gedanken darüber gemacht. Ich war schockiert. Die bekannte Sängerin mit dem Hang zum Rebellischen hatte ganz offenbar einen Lustgreis als Verehrer.« Sie hüstelte. »Ich bin ja nicht neugierig, Monsieur, aber ich habe ohnehin Blätterteigstangen kaufen wollen, da meine Cousine zur *Fête de la Saint-Jean* anreisen wollte. Also habe ich mir das gereinigte Kleid über den Arm gelegt und bin in die Pâtisserie gegangen, um nachzusehen, was da los ist.«

»Und?« Pierre beugte sich näher, es war unfassbar, was Madame Duprais da erzählte.

Die alte Dame schüttelte den Kopf. »Fehlanzeige. Keine Küsschen oder heimlichen Umarmungen. Eher war sie still, beinahe wütend, während der Mann sie betroffen ansah. Nachdem ich meine *Sacristains* bezahlt habe, begann er auf sie einzureden. Fast schon, als wolle er sie von irgendetwas überzeugen. Ich habe kurz überlegt, so zu tun, als hätte ich etwas vergessen, aber das war mir dann doch unangenehm.«

Das ausgerechnet aus dem Mund einer Frau, der nichts zu peinlich war, wenn es nur die Gerüchteküche am Laufen hielt!

»Haben Sie verstehen können, was sie gesagt haben?«

»Nein, mein Gehör ist leider nicht mehr das beste.«

»Hatte er etwas dabei, eine Aktentasche oder Ähnliches?«

»Ja. Er besaß einen dieser modernen aufklappbaren Computer. Als ich den Laden betrat, hat er ihn gerade wieder eingesteckt. Eine eigenartige junge Frau«, wiederholte Madame Duprais. »Ich traue ihr nicht.«

»Haben Sie sie schon als Kind gekannt?«

»Als Kind? Nein. Wie kommen Sie denn auf so etwas?«

»Sie soll ein paar Jahre hier bei ihrer Großmutter gewohnt haben. Louis Rollande soll einer ihrer Kindheitsfreunde gewesen sein.«

»Das wüsste ich aber!«

»Sicher hatte die Großmutter einen anderen Nachnamen. Es muss vor etwa …« Er rechnete nach. » … vor fünfzehn, zwanzig Jahren gewesen sein. Das ist natürlich lange her.«

Sie warf ihm einen Seitenblick zu. »Hören Sie, *Monsieur le policier*, wenn jemand ein gutes Gedächtnis für Menschen hat, dann bin ich das. Und ich kann mich hervorragend an den kleinen Louis erinnern. Er ist ja hier im Dorf zur Schule gegangen, damals gab es noch eine, wissen Sie, das war, bevor die jungen Leute alle in die Städte gezogen sind. Er spielte viel mit den anderen Jungen, aber Mädchen haben ihn damals nicht interessiert. Nicht einmal ansatzweise. Erst auf dem Lycée hat er sich mit einer jungen Dame getroffen, das hielt fast drei Jahre.«

Mit einer Mischung aus Unglauben und Interesse starrte Pierre sie an. Tatsächlich war sie die Einzige, die sich im Dorf derart auskannte, doch er fragte sich, ob, was sie sagte, der Wahrheit entsprach, oder ob sie sich wichtig machen wollte und nur so tat, als sei sie sich ihrer Beobachtungen sicher. Zumindest eines war ihm während dieses Gesprächs klar geworden: Aurelie Azéma hatte ihn zwei Mal angelogen.

»Ich danke Ihnen!« Es war tatsächlich das erste Mal, dass Pierre sich über ihre Neugier freute. Am liebsten hätte er sie umarmt. Ihre Beobachtungen waren wichtig gewesen, fügten dem Fall ein weiteres Puzzleteil hinzu, das entscheidend sein konnte. »Sie haben mir sehr geholfen.«

»Gerne!«, antwortete Madame Duprais, und man konnte hören, dass sie vor Stolz geradezu platzte. Dann hob sie die

Hand und wedelte damit vor ihrer Nase herum. »Sie sollten etwas gegen Ihren Atem machen, *Monsieur le policier*«, tadelte sie. »Sie stinken wie eine Schnapsleiche!«

Wenig später, Pierre hatte in seiner Hosentasche noch einen Kaugummi gefunden und ihn sich in den Mund gesteckt, hielt der Wagen vor dem verschlossenen Tor der *Domaine des Grès*. Da Pierre den aktuellen Code nicht kannte, stieg er aus und holte sein Handy hervor, um Charlotte anzurufen. Gerade, als er ihre Nummer wählen wollte, setzte ein gespenstisches Leuchten ein.

Eine Lampe, die am Seitenpfosten neben dem Tor angebracht war, zeigte mit grellorange rotierendem Licht das Öffnen der Flügel an. Kurz darauf blitzten Scheinwerfer auf, blendeten grell in ihre Richtung. Pierre legte auf, trat zur Seite und ließ den Kleinwagen vorbei. Dann hastete er durch das offene Tor auf den Parkplatz und rief leise Charlottes Namen.

Nichts. Vielleicht war sie zurück zur Küche gegangen?

Er eilte über den beleuchteten Kiesweg in Richtung des Restaurants, als ein *Pling* ihn innehalten ließ. Noch bevor er die Nachricht öffnete, ahnte er, dass sie von Charlotte war. Einer extrem aufgebrachten Charlotte.

> Du brauchst mich nicht mehr abzuholen. Hab einen anderen Fahrer gefunden. *Bonne nuit!*

Das konnte doch nicht wahr sein! Er drückte auf die Wahlwiederholung, doch es kam nur die Mailbox. Sie hatte ihr Telefon abgeschaltet.

Dann hatte Charlotte tatsächlich in dem Kleinwagen gesessen, der eben an ihnen vorbeigerauscht war? Sie musste ihn gesehen haben, warum hatte sie ihren Fahrer nicht gebeten anzuhalten?

Es war unglaublich! Bei allem Mist, den er heute Abend verzapft hatte, das hätte er von ihr nicht erwartet. Es machte ihn fassungslos. Sie hatte ihn tatsächlich stehen lassen wie einen Vollidioten, ohne ihm eine Chance zu geben, seine Verspätung zu erklären!

Brummelnd stapfte er zurück zum Parkplatz, während Wut in ihm aufstieg. Immer mächtiger, bis Pierre nicht anders konnte, als all seinen Frust mit einem lauten, martialischen Brüllen hinauszulassen.

Erst, nachdem der Schrei in der dunklen Nacht verhallt war, fühlte er sich wieder imstande, zu Madame Duprais zurückzukehren, die hinter dem Tor auf ihn wartete. Dem Tor, das inzwischen wieder fest verschlossen war. Trotzig setzte Pierre seinen rechten Fuß in eines der Ornamente, griff mit beiden Händen nach der oberen Kante und zog sich hoch. Behände schwang er sich auf die andere Seite, wo er im Lichtkegel des Citroën zu Boden kam.

Madame Duprais hatte den Motor bereits gestartet.

»Monsieur, kommen Sie, schnell«, zischte sie durchs offene Fenster. Dann stieß sie die Beifahrertür auf und begann ein waghalsiges Wendemanöver, noch bevor er richtig saß. »Haben Sie das Brüllen gehört?«

Pierre sah sie ertappt an, was sie als Ungläubigkeit zu interpretieren schien.

»Na, dieser Schrei eben, das war doch nicht zu überhören. Es klang, als sei ein Schwein abgestochen worden.« Noch immer war ihre Stimme ein Wispern.

»Ach das … Es tut mir leid, ich wollte Sie nicht ängstigen.«

»*Sie* waren das?« Überrascht riss sie den Kopf herum. »Ja sind Sie denn des Wahnsinns, eine alte Dame derart zu erschrecken? Noch dazu eine, die mitten in der Nacht aus dem Bett gezerrt wurde, um für Sie Chauffeur zu spielen?«

Pierre blies die Backen auf und atmete gepresst aus. Er setzte gerade zu einer Erklärung an, als er sah, dass Madame Duprais unvermindert nach vorne lenkte, obwohl die Hotelauffahrt gleich in die Straße mündete. Es war fast ein *Déjà-vu*. Schon einmal hatte er in genau diesem Wagen neben einem Fahrer gesessen, der anscheinend mehr Aufmerksamkeit auf Gespräche denn auf die Fahrbahn richtete. Damals war es Didier Carbonne gewesen.

»Vorsicht!«, schrie Pierre und griff ins Steuerrad, konnte aber nicht verhindern, dass der Wagen über die Landstraße hinweg in die Böschung hoppelte und schließlich mit abgewürgtem Motor auf einem brach liegenden Feld zum Stehen kam. »Verdammt noch mal«, rutschte es ihm heraus, »wollen Sie uns beide umbringen?«

Pierre schloss die Augen und schnaufte durch. Madame Duprais und Didier Carbonne passten hervorragend zusammen, dachte er. Zumindest in puncto Fahrkünste war sie ihm absolut ebenbürtig.

Eine Weile saßen sie schwer atmend da, dann drehte Madame Duprais den Zündschlüssel herum und startete den Motor.

»Wo ist eigentlich Mademoiselle Berg?«, fragte sie seltsam spitz.

»Sie war schon fort.«

»Dann fahre ich Sie jetzt besser nach Hause.«

Noch nie hatte Pierre die alte Witwe so schweigsam erlebt. Nicht einmal ein *Au revoir* kam über ihre Lippen, als sie ihn vor der Steinbrücke absetzte. Es hatte keine drei Sekunden gedauert, dass sie mit quietschenden Reifen wendete und ihn im Dunkeln stehen ließ.

Seltsam nüchtern überquerte Pierre die Brücke über den plätschernden Bach und ging in Richtung des Hauses. Seine

Schritte knirschten unnatürlich laut auf dem Kies. Immer wieder blieb er stehen, um sich zu orientieren. Es war so verdammt dunkel. Nichts am Himmel erhellte den Platz. Weder der Mond noch das Grau einer Wolkendecke. Vom Freigehege kam ein unruhiges Meckern, er hatte vergessen, die Ziegen für die Nacht in den Stall zu sperren, aber es war ja Sommer, was sollte schon geschehen.

»Ich bin's nur«, zischte er in Richtung des Geheges. »Schscht, alles gut.«

Etwas raschelte im Geäst, ein Vogel stob schimpfend auf. Und war das dort im Buchenwald etwa ein Käuzchen?

Schritt für Schritt tastete Pierre sich weiter in Richtung des Hauses. Endlich sah er die Wand. Schemenhaft zwar, aber von hier konnte er sich in Richtung Eingang tasten.

Wieder meckerte eine der Ziegen, es war Cosima. Sie waren unruhig heute Nacht, wahrscheinlich wunderten sie sich, was für ein verdammter Hornochse ihr Besitzer doch war.

Während Pierre den Schlüssel tastend ins Schloss bugsierte, dachte er, dass er dringend einen Bewegungsmelder anbringen musste, zumindest hier im Eingangsbereich. Erschöpft stieß er die Tür auf und schrak sofort wieder zurück.

Im Flur brannte Licht.

25

»Was machst du denn hier?«

Die Gestalt, die auf der Treppe kauerte und ihn zerknirscht angesehen hatte, erhob sich.

»Ich …« Charlotte seufzte. »Es tut mir leid. Ich hätte dich nicht am Tor stehen lassen dürfen. Aber ich war wütend! Nach fast einer Stunde Warten …«

»Du bist gefahren, ohne mich anzuhören!«

»Ja.« Sie trat auf ihn zu, blieb ein Stück vor ihm stehen. »Aber jetzt will ich dir zuhören. Warum hat es so lange gedauert?«

»Ich war in der *Bar du Sud*. Es ging um die Ermittlungen. Ich hatte gedacht, ich bekomme noch ein Taxi …«

»Ein Taxi, um diese Zeit?«

»Jetzt fang du nicht auch noch damit an«, schimpfte er.

»Schon gut. Aber es wäre einfacher gewesen, du hättest es mir gleich gesagt, dann hätte ich sofort mit einer der Küchenhilfen fahren können.« Auch ihre Stimme hatte sich verschärft. »Stattdessen hast du mich einfach warten lassen.«

»Es tut mir leid, verdammt!« Er kniff die Augen zusammen und seufzte. »Ich bin müde, ich hatte einen anstrengenden Tag. Dieser Fall ist vielschichtig, kannst du dir überhaupt vorstellen, was es bedeutet, all die Fäden zu entwirren, jede Spur zu beleuchten und zig Aussagen zuzuordnen?«

»Na klar«, sagte sie kühl, »das ist enorm wichtig, wie soll man da auch noch an andere denken, die nur ein wenig in der Küche rumwerkeln, nicht wahr? Die können doch mal warten, ist ja alles nur halb so anstrengend.«

Er sog die Luft ein, dieser Streit bekam eine unschöne Dynamik, aber er fühlte sich nicht in der Lage, das jetzt abzubremsen. »Gut«, presste er hervor, »ich habe mich nicht korrekt verhalten, aber ich bin eben auch nur ein Mensch. Soll ich mich etwa dafür entschuldigen?«

»Allerdings. Und überhaupt scheine ich dir mittlerweile selbstverständlich geworden zu sein. Du hast mir noch nicht einmal gesagt, wie dir mein Essen gefallen hat.«

»Dein Essen?« Tatsächlich, er hatte es vergessen, und das machte ihn nur umso wütender. »Ich bin eben anders als du. Nicht so übergenau. Wenn du einen perfekten Mann willst, der immer korrekt und pünktlich zur Stelle ist, dann bin ich der Falsche!«

Charlotte presste die Lippen aufeinander und stürmte an ihm vorbei, hinaus ins Freie.

»Warte, Charlotte, wo willst du denn hin? Verdammt, nun warte doch!«

Er eilte ihr hinterher. Holte sie irgendwo auf Höhe der Brücke ein, packte sie am Arm.

»Lass mich los!«, schrie sie und versuchte, ihn abzuschütteln.

»Was soll das? Ich hab es doch nicht so gemeint.«

»Doch, hast du, und genau das ist das Problem.«

Er konnte hören, wie gekränkt sie war. Pierre erinnerte sich an ihre ersten Begegnungen, an das, was sie ihm gesagt hatte, als er ihre Akkuratesse bewunderte.

»Wusstest du«, hatte sie mit schräg gelegtem Kopf erklärt, »dass dies eine meiner Eigenschaften war, die Nicolas beinahe in den Wahnsinn getrieben haben?«

Charlottes Exfreund hatte ihren Drang nach Perfektion scharf kritisiert. In diesem Punkt war sie verletzlich, und er hatte die alte Wunde wieder aufgerissen.

»Okay, du hattest Recht«, gestand er widerwillig ein. »Ich hatte in der Bar die Zeit vergessen und nur an mich und den Fall gedacht. Das war dumm von mir.«

Sie schwieg.

»Verdammt, Charlotte, was soll ich denn noch tun? Dich anflehen?« Er spürte, wie seine Wut wieder hochkochte. Er hasste es, sich rechtfertigen zu müssen. Aber noch schlimmer war es, nach einem Schuldeingeständnis stehen gelassen zu werden wie ein Trottel.

»Schon gut.« Sie hob die Schultern. Er ahnte es mehr, als dass er es in der Dunkelheit sah. »Lass uns nicht streiten. Sag mir lieber, wie dir das Cassoulet geschmeckt hat.«

»Es war großartig.« Er berührte ihre Schulter. »Du bist wunderbar. Ich liebe dich, wie du bist. Mit allem.«

»Tatsächlich?« Er fühlte ihren Atem auf seiner Wange. »Dann sollte ich dich wohl auch lieben, trotz deiner Macken?« Sie lachte leise.

»Ich bitte darum.«

Er zog sie an sich. Ihre Lippen waren weich, auch ein wenig fordernd. Er genoss es, drängte sich an sie und nahm sie ganz fest in den Arm.

Eine Weile standen sie so da, selbstvergessen, ineinander versunken, als Pierre plötzlich Lichter wahrnahm, die die Straße erhellten. Er sah auf. Ein Auto näherte sich mit Standlicht, fuhr langsamer, hielt an, bevor die Lichter die kleine Brücke erreichten.

Sofort spannten sich Pierres Muskeln. Der Hof lag am Ende einer Sackgasse, es kam vor, dass sich Fahrer hierher verirrten. Doch als die Lichter jetzt ausgeschaltet wurden und das Geräusch einer zuschlagenden Autotür zu ihnen drang, erkannte er, dass jemand zu ihnen auf dem Weg war, der genau wusste, wohin er wollte.

»Rasch, geh ins Haus«, raunte er Charlotte zu, »ganz leise. Und verschließ die Tür.«

»Und du?«

»Ich will wissen, wer das ist.«

Pierre schob sich hinter die Ginsterbüsche, die am Ufer des Baches standen, und lauschte Charlottes Schritten, während er den Blick dorthin gerichtet hielt, wo er die Brücke vermutete. Er atmete erst auf, als er hörte, wie Charlotte die Haustür zuzog.

Es war still. Nur das Plätschern des Baches war zu hören und das Rauschen der Blätter, wenn der Wind hindurchfuhr. Dann, erst undeutlich, kam das Geräusch knirschenden Sands hinzu, etwa zwanzig, dreißig Meter entfernt. Unwillkürlich tastete Pierre nach seinem Gurt, dann fiel ihm ein, dass er Freizeitkleidung trug. So hatte er weder eine Stablampe noch eine Waffe, um sich notfalls zu verteidigen.

Konzentriert blinzelte er in die Finsternis. Selten waren die Nächte derart schwarz wie heute. In Paris hatte über der Stadt immer ein Lichtersmog gelegen, der sie nie wirklich dunkel werden ließ. Hier aber hatte er trotz funkelndem Sternenzelt das Gefühl, in einem abgeschlossenen Raum zu stehen, in dem einem nur der Hörsinn Orientierung gab.

Aus Richtung des Stalls kam nervöses Meckern, dann ein Knall, dem ein weiterer folgte. Pierre kannte das Geräusch, es war das Stoßen von Hörnern gegen das Holz des Gatters. Die Ziegen waren unruhig, schlugen lauthals Alarm; stießen eigenartige Pfiffe aus, die durch die Nacht hallten.

Mit einem Mal hörte Pierre ein Knacken. Es kam von rechts, aus Richtung der Steinbrücke. Nun glaubte er, einen Schatten wahrzunehmen, der sich näherte. Er kam geradewegs auf ihn zu! Hatte der Eindringling etwa ein Nachtsichtgerät?

Pierre presste sich tiefer ins Gebüsch. Die Geräusche vom

Stall waren lauter geworden, jetzt hielten die Schritte inne. Pierre hörte ein Atmen. Es kam schnell, in kurzen Abständen, die Person war nervös.

Durch Pierres Gedanken rasten die Möglichkeiten, die ihm blieben. Er könnte darauf vertrauen, dass der Eindringling ihn nicht gesehen hatte, und beobachten, was er vorhatte. Oder sofort nach vorne preschen, dem Atmen entgegen, das Überraschungsmoment auf seiner Seite.

Er entschied sich für den Angriff. Doch bevor er sich aus dem Dickicht lösen konnte, hörte er das Trappeln von Hufen, gefolgt von einem wütenden Meckern, dann sah er schemenhaft das weiß gescheckte Fell der Ziege Cosima, die durch die Dunkelheit galoppierte. Der Aufprall war laut. Ein Brüllen erklang, dann ein Fluchen. Der Eindringling lief, stolperte, fiel hin, rappelte sich wieder auf. Pierre schnellte aus dem Gebüsch und lief den hellen Flecken in Cosimas Fell hinterher, die sich von der Dunkelheit abhoben. Auf Höhe der Brücke blieb die Ziege stehen und verfolgte den Fliehenden mit ihrem Meckern.

Wenige Sekunden später das Geräusch einer zuschlagenden Autotür, dann heulte der Motor auf, die Scheinwerfer wurden eingeschaltet. Pierre rannte der Lichtquelle entgegen, über die Brücke und weiter in Richtung des Wagens. Mit zusammengekniffenen Augen versuchte er, Marke und Kennzeichen zu erahnen, aber das helle Licht blendete, während der Fahrer den Wagen wendete und sich schlingernd entfernte.

»*Zut!*« Das Einzige, was er hatte erkennen können, war die Form der Scheinwerfer. Sie waren schmal gewesen, schräg gestellt wie zwei grinsende Augen.

Als Pierre wieder den Hof erreichte, hockte er sich neben Cosima, spürte die raue Zunge auf seinem Gesicht. »Das hat dir wohl Spaß gemacht, was?« Er fuhr der kleinen Ziege über den Kopf, bis sie sich eng an ihn drückte und er das Gleichgewicht verlor.

»Pierre, alles in Ordnung?«

Aus Richtung des Hauses drang der Strahl einer Taschenlampe, dann wurde die Außenbeleuchtung angeschaltet. Charlotte kam ihm entgegen, die Augen weit aufgerissen.

»Da hat sich nur jemand verfahren«, sagte er ausweichend, während er sich wieder aufrappelte. »Zumindest müssen wir uns bei diesem *Wachhund* keine Sorgen machen, dass wir je ausgeraubt werden.«

26

Er hatte es fröhlicher gesagt, als ihm zumute gewesen war. Aber er hatte Charlotte nicht beunruhigen wollen. War er dem Mörder zu nahe gekommen? Hatte der ihn beseitigen wollen, ebenso wie er den Journalisten beseitigt hatte?

Während sie neben ihm schlief, hatte er wach gelegen und auf jedes Geräusch gelauscht, das durch die Nacht drang, bis schließlich auch er erschöpft im Grau des erwachenden Morgens einnickte. Und als er um kurz vor sieben wieder aufschreckte, beschloss er, sich von dem nächtlichen Spuk nicht beeindrucken zu lassen.

Noch vor dem Frühstück waren sie zum Freigehege gegangen und hatten sich das Schlupfloch angesehen, durch das Cosima in der Nacht entwischt war. Während Charlotte die beiden Ziegen mit frischem Heu, Zweigen und Salatblättern fütterte und frisches Wasser in den Trog füllte, suchte Pierre nach einem Feldstein, um die Mulde zu verschließen, durch die Cosima sich unter dem Zaun hindurchgeschoben hatte.

»Sieh mal«, sagte Charlotte und hielt ihm ein paar Stängel rotblühender Blumen hin. »Die beiden haben sich wohl in der Nacht noch auf der Wiese bedient.«

»Seltsam, dabei mögen sie gar keine Malven …«

Stirnrunzelnd sah er sich um. Von alleine waren die mit Sicherheit nicht ins Gehege gekommen. Aber wer sollte sie dort hineingelegt haben?

»Dann«, sagte Charlotte und blickte zu dem namenlosen

Ziegenmädchen, »ist das vielleicht ein Zeichen. Wir sollten sie *Fleur* nennen!«

Das Zicklein hatte seinen Kopf in der Heuraufe versenkt und kaute ohne jede Regung.

»Bin gleich wieder zurück«, sagte Pierre, er war in Gedanken woanders. »Ich muss mal telefonieren.«

Er stapfte in Richtung der Straße, dorthin, wo der Wagen gestern Nacht gehalten hatte, sah dabei auf die Uhr. Es war gerade mal halb acht. Aber er war sicher, dass Lechat ebenfalls schon aufgestanden war. In Zeiten von Ermittlungen waren Sonntage nur simple Arbeitstage.

»Guten Morgen«, sagte Lechat, er klang tatsächlich frisch, als sei er bereits seit Stunden wach.

»Störe ich?«

»Nein, ich komme gerade vom Joggen. Ist etwas passiert?«

»Allerdings.« Pierre sah sich nach Charlotte um und erzählte dann, als er sie in Richtung des Hauses gehen sah, von dem nächtlichen Besucher. »Auch wenn es vielleicht nichts mit dem Fall zu tun hat, will ich, dass sich die Spurensicherung hier mal umschaut.«

Während er sprach, hockte er sich hin, begutachtete die Stelle seitlich der asphaltierten Straße, an der der Wagen gewendet hatte. Der Sand war trocken, Gras und wucherndes Kraut zerknickt. Ein aussagekräftiger Reifenabdruck war nicht auszumachen.

»Was zum Teufel …« Lechat klang besorgt. »Aber könnte es nicht auch ein Einbruchsversuch gewesen sein? Ich meine, es fällt mir schwer zu glauben, dass Sachets Mörder Ihnen bis auf den Hof gefolgt ist. Oder wie sehen Sie das?«

Er sprach genau das aus, was Pierre auch gedacht hatte. Ein Mörder, der einen der Ermittler jagt, geht ein gewaltiges Risiko ein. Abgesehen davon, dass er ein ganzes Team ausschalten müsste, in dem alle auf demselben Stand waren. Und dennoch ...

»Wahrscheinlich haben Sie Recht. Aber ich habe ein komisches Gefühl bei der Sache.«

»Das Problem ist, dass ich in so einem Fall nicht einfach Kollegen abziehen kann. Sie wissen, gerade die Spurensicherung ist permanent unterbesetzt, die werden erst aktiv, wenn wirklich etwas passiert ist. Und da niemand zu Schaden gekommen ist ...«

»Na schön, man kann ohnehin nicht viel erkennen.«

Pierre ging langsam zurück, blieb hinter der Steinbrücke an der Stelle stehen, an der Cosima den Eindringling angegriffen haben musste. Hier war der Sandboden aufgewühlt. Er fand Abdrücke, die von der Ziege stammen mussten. Aber die der Schuhsohlen waren nur unkenntliche, zusammengestauchte Vertiefungen.

»Kann ich sonst irgendetwas für Sie tun?«

Lechats Stimme drang wie aus der Ferne zu ihm durch. Mit Mühe fand Pierre die Konzentration wieder. Er rief sich den vergangenen Tag in Erinnerung, etwas war offen geblieben, er wusste nur nicht, was.

»Lassen Sie mich kurz nachdenken.«

Pierre hob den Blick, sah über die blühende Wiese, ohne sie wahrzunehmen.

Dann fiel ihm ein, was er hatte fragen wollen. »Haben Sie inzwischen mit dem Untersuchungsrichter wegen einer Vorladung für Léo Turpin sprechen können?«

»Ja, ich habe heute Morgen mit ihm telefoniert. Er hat sich gegen eine erneute Befragung des Bandleaders ausgesprochen.«

»Oliveira hatte auf seinen Artikel über die okzitanische Musikszene hin Morddrohungen erhalten«, erwiderte Pierre, »und

Chefredakteur Blanchard äußerte die Vermutung, dass Maxim Sachet dem nachgegangen war!«

»Ich weiß. Aber abgesehen davon, dass der Autor erst ein halbes Jahr später verstarb, sind Morddrohungen in Zeiten der Digitalisierung beinahe an der Tagesordnung. Außerdem haben wir bereits alle Zeugenaussagen eingeholt, auch die der Musiker, und nichts in der Hand, was eine erneute Befragung rechtfertigt. Allerdings«, fügte er rasch hinzu, als Pierre Luft holte, um erneut zu widersprechen, »frage ich mich, ob Sie nicht doch Recht haben.«

»Womit?«

»Dass der Tod von Adrien Oliveira tatsächlich etwas mit dem des Journalisten zu tun hatte.«

Pierre runzelte die Stirn. »Nanu, das sind ja ganz neue Töne!«

»Mit dem Unterschied, dass Sie noch immer dem eigenartigen Manuskript hinterherhängen, das meiner Meinung nach nichts weiter ist als ein dummer Streich irgendwelcher Dorfbewohner – während ich den Fan von *Viva Occitània!* für den Hauptverdächtigen halte. Wir wissen inzwischen, dass Damien Girac gerne zu harten Drogen greift und seit mehreren Jahren fester Bestandteil der Separatistenszene ist. Er ist leider noch immer untergetaucht.«

»Soso«, witzelte Pierre, »Damien Girac. Sagt das Ihr Bauchgefühl?«

»Mein analytischer Verstand.« Lechat lachte entwaffnend. »Sie sollten mal joggen, das macht den Kopf frei. Mit frischem Sauerstoff im Gehirn kommen einem die besten Ideen.«

»Die kommen mir eher bei einem guten Essen«, entgegnete Pierre, dabei blickte er in Richtung des Hauses, wo Charlotte aus dem Küchenfenster sah und ihm zuwinkte. »Ich muss los, wir telefonieren.«

»In Ordnung. Ach, Pierre …«

»Ja?«

»Passen Sie gut auf sich auf!«

Es war bereits das zweite Mal innerhalb kürzester Zeit, dass er dies zu hören bekam. Zuerst von Aurelie Azéma.

Pierre schob sein Telefon zurück in die Hosentasche. Dann legte er den Kopf in den Nacken und sah in den Himmel. Das dunstige Licht des Morgens wurde zunehmend klarer. Am Himmel kreiste ein Bussard, drehte eine weite Runde, bis er im Steilflug im Laubwäldchen verschwand.

Mit beiden Händen rieb Pierre seinen Hinterkopf. Er hatte Hunger, und vor ihm lag ein langer Tag. Ein Tag, der ihm, das spürte er in seinen Knochen, einiges abverlangen würde.

Eines war klar: Er würde der Spur, die in die okzitanische Musikszene führte, weiter folgen, egal was Lechat oder der Untersuchungsrichter davon hielten. Denn selbst wenn Girac womöglich in beiden Fällen der Ausführende gewesen war, könnte der Auftrag zum Mord genauso gut von Léo Turpin gekommen sein. Auch Aurelie Azémas Rolle war noch immer undurchsichtig, umso mehr, da Madame Duprais gesehen hatte, dass die Sängerin sich mit Maxim Sachet getroffen hatte – nur wenige Stunden vor dessen Tod.

Und was das Manuskript anbelangte … Nun, er würde sehen, was aus dieser zweiten Spur wurde. Noch war er nicht bereit, sie aufzugeben.

Während er zurück ins Haus ging, klingelte Pierre seinen Assistenten aus dem Schlaf. Der murmelte etwas von Sonntagsruhe und bat um einen späteren Anruf. Eine leise Frauenstimme ertönte im Hintergrund.

»Wer ist das, *mon loup*?«

Pierre rollte mit den Augen.

»Hör mal, Luc, du hast gesagt, du willst dein Versäumnis vom

Fest wiedergutmachen, nicht wahr? Dann gebe ich dir hiermit eine Aufgabe: Du gehst augenblicklich in die Wache und sammelst Informationen zu Léo Turpin und Aurelie Azéma. Ich will die Lebensläufe von beiden. Kindheit, Wohnorte, Beziehungen. Einfach alles, so unwichtig es auch scheinen mag.«

»In Ordnung, Chef, wird gemacht!« Es hatte zackig geklungen, und Pierre wusste, dass Luc seiner Aufforderung sofort nachkommen würde. Man konnte über ihn sagen, was man wollte, aber in solchen Fällen war auf ihn Verlass.

27

Nach dem Frühstück waren sie in der warmen Morgensonne durch die Felder zum Dorf gelaufen. Dabei hatte Pierre Charlotte von dem Fall erzählt und von seinem Ausflug nach Ménerbes, dessen Schicksal sich nach dem Erfolg des englischen Schriftstellers so abrupt gewandelt hatte.

»Sprichst du von diesen großartigen Büchern von Peter Mayle?«, hatte Charlotte erstaunt gefragt.

»Sag bloß, du kennst sie?«

»Natürlich! In den neunziger Jahren waren sie in Deutschland eine Sensation. Ich habe sie im Regal meiner Eltern gefunden und alle verschlungen.« Sie sah ihn mit leuchtenden Augen an. »Wusstest du, dass sie der Grund waren, dass ich heute hier bin?«

»Du bist wegen seiner Bücher gekommen?«

»Wegen der atmosphärischen Beschreibungen. Der Autor hat es verstanden, mir sowohl die Landschaft als auch die Menschen und ihren Alltag mit einer herrlich humorvollen Sprache nahezubringen. Zu der Zeit hatte ich überlegt, ob ich nach meiner Ausbildung direkt hierherziehen sollte. Letztlich hatte ich mich entschieden, mich erst um die Karriere zu kümmern, und habe in den großen Restaurants in La Rochelle und Marseille gearbeitet. Aber der Traum von der Provence war immer präsent. Dass ich nun hier bin, habe ich Peter Mayle zu verdanken.« Sie warf ihm einen raschen Blick zu. »Ich kann mir nicht vorstellen, dass er diese Entwicklung gewollt hatte. Jede einzelne seiner Zeilen ist eine einzige Liebeserklärung an Land und Leute. Wenn die Menschen nach Ménerbes gekommen sind, dann nur, weil er die Gabe besitzt, mit Worten wundervolle Bilder zu zaubern, die ihre Sehnsüchte berühren. Sollte man ihm das etwa vorwerfen?«

Es hatte kämpferisch geklungen, und Pierre verstand genau, was sie meinte. Die meisten Dinge hatten zwei Seiten. Und nicht immer konnte man vorher absehen, was man mit seinen Handlungen erreichen würde.

Gleich nachdem er sich von Charlotte verabschiedet hatte, war er in die Wache gegangen. Es war neun Uhr, als er die *police municipale* betrat, zweieinhalb Stunden bis zum Termin mit Madame Chaptal, er wollte sie bestmöglich nutzen.

Luc saß bereits an seinem Schreibtisch. Er hatte sich im Stuhl nach hinten gelehnt, die Hände im Nacken verschränkt, während seine Augen starr auf den Bildschirm gerichtet waren. Als er Pierre bemerkte, bot er ihm an, sich Kaffee zu nehmen, er sei ganz frisch, dann wandte er sich umstandslos wieder seinen Recherchen zu.

Pierre nahm sich einen großen Becher des dampfenden Getränks und ging in sein Büro. Dann fuhr er den Computer hoch in der Hoffnung, dass Blanchard inzwischen tätig geworden war. Und tatsächlich: Der Chefredakteur der *Provence Aujourd'hui* hatte ihm einen Link zum Archiv geschickt, das sämtliche Kolumnen von Oliveira enthielt. Dazu ein Pdf, das den fraglichen Artikel enthielt, der so viel Aufsehen erregt hatte. Dort war auch eine Kopie der Kommentare eingefügt, die von den Lesern online unter dem Artikel eingestellt oder per Mail eingegangen waren. Zu Pierres großer Erleichterung hatte Blanchard eine französische Übersetzung beigefügt, seine Kenntnisse des provenzalischen Dialekts hätten gewiss nicht ausgereicht, um den Text lückenlos zu verstehen.

Die Kolumne war scharf geschliffen, stellte die Aggressivität der meisten Liedtexte okzitanischer Bands an den Pranger, die nicht nur zur Revolution aufriefen, sondern teilweise auch zur offenen Gewalt. Und dennoch schwang in dem Artikel ein beschwichtigender Ton mit, die Bitte um Versöhnung und vor allem um den Willen zur Verständigung.

Was anscheinend nicht von jedem Leser wahrgenommen wurde.

Die Kommentare waren – wie Blanchard geschildert hatte – oft haarsträubend. Sie reichten von Hohn über blanken Hass bis hin zu Morddrohungen. Pierre war rasch klar, dass sich hier nicht nur Liebhaber der okzitanischen Musik austauschten, sondern vor allem politisch motivierte Aktivisten.

Aktivisten wie vielleicht auch Léo Turpin einer war. Hatte Oliveira ihn mit der Kritik getroffen? Hatte es ihn derart provoziert, dass er einen Mord in Auftrag gab und einen zweiten, um dessen Enthüllung zu verhindern?

Pierre konnte es sich kaum vorstellen, andererseits war die narzisstische Kränkung eine der häufigsten Tötungsgründe und rangierte noch vor Habgier, Rache und Eifersucht.

Pierre leitete die Kommentare und Zuschriften weiter ins Kommissariat von Cavaillon mit der Bitte, die Urheber, soweit erkennbar, mit dem Strafregister abzugleichen. Dann ging er hinüber ins Vorzimmer und bat Luc, der gerade eine Frühstückspause machte, sämtliche Liedtexte der Band *Viva Occitània!* herauszusuchen und auf Aufrufe zur Gewalt hin zu überprüfen.

»Guck bitte auch nach, ob das Interview, das Sachet mit dem Bandleader geführt hat, irgendwo veröffentlicht wurde«, fügte er hinzu. »Und ruf bei Madame Chaptal an und verschiebe den Termin auf den frühen Nachmittag. Erst will ich Léo Turpin einen Besuch abstatten und vielleicht auch Aurelie Azéma.«

»Soll ich die beiden verständigen, dass du kommst?«

»Nein. Ich mach das unangekündigt.«

Dieser Weg war richtig, das spürte er.

Nun galt es noch, den Zusammenhang zur zweiten Spur herzustellen, herauszufinden, was das Manuskript mit den beiden Mordfällen zu tun haben könnte. Gestern Abend, nach den Gesprächen in der Bar und auf der Fahrt mit Madame Duprais, war er sich sicher gewesen, dass Gilbert Fortin der Urheber des Textes war. Wie aber sollte er ihm dies nachweisen? Nachdenklich starrte Pierre auf den flackernden Bildschirm.

Er konnte den ehemaligen *Policier* nicht einschätzen, er hatte ihn damals nicht kennenlernen können. Der Posten war über Wochen unbesetzt gewesen, alles, was er zur Einarbeitung bekommen hatte, waren ein paar Karteikästen mit Adresskarten und ein Archiv voller Akten.

Ein plötzliches Lächeln glitt über sein Gesicht. Natürlich, er hatte genügend Material, um herauszufinden, ob es stilistische Übereinstimmungen zwischen dem Textauszug und der hier lagernden Korrespondenz gab.

Entschlossen betrat er den fensterlosen Raum, in dem sie alte Akten archivierten, und suchte im grellen Licht der Neonlampe nach Ordnern aus der Zeit vor seiner Einstellung. Er fand einige, trug sie zu seinem Schreibtisch und blätterte sie durch.

Seite für Seite überflog Pierre die Unterlagen. Und je mehr er las, desto klarer wurde ihm, dass sein Vorgänger nicht der Verfasser gewesen sein konnte.

Gilbert Fortin hatte seine Berichte ordentlich und in aller Ausführlichkeit geschrieben. Er hatte seine Kopien mit Randbemerkungen versehen, die in Sprache und Stil dem Manuskriptauszug nicht im Mindesten ähnelten. Entscheidender allerdings war die Form. Fortin hatte eine Rechtschreibschwäche, setzte Kommas, als hätte er sie über dem Text verschüttet. Pierre blätterte weiter zu der Korrespondenz. Auch hier dasselbe Bild. Es war nahezu ausgeschlossen, dass er sich derart verstellen konnte.

Pierre nahm den angeblichen Manuskriptauszug aus seinem Notizbuch und entfaltete ihn. Wieder las er den Text durch. Die korrekte Zeichensetzung fiel auf, kein Fehler in der Orthografie. Wenn man davon ausging, dass diese Seiten kein Lektorat gesehen hatten, war dies äußerst bemerkenswert.

Nachdenklich drehte er sich zum Fenster und sah über den Innenhof, wo Alberts Frau gerade Bettlaken aufhängte.

Wer auch immer diesen Text geschrieben hatte, hatte den Umgang mit der Sprache gelernt.

Fortin war nicht der Urheber gewesen, was nicht ausschloss, dass er den Text einzusetzen wusste, um eine Revolte anzuzetteln.

Rasch sah Pierre auf die Uhr, es war kurz vor zehn.

Er würde dem nachgehen müssen, den Gedanken zu Ende bringen, damit er diese Spur ganz sicher streichen konnte. Nun wollte er genau wissen, was damals geschehen war und warum Gisèle sich am Tag vor dem Mord entgegen ihrer Gepflogenheiten so beharrlich geweigert hatte, über Gilbert Fortin zu reden.

In der Hoffnung, die Empfangsdame zu erreichen, wählte Pierre die Nummer der *mairie*. Er wusste, dass sie oft am Sonntag ins Büro fuhr, um die Ablagestapel abzutragen. Er hatte tatsächlich Glück.

»Ich muss Sie sprechen«, sagte er nur, weil er fürchtete, dass sie ihm wieder eine Absage erteilen würde, wenn er das Thema telefonisch anbrachte. »Kann ich kurz vorbeikommen?«

Die Empfangsdame öffnete nach dem zweiten Klopfen. »Na, das muss ja wirklich dringend sein«, bemerkte sie, nachdem sie die Tür wieder verschlossen hatte.

»Ich habe ein paar Fragen zu meinem Vorgänger.«

»Schon wieder?« Gisèle rollte die Augen. »Ich habe Ihnen doch bereits gesagt, dass ich mich nicht einmischen werde.«

»Ja, das haben Sie. Aber die Sachlage hat sich inzwischen geändert.« Er sah sie ernst an. »Wissen Sie, ob Gilbert Fortin sich für eine Wohnung oder ein Haus in Sainte-Valérie interessiert?«

»Wie bitte? Woher diese Frage, möchte er etwa zurück?« Der Schreck stand ihr ins Gesicht geschrieben.

»Es ist nur eine Vermutung. Vielleicht nicht mehr als ein Gerücht. Sie haben noch nichts davon mitbekommen?«

»Nein.« Sie schüttelte entrüstet den Kopf. »Manchmal ist an Gerüchten ja mehr dran, als man wahrhaben möchte. Sie haben Recht, es ändert in der Tat so einiges. Ich werde mich umhören, da können Sie Gift drauf nehmen.«

»Sie scheinen ihn nicht besonders zu mögen.« Pierre sah sie treuherzig an. »Bitte, erzählen Sie mir, was damals passiert ist.«

»Eigentlich habe ich mir geschworen, nie wieder darüber zu reden.« Gisèle seufzte. »*Eh bien!* Ich werde Ihnen sagen, warum. Damals, vor vier Jahren, hatte es zwischen dem Bürgermeister und dem ehemaligen *Chef de police* immer heftigere Auseinandersetzungen gegeben. Jeder wollte den Gemeinderat auf seine Seite ziehen, es wurden Intrigen gesponnen, die in jeder Seifenoper Platz gefunden hätten. Das ging über etliche Monate so. Ich hatte das Gefühl, Fortin habe es nicht verwunden, dass sich der Gemeinderat bei der Wahl des Bürgermeisters erneut für Arnaud Rozier entschieden hatte. Immer wieder gab es neue Querelen, und jedes Mal war Monsieur Fortin der Auslöser. Ich habe versucht, vermittelnd einzugreifen und mir dabei ein blaues Auge eingefangen. Natürlich nur im übertragenen Sinne.« Sie lachte auf, es klang verzweifelt. »Wenn zwei Platzhirsche aufeinandertreffen, sollte man besser die Flucht antreten. Alles kann gegen einen verwendet werden, egal was man sagt. Aber wenn Sie genau wissen möchten, was damals vorgefallen ist, sollten Sie den Bürgermeister direkt fragen. Er ist heute auch da, er bereitet sich auf ein Interview vor, das er einer Zeitung geben will. Soll ich Sie ankündigen?«

»Gerne.«

Gisèle griff nach der Brille, die an einer goldenen Kette vor ihrer Brust baumelte, und setzte sie auf. Dann tippte sie auf die Tasten der neuen Telefonanlage, runzelte die Stirn, als eine fröhliche Melodie erklang, versuchte es noch einmal.

»Gehen Sie so durch«, sagte sie und schnalzte unwirsch mit der Zunge. »Mit diesem neumodischen Zeug komme ich einfach nicht klar!«

28

Der Bürgermeister war nicht in seinem Büro. Aber da die Tür offen stand, trat Pierre schon einmal ein und stellte sich neben dem Besprechungstisch ans Balkonfenster. Von hier hatte man einen wunderbaren Blick über die *Place du Village*. Links die *Église Saint-Michel*, gegenüber das *Chez Albert*, dessen Terrasse sich mit Frühstücksgästen füllte, daneben der Bouleplatz und die Bar. Ein Stück weiter das *Café le Fournil*, aus dem gerade Madame Duprais trat, gemeinsam mit Didier Carbonne, der sich richtig fein gemacht hatte.

Pierre beugte sich vor, beobachtete, wie beide den Platz in Richtung der Kirche überquerten, vor der sich bereits einige Besucher des Zehn-Uhr-Gottesdienstes versammelten.

Lächelnd drehte er sich um und wollte auf einem der Stühle Platz nehmen, als sein Blick auf einen dicken Ringordner fiel, der auf dem Schreibtisch des Bürgermeisters lag.

Zögernd trat er näher. Es ging ihn nichts an, was Arnaud in seiner Arbeitszeit so las, aber der Titel hatte ihn neugierig gemacht:

Nudging für Führungskräfte –
die Macht der sanften Manipulation

Er hatte schon einiges über Nudging gelesen. Die großen Zeitungen schrieben darüber, lobten es als eine effektive Methode, Menschen anzustupsen, das Richtige zu tun. Zumindest das, was andere für richtig hielten. Und so zielten die Männer sauberer in Urinale mit Fliegenbildern, wurden Abfalleimer zu Toren. Methoden, die auf den Spieltrieb zielten, um die Menschen sanft zu erziehen. Was Pierre in puncto Sauberkeit sogar nachvollziehbar fand. Die Verwendung in Politik und Wirtschaft machte ihm hingegen Kopfzerbrechen. Man drängte den Bürger zu gesünderem Essen, Stromsparen und nachhaltigen Käufen, ohne dass er sich der Beeinflussung bewusst war. Sogar Drucker wurden manipuliert, so dass sie ohne den Eingriff des Benutzers beidseitig druckten, um Papier zu sparen.

Abrupt blickte Pierre vom Ringordner auf.

Auf einmal war ihm einiges klar. Warum Rozier ihn zuerst hatte umstimmen können, die Zeremonie in den Kaminraum der Burg zu verlegen. Wider besseres Wissen. Warum die altmodische Gisèle sich plötzlich für eine moderne Telefonanlage begeistert hatte, die sie letztendlich doch überforderte. Und vielleicht hatten sogar die Handwerker schneller gearbeitet, weil der Bürgermeister einen sportlichen Wettbewerb inszeniert hatte, indem er ihre Leistungen denen der polnischen Belegschaft gegenüberstellte.

»Was machst du denn hier, an einem Sonntag?«

Pierre fuhr herum. Vor ihm stand Arnaud Rozier und fuchtelte mit den Händen in der Luft herum. Er trug eine dunkle Anzughose und ein blau-weiß gestreiftes Hemd. Sogar eine Krawatte hatte er sich umgebunden, und sein Haar saß, als käme er direkt vom Friseur.

»Ich muss mit dir über die Ermittlungen reden.« Pierre zeigte auf die Krawatte. »Sag mal, hast du heute noch eine Trauung?«

»Nein. Aber ein Interview mit der Lokalpresse, daher müssen wir uns auch kurz fassen.« Der Bürgermeister trat näher und bot ihm zur Begrüßung den Ellenbogen an. »Die Lieferung mit den Tüchern ist irgendwo hängen geblieben«, entschuldigte er sich.

»Mit der Lokalpresse also. Und dafür hast du dich so fein gemacht?«

»Ja, was denn! Sie wollen Fotos machen, und da will ich einen guten Eindruck machen. Vor allem nach diesem … diesem verunglückten Artikel. Ich sah aus wie ein Zigeunerbaron!« Er verzog den Mund, schien zu überlegen, ob er seine Verärgerung über die plötzliche Verlegung des Veranstaltungsortes noch einmal thematisieren sollte, ließ es dann aber. »Wir brauchen rasch ein paar positive Meldungen, da zählt jedes Interview. In Sainte-Valérie geschehen so viele schöne Dinge, über die man berichten kann. Die baldige Eröffnung des Burgmuseums beispielsweise, das ist doch viel interessanter als dieser schreckliche Mord. Ich will, dass die Menschen diesen Vorfall vergessen und unser Dorf wieder so sehen, wie es ist: funkelnd, atmosphärisch, belebend. Dabei könnte es im Übrigen nicht schaden, wenn der Fall rasch aufgeklärt ist.«

»Wir sind dabei«, gab Pierre brummend zur Antwort. »Während du ein wenig Handwerker und Presse manipulierst, folgen wir den Spuren. Alles geregelt also.«

»Was …« Rozier folgte Pierres Blick zum Schreibtisch. »Ach, das Dossier meinst du. Das ist ein höchst interessantes Thema. Ich war vor einigen Wochen auf einer Fortbildung. Nudging ist unglaublich wirkungsvoll. Damit kann man die grundlegendsten Dinge verändern, ohne jeden Kraftaufwand. Nur ein paar Anstöße hier und da – und die Menschen treffen Entscheidungen, die ihnen und der Gemeinschaft zugutekommen.«

»Mit Manipulation?«

»So wie du es sagst, klingt es hässlich. Es geht vor allem

darum, Dinge zu optimieren. Auf freiwilliger Basis. Niemand wird dazu gezwungen. Guck nicht so, Pierre, das wird längst überall so gemacht. Politik zum Besten der Bürger.«

»Ja, ich weiß«, antwortete Pierre, er dachte an Blanchards Ausführungen zur neuen Namensgebung des ehemaligen Languedoc. »Damit lässt sich sogar ein angebliches Bürgervotum beeinflussen.«

»Was meinst du damit?«

»Ach, vergiss es.«

Rozier sah ihn irritiert an, wischte sich die Hände an der Hose ab und setzte sich an den Besprechungstisch. »Komm, nimm Platz. Was wolltest du von mir?«

»Ich möchte mit dir über meinen Vorgänger sprechen, Gilbert Fortin. Was war der wirkliche Grund für seinen Weggang?«

Abrupt lehnte Rozier sich zurück und verschränkte die Arme. »Gehört das etwa zu den Ermittlungen?«

»Ja, das tut es. Also, was ist damals passiert?«

»Er hat sich in meine Arbeit eingemischt.«

»Inwiefern?«

»Er sagte, er könne nicht mittragen, dass ich den Willen der Bürger ignoriere.«

»Und? War es so?«

»In manchen Punkten mag er Recht gehabt haben, als Dorfpolizist versteht man sich allzu leicht als Sprachrohr der Basis, vor allem, wenn man gleichzeitig noch im Gemeinderat sitzt. Man hört dieses und jenes und glaubt, sich überall einmischen zu müssen. Nicht, dass ich mich nicht dafür interessiere, was im Dorf so vor sich geht, aber mit Politik hat das oft nichts gemein.«

Pierre sah Rozier nachdenklich an. So, wie er da saß, und sich nun mit nach Zustimmung heischendem Blick über den von grauen Strähnen durchzogenen Haarkranz strich, konnte er nicht anders, als zu widersprechen.

»Aber es ist doch die Aufgabe eines Bürgermeisters, sich das anzuhören.«

»Tatsächlich.« Rozier griff nach einem Kugelschreiber und begann, mit der Spitze auf den Tisch zu tippen. »Ich will dir mal was sagen. Ich kenne die Argumente der Dorfbewohner, die sind heute nicht anders als damals. Sie haben Angst, dass sich das Dorf zu sehr verändert, wollen am liebsten auf ewig den Status Quo festnageln. Aber das funktioniert nicht, Pierre, Sainte-Valérie lebt vom Tourismus, wir können nicht einfach die Zeit anhalten und zusehen, wie das Dorf immer mehr überaltert. Die Jugend braucht frische Impulse und Arbeit, die ihnen der Tourismus bieten kann. Mit dem Zuzug von Neubürgern wächst der Wohlstand, und der kommt auch den Alten zugute.«

»Hast du das denen auch so gesagt?«

»Natürlich, Pierre, aber sie wollen es nicht hören, da sind sie stur.« Er schüttelte den Kopf. »Wenn wir es so machen, wie sie fordern, wäre das Dorf bald halb leer und würde langsam verfallen. Das geht schneller, als du denkst. In der nördlichen Provence, im Buëch-Tal und in den Bergen von Dévoluy, gibt es Dörfer, die komplett verlassen sind, weil die Jugend fortzog und die Alten verstarben. Nein, ohne Tourismus wären die meisten Orte nicht überlebensfähig. Die Kunst besteht darin, eine Balance zu finden. Was meinst du, was ich die ganze Zeit mache? Dass ich nicht auf alle Bedenken eingehe, heißt nicht, dass ich das Vertrauen der Bewohner missbrauche.«

Pierre nickte. Das Thema war komplex, wie immer.

»Ich verstehe, was du meinst. Aber du kannst auch nicht still vor dich hin wursteln, ohne die anderen einzubeziehen.«

»Einbeziehen?« Rozier lachte scheppernd. »Das funktioniert

nicht, es ist unmöglich, es allen recht zu machen. Wenn du einmal Mitglied in einem Verein warst, wirst du verstehen, was ich meine. Um jeden Punkt gibt es Hickhack, es wird gezetert und auch mal intrigiert. Wenn da nicht jemand auf den Tisch haut und einfach mal macht, kommt man nicht einen Schritt voran.« Er schüttelte den Kopf, dass sein Haarkranz wippte. »Diese Knurrhähne sind vollkommen immun gegen jedes Argument. Da kannst du noch so sehr erklären oder ihnen Zahlen zeigen, die wollen es einfach nicht verstehen, so einfach ist das! Komm schon, Pierre, man muss einen gewählten Bürgermeister doch auch mal machen lassen, ohne dass jedes noch so kleine Detail hinterfragt wird. Und das Ergebnis ist hervorragend, Sainte-Valérie steht so gut da wie noch nie.«

»Das mag sein. Und trotzdem solltest du ihre Sorgen ernst nehmen.«

»Das sind emotionale Befindlichkeiten ohne jede Grundlage!« Der Bürgermeister stand auf und begann, im Raum herumzuwandern. »Ich weiß, wovon ich rede, Pierre, ich hab das alles schon erlebt.« Er blieb stehen, verschränkte die Arme. »Du willst wissen, was damals geschehen ist? Sie haben sich zusammengerottet, um einen jungen Autor aus dem Dorf werfen zu lassen, der angeblich an einem Buch über Sainte-Valérie schrieb. Dabei wollte er nichts anderes, als unseren Dialekt erforschen.«

»Was?« Nun sprang auch Pierre auf. »Bist du dir da sicher?«

»Er hat es mir selbst erzählt. Oliveira verstand sich als Hüter aussterbender Sprachen. Ich habe ihn in unser Archiv gelassen. Er hat sich mit Begeisterung hineingestürzt, wollte die alten Dokumente wissenschaftlich auswerten. Sogar ein Buch wollte er darüber schreiben. Vor allem die Troubadourdichtungen, die aus der Zeit des *Gai Saber* stammen, hatten es ihm angetan.«

»*Gai Saber*? Das Wort habe ich schon einmal irgendwo gehört.«

»Das ist ein Dichterkreis, der sich im 14. Jahrhundert in Toulouse gegründet hat, um die Tradition der Troubadourgesänge zu erhalten. Diese waren nach den Albigenserkreuzzügen vom Aussterben bedroht. Also gründeten sie eine Schule und hielten Dichterwettbewerbe ab. Einer der preisgekrönten Autoren stammte aus Sainte-Valérie. Aber der hat noch weit mehr geschrieben, ganze Epen. Sie waren in einem einzigartigen Dialekt verfasst, den es wohl nur hier gegeben hat.« Rozier räusperte sich und lächelte, als sei dies allein sein Verdienst. »Diese Schriften gehören zu den wertvollsten Archivalien, die wir haben. Sie werden einen Ehrenplatz in unserem Museum erhalten.«

Matt sank Pierre zurück auf den Stuhl und rieb sich den Hinterkopf. Auf einmal wusste er, wo er das Wort gesehen hatte, es hatte auf einem der Bücher gestanden, die neben Maxim Sachets Lesesessel lagen. *Gai Saber* – Schule der Troubadourdichtung.

»Oliveira wollte also tatsächlich ein Buch schreiben …«

»Ein wissenschaftliches, ja. Aber dein lieber Vorgänger hat das auf seine Weise interpretiert. Er glaubte, wir zwei stecken unter einer Decke und würden das Dorf zum Weltstar machen, auf dass es dasselbe Schicksal ereilt wie Ménerbes und in Glanz und Gloria untergeht!«

»Oliveira sagte wohl, das Buch würde die Welt bewegen.«

»Die Welt bewegen? Na ja, es gibt Spannenderes als alte Dialekte. Aber für ihn war es eine Sensation. Eine neue Variante des Provenzalischen samt zugehöriger Troubadourliteratur. Ja, so war es, und niemand hat mir oder dem Autor das glauben wollen.«

»Und was war mit diesem ominösen Manuskript?«

»Das muss irgendein Esel verfasst haben, der sich einen Spaß machen wollte. Von Oliveira jedenfalls stammte es nicht, er war entsetzt, dass die Leute ihm das zutrauten. Da habe ich ihnen noch so eindringlich erklären können, dass an dem Gerücht nichts dran ist, die Bewohner haben sich aufgeführt, als sei das ganze Dorf in Gefahr. Sie haben mir nicht geglaubt.«

»Und Fortin?«

»Der ist mit Wonne auf diesen Zug aufgesprungen und hat weiter Öl ins Feuer gegossen, obwohl der Autor Stein und Bein geschworen hat, dass er das nicht geschrieben hat. Am Ende musste ich Fortin rausschmeißen. Das heißt, der Gemeinderat hat ihn höflich gebeten zu gehen, bevor wir einen Strafantrag stellen.«

»Und nach außen verpackte man das als gesundheitliches Problem ...«

»Um sein Gesicht zu wahren. Ich möchte nicht wissen, was er sonst noch alles angestellt hätte! Und, wenn ich mir die Bemerkung erlauben darf, ich würde mich nicht einmal mehr wundern, wenn Fortin hinter dem Mord an Sachet steckt, um mir und unserem Dorf eines auszuwischen!«

»Da wäre ich mir nicht so sicher.« Mit beiden Händen rieb Pierre sich die Stirn. Bei diesem Gespräch hatte sich eine weitere Tür geöffnet, die er hoffnungsvoll aufstieß.

Gai Saber, dachte er, war das das fehlende Puzzleteil?

Adrien Oliveira hatte über die alte Troubadourdichtung schreiben wollen, und Maxim Sachet hatte davon gewusst. Er musste dem nachgehen. Vielleicht gab es in den Ermittlungsakten bereits eine vollständige Liste der Bücher, die der Journalist in seinen Regalen stehen hatte. Irgendetwas, das ihm eine Idee geben könnte, in welche Richtung die Recherchen weitergegangen waren.

»Ich schon!«, knurrte Rozier, der noch immer beim Thema war. »Wenn irgendwer mir erzählen würde, Fortin hätte vor, das Dorf mit Kuhmist zu überschütten, um mich zu ärgern, ich würde selbst das glauben. Sein Rauswurf war das Beste, was uns hat passieren können. Weißt du, was in Ménerbes geschehen ist? Sie haben den alten Bürgermeister abgewählt, einen großartigen Mann mit Charme und Visionen. Yves hatte das Haus des Trüffels und des Weins geschaffen, ein Anziehungspunkt für Gourmets aus aller Welt. Er war engagiert und hat alles dafür getan, die negativen Begleiterscheinungen abzufedern. Trotzdem haben sie ihn für den Wandel verantwortlich gemacht und durch einen Mann ersetzt, der ihnen mehr nach dem Mund redet.« Er schnaubte. »Ein großes Medizinzentrum hat der Neue ihnen versprochen, das ist ja nun auch in Entstehung, obwohl kaum Geld in der Kasse ist und es sich nicht rentieren wird. Aber nun beschweren sich die Bewohner, weil der von ihnen ins Amt gehobene Bürgermeister das Projekt zu modern anlegt. Sie sagen, es sei zu städtisch und zu billig und fordern einen provenzalischeren Stil mit Stein und Holzelementen und Beschichtungen aus altem Kalk.«

»Ich kann daran nichts Verwerfliches finden«, sagte Pierre, er hatte Mühe, sich auf Roziers Tiraden zu konzentrieren.

»Ja, und wer soll das bezahlen, hm? Und bei der Renovierung des Rathauses passt ihnen nicht, dass man keine traditionellen Fenstergeländer genommen hat, und auch die Schornsteine sind ihnen zu groß. Sie fordern eine architektonische Schutzzone um das Dorf!« Er hob dramatisch die Arme. »Wenn man die zu sehr mitreden lässt, dann stecken sie die Nase überall rein. Und am Ende herrscht nur noch Chaos! Nein, bei aller Liebe: Die Dorfbewohner müssen meinen Entscheidungen schon vertrauen. Sie stecken nicht so im Thema wie ich, da kommt es schnell mal zu Fehleinschätzungen.«

»Mag sein. Trotzdem darfst du sie nicht einfach bevormunden. Meinungsverschiedenheiten gehören nun mal dazu, da kann man nicht einfach trotzig weitermachen, nur weil man glaubt, man wisse es besser. Was, wenn sie dich auch abwählen? Im März sind wieder Wahlen.«

»Mich? Abwählen?« Rozier sah ihn verblüfft an. »Das würden sie nicht tun. Sie jammern auf hohem Niveau. Es geht ihnen gut, das Dorf floriert. Und sie haben keine Alternative. Kein geeigneter Kandidat weit und breit.«

»Was ist mit Gilbert Fortin?«

»Fortin?« Er spie den Namen aus. »Bleib mir bloß mit dem vom Leib. Außerdem wohnt der weit weg von Sainte-Valérie.«

»Und wenn nicht?«

Rozier machte eine abfällige Handbewegung. »Der hat doch keine Ahnung von Politik! Zudem ist er rein charakterlich nicht fähig dazu. So, wie der intrigiert. Der boxt seine Ziele durch, ohne an die Folgen zu denken, und ich glaube nicht, dass es dem Dorf mit ihm besser ginge.«

»Er setzt sich für die Bewohner ein. Alles Weitere ist denen egal. Arnaud, als Bürgermeister ist man vor allem Vertreter der Bürger, vergiss das nicht. Auch wenn du von den Dingen überzeugt bist, die du für das Dorf tust, gibt es vielleicht auch andere Lösungen, die tragfähig sind. Auf jeden Fall solltest du das Gespräch suchen. Sonst fliegt dir die aufgestaute Wut bald um die Ohren.«

Rozier starrte ihn an, als hätte Pierre ihm soeben einen nahenden Schneesturm prophezeit. »In dem Fall …«, er sah auf den Ringbuchordner, »finde ich schon heraus, wie ich sie überzeugen kann.«

»Mit Nudging?« Pierre stand kopfschüttelnd auf. »Du hast überhaupt nichts verstanden, Arnaud, nicht das Geringste!«

In diesem Moment fragte er sich, warum er sich hier überhaupt einmischte. Gilbert Fortin mit seinen extremen Ansichten war vielleicht nicht der richtige Bürgermeisterkandidat. Aber ein Dorfoberhaupt, das seine Mitbürger lieber mit manipulativen Methoden in die gewünschte Richtung schubsen wollte, als ihnen zuzuhören, war keinen Deut besser!

29

Die Turmuhr der *Église Saint-Michel* schlug elf Mal, als Pierre tief in Gedanken versunken die Tür zur Wache öffnete.

Als Erstes fiel ihm auf, dass sein Assistent kerzengerade am Tisch saß und, kaum dass er Pierre erblickte, eigenartige Grimassen zog, während er mit dem Kopf zuckend in Richtung seines Büros wies.

»Hast du die Sprache verloren?«

Luc verdrehte die Augen. »Du hast Besuch«, zischte er leise. »Er wollte nicht sagen, wie er heißt, aber er war sehr wütend. Ich habe ihn nicht davon abhalten können, in dein Zimmer zu marschieren und dort auf dich zu warten. Ich habe ihm einen Kaffee gebracht und ein paar Kekse, um ihn bei Laune zu halten.«

Pierre nickte und ging nach hinten. Die Tür zu seinem Büro stand sperrangelweit offen, ein Mann in türkisfarbenem Poloshirt saß mit dem Rücken zu ihm; er beugte sich über die Akten, die Pierre auf dem Schreibtisch hatte liegen lassen und leckte an seinem Finger, bevor er eine Seite umblätterte.

Wenn man vom Teufel spricht …!

»Monsieur Fortin, was machen Sie denn da?«

Mit wenigen Schritten war Pierre bei ihm, riss dem ehemaligen *Policier* den Aktenordner aus der Hand und legte ihn unter dem Fenster auf den Boden.

Fortin ignorierte die Frage. »Mir ist zu Ohren gekommen«, keuchte er seltsam atemlos, während er mit drohend erhobenem Zeigefinger herumfuchtelte, »dass Sie mir einen Mord unterstellen wollen! Das ist eine infame Lüge, ich werde nicht zulassen, dass Sie meinen guten Ruf ruinieren.«

Aha, eine seiner Quellen hatte geplaudert.

»Davon kann keine Rede sein«, entgegnete Pierre ruhig und setzte sich hinter seinen Schreibtisch. »Ich bin lediglich der Frage nachgegangen, was Sie vor vier Jahren dazu getrieben hat, das Dorf gegen Adrien Oliveira aufzubringen.«

»Das habe ich Ihnen doch schon bei Ihrem Besuch in Ménerbes erklärt.«

»Aber Sie haben mir nicht gesagt, dass Sie sich aktiv daran beteiligt haben.« Pierre beugte sich vor. »Haben *Sie* den Manuskriptauszug in Alberts Briefkasten gesteckt?«

»Ich …« Demonstrativ verschränkte Fortin die Arme, seine Augen blitzten kampflustig auf. »Dafür haben Sie keinen Beweis.«

»Nein? Was war denn das für eine Sache mit Hollywood und den großen Verlagen, die sich angeblich um die Rechte stritten?«, fuhr Pierre ihn an. »Ein englisches Pseudonym, der Fokus auf den amerikanischen Markt und dieses ganze Brimborium. Wir sind dem nachgegangen, es ist nichts als heiße Luft. War das Teil Ihrer Dramaturgie, um der Geschichte mit dem drohenden Untergang von Sainte-Valérie die fehlende Würze zu verleihen?«

Fortin brachte kein Wort heraus, starrte ihn nur weiter mit bitterbösem Blick an.

»Reden Sie, Mann, sonst muss ich annehmen, dass Sie die ganze Sache inszeniert haben, um den Autor aus dem Weg zu schaffen. Einen Autor, der zum Spielball irgendwelcher dorfinterner Interessen wurde!«

Pierre lehnte sich im Stuhl zurück und sah gen Decke. Er hatte seine Wut nicht zurückhalten können, es war ein Fehler, aber er hatte nicht anders gekonnt. Dieses ganze dorfinterne Hin und Her war unerträglich, er hasste es, wenn die Menschen nicht offen sprachen. Vor allem, wenn sie damit seine Ermittlungen behinderten.

»Also gut«, fuhr er eine Spur ruhiger fort. »Dann werde ich dem *Commissaire* empfehlen, einen Haftbefehl auszustellen wegen Anstiftung zum Mord. Es sei denn, Sie erzählen mir endlich die ganze Wahrheit.«

Fortin lachte auf, es klang fast hysterisch. »Anstiftung zum Mord? Sie sind ja wahnsinnig!«

»Mag sein, aber mir reicht es endgültig. Dieses ganze Taktieren und Lavieren muss ein Ende haben. Mir ist so langsam egal, wie ich die Wahrheit rausbekomme. Und wenn ich Ihnen eine Hausdurchsuchung auf den Hals schicke, mit Polizeiwagen und Blaulicht, dass es ganz Ménerbes mitbekommt. Ich will endlich wissen, woher dieses idiotische Manuskript stammt!«

»Ha!«, rief Fortin, doch dann sagte er nichts mehr. Ihm war anzusehen, dass es mächtig in ihm arbeitete. »Na schön«, bellte er schließlich. »Ich habe den Text bekommen, es war an mich adressiert. Natürlich habe ich mich gefragt, wer mir das zugesteckt hat, aber letztlich war es mir egal. Dann habe ich es Albert gegeben.«

»Sie haben es ihm mit einer ominösen Bemerkung in den Briefkasten gesteckt«, präzisierte Pierre. »Anonym.«

»Als *Chef de police* durfte ich nichts unternehmen. Ich musste mich darauf verlassen, dass die anderen darauf reagieren. Sehen Sie, es kann doch nicht angehen, dass unser schönes Dorf ...«

»Ich weiß.« Pierre nickte, das hatte er nun bereits mehrfach gehört. »Und Sie haben nicht darüber nachgedacht, ob dieser Auszug echt war?«

»Es passte zu all dem, was ich befürchtet hatte. Warum hätte ich das anzweifeln sollen?«

»Weil Rozier es Ihnen gesagt hat.«

»Rozier!«, blaffte der alte *Policier*. »Dass der seinen Schütz-
ling verteidigen wollte, war doch klar. Ein Bestsellerautor, der
über Sainte-Valérie schreibt – der hat sich doch schon als Held
der Geschichte gesehen!«

»Er hat ihn verteidigt, weil er wusste, dass Oliveira keinen
Roman über Sainte-Valérie schreiben wollte.«

»Das haben Sie dem alten Gockel geglaubt?« Es hatte wohl
sarkastisch klingen sollen, aber es war Fortin anzumerken, dass
er verunsichert war.

»Er hatte Recht damit.«

»Hören Sie, Monsieur Durand, ich bin doch nicht blöd!
Oliveira hat doch selbst zugegeben, dass er über Sainte-Valérie
schreiben will.«

»Wann?«

»Na, in seiner letzten Kolumne. Seine Reise durch Okzitanien
endet in Sainte-Valérie, hieß es. Und er wolle darüber schreiben.«
Er schnalzte empört mit der Zunge. »Sie glauben mir wohl nicht,
was? Aber ich schwöre Ihnen, genau so hat es dort gestanden.«

Pierre fuhr sich über die Stirn. Blanchard hatte ihm einen
Link zum Archiv der Zeitung geschickt. Mit betontem Gleichmut fuhr er den Computer hoch und folgte dem Link. Rasch
fand er die letzte Kolumne. Er musste sich konzentrieren, um
den Dialekt zu entschlüsseln, aber eines wurde ihm bereits
beim Überfliegen des Textes klar.

»Er hat geschrieben, dass er im historischen Archiv einige
interessante Entdeckungen gemacht hat. Hier steht ausdrücklich, dass das Buch, welches er schreiben will, ein wissenschaftliches ist!«

»Wirklich?« Fortin sprang auf, umrundete den Tisch und
beugte sich vor den Bildschirm. »Tatsächlich, das muss ich
überlesen haben.«

Wie um Jahre gealtert schleppte er sich zurück zu seinem Stuhl. Gebeugt saß er da und wirkte mit einem Mal sehr nachdenklich.

»Ich hatte nicht eine Sekunde daran gezweifelt, dass ich das Richtige tat«, murmelte Fortin endlich. »Ich hatte geglaubt, das Dorf gegen einen mächtigen Gegner verteidigen zu müssen. Ich war selbst überrascht gewesen von der Aggression, die sich gegen ihn richtete, es hat mich schockiert, als man ihn fand. Doch ich habe mir eingeredet, dass es ein Zufall war, ich meine, keiner aus dem Dorf hatte je Kontakt zu einem Drogendealer, woher hätte das Zeug denn kommen sollen?«

»Das haben die Männer gestern auch gesagt.«

»Und was, wenn es ihn so belastet hat, dass er sich das Leben nahm?« Fortin sah Pierre mit gequältem Ausdruck an. »Glauben Sie, dass ich schuld bin an seinem Tod?«

Pierre atmete tief ein. »Wir werden sehen. Noch sind die Umstände nicht geklärt.«

Stille breitete sich in dem Raum aus, eine Stille, die etwas Erschöpftes hatte. Nur das Geräusch der mobilen Klimaanlage war zu hören, und das Klappern der Tastatur aus dem Vorzimmer.

»Da habe ich mich also tatsächlich wie ein Schuljunge instrumentalisieren lassen«, sagte Fortin nach einer Weile, es klang, als habe ihn die Erkenntnis zutiefst erschreckt. »Ich möchte das irgendwie gutmachen. Kann ich Ihnen bei der Aufklärung helfen?«

»Damit sind Sie schon der Dritte im Bunde«, schmunzelte Pierre.

»Wie bitte?«

»Ach, nichts. Aber Sie können mir tatsächlich helfen. Der Verfasser des Textes kannte die Bewohner gut. Ich frage mich, wem es zuzutrauen ist, derart polemisch über seine Mitbürger zu schreiben.« Pierre schlug sein Notizbuch auf und schob den zusammengefalteten Text über den Tisch.

Überrascht nahm Fortin das Papierpäckchen entgegen und strich die Seiten glatt. »Woher haben Sie das?«

»Es ist nur eine Kopie«, antwortete Pierre ausweichend.

Fortin senkte den Kopf, überflog die Seiten. »Ich habe keine Ahnung«, sagte er dann.

»Wer«, fasste Pierre nach, obwohl er inzwischen der Überzeugung war, dass das Manuskript aus Versehen in den Mordfall gerutscht war, »ist in der Lage, gut und pointiert zu schreiben, noch dazu fehlerlos?«

»Vielleicht Louis Rollande, der ist recht begabt. Aber der kann es nicht gewesen sein, der lebte damals ganz woanders. Ansonsten fällt mir noch Roland Germain ein, der Leiter der Poststelle. Der hat mal so einen Kurs gemacht, bevor er die Filiale übernahm, aber ich traue ihm das nicht zu, nein, der macht so was nicht.«

»Eine der Frauen?«

»Celestine Baffie vielleicht? Die war gut in Rechtschreibung und hatte einen Hang zum Sarkasmus.«

Pierre schüttelte den Kopf und stand auf. Seine Exfreundin war zu der Zeit Fortins Sekretärin gewesen, er traute ihr allerhand zu, aber das nun doch nicht. »Trotzdem, danke.«

»Ich hätte nie gedacht, dass ich mir mal wünsche, dass diese alte Sache geklärt wird.« Auch der alte *Policier* erhob sich, er lächelte, als er Pierre die Hand reichte. »Sie machen das schon«, sagte er und nickte mit Nachdruck. »Ich freue mich, dass Sainte-Valérie einen so guten und gründlichen *Chef de police* bekommen hat.«

30

Pierre hatte gerade sein Notizbuch aufgeschlagen und Fortins Namen aus der Liste der Verdächtigen gestrichen, als Lucs Kopf im Türrahmen erschien.

»Alles in Ordnung? Was war denn mit dem los, der war ja plötzlich so freundlich.«

»Das war Gilbert Fortin, mein Vorgänger.«

»*Der* war das?« Luc drehte sich um und starrte in Richtung des Ausgangs, dann wandte er sich wieder Pierre zu und wedelte mit einem Bündel vollgeschriebener Zettel. »Ich habe leider kein Interview mit Léo Turpin gefunden, das von Sachet stammt. Aber ansonsten habe ich alle gewünschten Informationen. Passt es gerade?«

Einen kurzen Moment wusste Pierre nicht, was sein Assistent meinte, dann fiel ihm ein, dass er ihn ja gebeten hatte, Informationen über Léo Turpin und Aurelie Azéma herauszusuchen.

»Na, klar, setz dich«, sagte er lächelnd. Obwohl er das Gefühl hatte, sein Kopf werde gleich platzen. Nun gut, dann eben wieder die okzitanische Spur. Das Manuskript hatte Pause.

»Also, pass auf«, begann Luc, nachdem er ihm gegenüber am Schreibtisch Platz genommen hatte. »Léo Turpin ist 1982 geboren und in einem Vorort von Marseille aufgewachsen. Mit vierzehn hat er die Schule abgebrochen, um als Musiker durch die Dörfer zu ziehen, ist aber nach wenigen Wochen zurückgekehrt und hat dann weitergemacht bis zum *Baccalauréat*. Danach hat er sich freiwillig zum Militär gemeldet. Dann verliert sich seine Spur. Sieben Jahren später gründete er die Band *Viva Occitània!*. Seit 2012 ist er Mitglied der *Parti de la Nation Occitane* und hat wohl Verbindungen zu einer antifaschistischen Gruppe, die im Rahmen ihrer Protestkundgebungen auch mal Autos anzündet.«

»Er ist dort aktiv?«

»Nicht direkt. Aber er war früher mit seiner Band häufig Showact bei ihren Kundgebungen, zuletzt bei einer Veranstaltung zu Ehren eines aus der Gefangenschaft entlassenen baskischen Freiheitskämpfers. Stell dir vor, einer der Redner hat zur Bestrafung des spanischen und des französischen Staates aufgerufen, weil sie das Recht auf Selbstbestimmung von Minderheiten ignorieren.«

»Wo hast du das her?«

»Das steht auf einer einschlägigen Website. Angeblich waren dreizehntausend Gäste anwesend, der Applaus soll überwältigend gewesen sein. Soll ich dir die Seite mal zeigen?«

Pierre schüttelte den Kopf. Ein Aufruf zur Gewalt, in aller Öffentlichkeit, und mittendrin Léo Turpin.

»Was ist mit den Liedtexten von *Viva Occitània!*? Gibt es dort auch derartige Aufrufe?«

»Früher schon. Aber seit einigen Jahren sind sie zahmer geworden. Ich hab das mal analysiert und mich quer durch die Musikgeschichte der Band gehört. Identitätssuche ist noch immer ein Thema und die Sehnsucht nach einer Heimat auch. Aber die Texte sind irgendwie ...« Luc suchte nach Worten, »... nachdenklicher geworden. Emotionaler. Obwohl die Musik selbst sich kaum verändert hat, nur klingt sie jetzt reifer. Verstehst du, was ich meine?«

»Ja«, sagte Pierre, obwohl er bloß die aktuellen Lieder kannte. »Ich kann es mir vorstellen.« Er dachte an den Moment, als er die Band zum ersten Mal live erlebt hatte. Die Atmosphäre, die sich über die *Place du Village* legte, als die Männer den Gesang anstimmten und, unterstützt von Aurelie Azéma, in die Höhe trieben, war von einer mitreißenden Dynamik gewesen. »Was hast du sonst noch herausgefunden?«

Luc warf einen Blick auf seine Notizen. »Turpin war etwa zehn Jahre mit einer Katalanin zusammen, ohne Trauschein. Keine Kinder. Aber das ist wohl vorbei, die taucht in letzter Zeit nicht mehr auf.«

»Und gibt es Hinweise auf eine Drogenvergangenheit?«

»Nein.«

»Bei Aurelie Azéma?«

»Auch nicht. Zumindest nichts, was an die Öffentlichkeit geraten ist. Übrigens …« Lucs Stimme bekam wieder diesen verschwörerischen Unterton, vor dem sich Pierre mittlerweile regelrecht fürchtete. »Weißt du, wo Léo Turpin wohnt?«

»Ich kann rasch nachsehen, die Adresse steht in den Ermittlungsakten.«

»Nein, ich meine, weißt du, was in unmittelbarer Nähe steht?«

»Du wirst es mir bestimmt gleich erzählen.«

»Einen Kilometer weiter, vielleicht zwei, steht die *Chartreuse de Bonpas*. Ein ehemaliges Kloster der Templer, bevor der Papst es dem Kartäuserorden übertrug. Heute ist es eine …«

»Nein.« Pierre schüttelte vehement den Kopf. »Keine Templergeschichten.«

»Aber das kann doch kein Zufall sein, dass …«

»Doch, Luc, zurück zum Thema. Was ist mit der Sängerin. Woher stammt sie?«

Sein Assistent atmete vernehmlich, dann gab er sich geschlagen. »Also gut. Sie ist in der Nähe von Carcassonne aufgewachsen und hat am Konservatorium in Toulouse eine Gesangsausbildung gemacht. Während dieser Zeit hat Madame Azéma auch ihren Mann kennengelernt, einen Wissenschaftler, der jetzt in London lebt. Die Scheidung war vor etwa sieben Jahren, da war sie hochschwanger. Nach der Geburt ihrer Tochter Solène ging es mit der Karriere steil aufwärts. Sie war sogar einmal in den Charts, zwei Wochen lang. Manchmal arbeitet sie mit anderen Bands zusammen, macht gemeinsame Lieder, aber vorwiegend mit *Viva Occitània!* Auch sie ist in der Unabhängigkeitsbewegung engagiert, zumindest geht sie wohl gerne auf die großen Protestmärsche.«

»Und das Kind? Nimmt sie es zu den Auftritten mit?«

»In den ersten Jahren ist es bei den Großeltern aufgewachsen, sie hat es erst später nach Aix-en-Provence nachgeholt, wo sie jetzt lebt. Keine Ahnung, wo sie ihre Tochter lässt, in Sainte-Valérie war sie auf jeden Fall nicht dabei, ich habe im Hotel nachgefragt.« Er überflog noch einmal seine Notizen und blickte dann auf. »Mehr hab ich nicht. War's das für heute?«

Pierre sah auf die Uhr, es war inzwischen schon nach zwölf. »Hattest du meinen Termin mit Oliveiras Vermieterin verschieben können?«

»Ja, Madame Chaptal erwartet dich um zwei.« Er erhob sich. »Kann ich jetzt gehen?«

»Florence wartet wohl schon, was?«

»Nein, die hat jetzt Dienst im *Café le Fournil.* Ich habe ein Date mit Madame Levy.« Luc hob abwehrend die Hände. »Ich weiß, du hältst diese Templersache für Unsinn. Aber das ist mir egal. Dann forsche ich eben privat weiter.«

Kopfschüttelnd sah Pierre seinem Assistenten nach, der mit federndem Schritt die Wache verließ.

»Templer ...«

Bei all den Theorien, die Luc während ihrer Fälle gesponnen hatte, war das die kurioseste.

31

Léo Turpin lebte am Rand von Caumont-sur-Durance, in einer schmalen, von wucherndem Schilf gesäumten Straße. Es war eine fast spießig wirkende Gegend, flache Häuser und krautige Vorgärten mit Olivenbäumchen und Azaleen. Pierre hatte sich vorgestellt, ein Künstler müsse in einer der hippen Innenstädte wohnen. In Toulouse oder in Avignon. Hier aber war alles beschaulich und ruhig. Es schien, als suche der Sänger eher die Stille und die Nähe zur Natur als das wilde Barleben.

Pierre drückte die Klinke des leuchtend rot gestrichenen Gartentors und betrat das Grundstück.

Neben dem Flachdachhaus parkte ein alter, mit der okzitanischen Flagge beklebter Geländewagen. Pierre fiel auf, dass dessen Scheinwerfer rund waren, dies war zumindest nicht das Auto gewesen, das in der Nacht vor seinem Hof gehalten hatte.

Léo Turpin lag in einer Hängematte im Schatten eines Baumes. Der nackte Oberkörper zeigte eine gut trainierte Brust, die von einem Drachentattoo überzogen war. Sein linker Arm baumelte herunter und berührte bei jedem Schaukeln das ungemähte Gras.

»Monsieur Turpin?«

Er schrak auf, wischte sich über das Gesicht und sah erst verärgert, dann nachsichtig zu ihm herüber.

»Ah, sind Sie nicht einer der Polizisten aus Sainte-Valérie? Ist was?«

»Ja, ich habe noch ein paar Fragen an Sie.«

Turpin setzte sich auf. »Bitte.« Er wies auf einen niedrigen Hocker neben der Hängematte, der wohl für Getränke gedacht war.

»Danke, ich stehe lieber.« Pierre trat näher. »Wir haben inzwischen erfahren, dass Sie Maxim Sachet kannten.«

»Ja, das stimmt. Er hat mich mal interviewt.«

»Warum haben Sie das nicht schon am Abend des Unglücks angegeben?«

»Es hat mich niemand danach gefragt.«

»Dann erzählen Sie mir jetzt davon. Worum ging es bei dem Interview?«

»Ach, so um dieses und jenes …«

Turpin lächelte ihm zu. Pierre dachte, dass der jugendliche Charme dem Bandleader wohl so manches Mal aus der Patsche geholfen hatte, und blieb vorsichtig.

»Auch um Adrien Oliveira?«

»Ja.«

»Sie kannten sich?«

»Wir waren sogar eine Zeitlang befreundet.«

Nun musste sich Pierre doch setzen. Er griff nach dem Hocker und stellte ihn in einigem Abstand vor der Hängematte auf.

»Erzählen Sie mir von ihm.«

»Wir hatten ein gemeinsames Projekt.« Turpin kratzte sich mit beiden Händen über die nackte Brust, offenbar eine Übersprungshandlung, dann fuhr er mit entwaffnendem Blick fort. »Wir wollten seine provenzalischen Gedichte vertonen. Also eine Verbindung zwischen der literarischen Welt und der Musik schaffen. Wir haben uns gut verstanden, Adrien und ich. Aber dann … tja … Irgendwie wollte das Ganze nicht passen.«

Pierre nickte. Da war sie, die Verbindung zur Musikszene, von der Blanchard gesprochen hatte! »Hatten Sie sich gestritten?«

»Nein.« Er wiegte den Kopf. »Zumindest nicht so, dass wir uns nicht mehr in die Augen sehen konnten. Aber das Projekt haben wir abgebrochen.«

»Er schrieb eine vielbeachtete Kolumne über die okzitanische Musik. Sie waren sicher sehr wütend, dass er sich öffentlich gegen Ihre Texte wandte.«

»Hören Sie, Monsieur …« Er griff nach einem T-Shirt, das er als Kopfkissen zusammengerollt hatte, und zog es über. »Ich habe da so eine Ahnung, warum Sie mit mir darüber sprechen wollen. Aber wir waren nur unterschiedlicher Meinung. Mehr nicht.«

Wieder jemand, der sein Heil in nettem Geplänkel sucht, dachte Pierre. Er hatte es satt, würde nun den Finger in die Wunde legen, um eine Reaktion zu provozieren.

»Adrien Oliveira hat eine Morddrohung bekommen, nachdem der Artikel veröffentlicht wurde. Man hat sie ihm unter der Tür durchgeschoben. Sie waren öfter zu Gast in diesem Autorenhaus, und es gibt ausreichend Gründe, warum ich annehmen könnte, die Morddrohung wäre von Ihnen gekommen.« Pierre wartete auf eine Antwort, und als diese ausblieb, setzte er nach. »Sie sollten die Wahrheit erzählen, wenn ich Sie ernst nehmen soll. Noch bitte ich Sie freundlich, aber ich kann durchaus auch anders.«

»Sie können mir nicht drohen, ich kenne meine Rechte.« Turpin sah ihn herausfordernd an. Sein dunkles Haar hing ihm ins Gesicht, er strich es mit einer betont gelangweilten Geste zurück. »Ich habe nichts zu verbergen. Ja, okay, es stimmt. Wir hatten uns heftig gestritten, bevor er den Artikel verfasste. Man kann sogar sagen, dass dieser Streit Anlass für die Kolumne gewesen war. Ich habe ihm Dinge an den Kopf geworfen, die ich besser nicht gesagt hätte. Aber ich war es nicht, der ihn bedroht hat.«

»Worum ist es in dem Streit gegangen?«

»Ich fand seine Texte zu langweilig. Ich hatte ihn aufgefordert, schärfer zu werden. Aber er wollte nur von Blumen und Blüten schreiben. Hören Sie, Monsieur, ich wollte ja keinen Schlager machen, sondern ein Lied verfassen, das die Leute emotional packt. Ich hatte Adrien um dieses Projekt gebeten, weil er sich für die Achtung der Dialekte einsetzte. Das ist ein wichtiges Thema in unserer Zeit, wir sollten es uns nicht länger bieten lassen, dass der Staat uns derart über den Mund fährt.«

»Und das geht nur über Gewalt?«

Er verzog den Mund. »Sie stammen aus Paris, nicht wahr?«

»Hört man das?«

»Das werden Sie nicht los, egal wie sehr Sie es versuchen, man wird es Ihnen immer anhören. Das klebt an Ihnen wie Pech!« Er lachte bitter. »Sie haben keine Ahnung von diesen Dingen, Sie werden das nie verstehen.«

»Zumindest versuche ich es.«

»Nein. Sie tun nur so. Das gebietet Ihnen Ihr moralisches Gewissen. Immer korrekt, nicht wahr?«

»Was macht Sie da so sicher?«

Turpin streifte ein Gummi vom Handgelenk und band sich das Haar zurück.

»Sie sind einer dieser Menschen, denen man beigebracht hat, sie wären etwas Besseres. Doch Sie irren sich. Auch wenn man mich in der Schule lehrte, dieselbe Sprache zu sprechen wie Sie, ist meine okzitanische Seele nicht verstummt. Sie nährt sich aus dem *patois*, der Sprache unseres heiligen Bodens, des *Gai Saber*, des *partage* und des *fin'amor*.« Seine Stimme war tief, geradezu durchdringend. »Der galanten Sprache der Troubadoure, der man mit verfassungsmäßiger Diskriminierung die Wertschätzung entzog.«

Da war es wieder. *Gai Saber*, die Sprache der alten Dichter.

Dieses Mal als Aufschrei, als Symbol der Identität. War es das, worum es die ganze Zeit gegangen war? Ein Kampf um die Deutungshoheit bezüglich der alten Kultur – zwischen Revolution und höfischem Diskurs?

»Sie klingen verbittert«, stellte Pierre fest.

»Das wären Sie auch, Mann, niemand übersteht unbeschadet, dass man ihn verlacht. Man hat uns einreden wollen, dass wir Dreck sind.« Er klopfte sich mit der Faust auf die Brust. »Aber hier, in unserem Herzen, hat sich das Gefühl der Schande in eine Kraft verwandelt, die niemand brechen kann. Ich bin stolz auf meine Tradition, stolz darauf, Teil eines leidenschaftlichen Volkes zu sein, das von Bayonne und Limoges bis hin nach Montpellier wieder zum Leben erwacht.« Die Worte, die er heiser herauspresste, hatten eine Wucht, als hätte er sie gebrüllt: »Die Unabhängigkeit ist nur noch einen Wimpernschlag entfernt. *Raca raceja, la liberté ou la mort!*«

Nun riss Turpin seine Faust vor und schüttelte sie in der Luft.

»Wie weit«, sagte Pierre unbeeindruckt, »würden Sie dafür gehen?«

»Weit.« Turpin lächelte, während sich seine Augen zu Schlitzen verengten. »Nicht so, wie Sie meinen. Ich bin Okzitane, Franzose und Europäer in einem. Ich bin mir bewusst, dass ein einiges Europa unabdingbar für den Frieden ist. Es ist in den vergangenen Jahrhunderten genug Blut vergossen worden. Vor achthundert Jahren begann die Verfolgung unserer Vorfahren. Unsere Städte sind niedergebrannt worden, unsere Kämpfer abgeschlachtet, unsere Sprache verboten und die, die sie gebrauchten, verhöhnt. Aber all die Päpste, Monarchen, korrupten Revolutionäre und politischen Führer haben das Feuer unserer unbeugsamen Herzen nicht auslöschen können. Es ist an der Zeit, dass die größte und älteste Minderheit Europas wieder aufsteigt zu ihrer wahren Bedeutung.« Er machte eine kleine Pause, bevor er lauter fortfuhr. »Es ist die Sprache, die die Unabhängigkeit unseres Volkes erzwingen wird. Mit Protesten, Demonstrationen, Wahlen. Das, *Monsieur le policier*, sind unsere Waffen.«

»Adrien Oliveira ist möglicherweise gestorben, weil er sich kritisch mit einer Gewalt auseinandersetzte, die Sie in Ihren Liedtexten thematisiert haben. Und Sie wollen mir weismachen, Sie würden Ihre Interessen auf friedlichem Weg durchsetzen? Er muss Sie in Rage gebracht haben. Er hat *Sie* mit seiner Kolumne gemeint, *Sie* waren das Ziel seiner Streitschrift. Eine Streitschrift gegen die Aggression und gegen die mangelnde Gesprächsbereitschaft der Aktivisten.«

»Nein, das hat mich überhaupt nicht berührt.«

»Das nehme ich Ihnen nicht ab. Sie sprechen von verletztem Stolz, von dem Aufstieg der Unterjochten. Themen, die auch in den Texten von *Viva Occitània!* vorkommen. Wie, frage ich Sie, kann man sich als Sprachrohr, als stolzer Verfechter von Tradition und Würde nicht verletzt fühlen von dem, was Oliveira schrieb?«

»Sie kennen mich doch überhaupt nicht. Sie wissen nicht, was es für mich bedeutet, wenn ein Mensch, der sich letztlich für dieselben Werte einsetzt wie ich, wenn auch auf andere Weise, ermordet wird.« Er senkte die Lider, und als er wieder sprach, war seine Stimme nur noch ein Zischen. »Ich habe es bereut, dass ich ihn so weit gebracht habe, seinen Zorn gegen meine Texte öffentlich zu machen.«

»Wie bitte?« Überrascht hob Pierre eine Braue.

»Ja, Sie haben richtig gehört. Ich glaube ebenso wenig, dass sein Tod ein Zufall war, wie Sie. Und ich trage eine Mitschuld daran, die ich niemals vergessen werde. Das war es, *Monsieur le policier*, worüber ich mit Maxim Sachet gesprochen habe. Über Schuld.«

32

Pierre glaubte Turpin. Vielleicht lag es daran, dass sich die Texte von *Viva Occitània!* seit Oliveiras Tod verändert hatten. Oder weil der Leadsänger mit einer Intensität gesprochen hatte, die authentisch war.

»Maxim Sachet hat die Geschichte wohl aufgegriffen«, hatte Turpin mit leiser Stimme erzählt. »Ich habe nicht gewusst, dass es ihn so sehr beschäftigt, dass er dem nachgeht.«

»Was haben Sie gedacht, als er plötzlich in Sainte-Valérie auftauchte?«

»Nichts. Ich freute mich, ihn wiederzusehen. Er sagte, unser Interview hätte ihn tief berührt. Der Text war wohl auch schon fertig, es fehlten angeblich nur noch ein paar Kleinigkeiten.«

»Mehr hat er nicht dazu gesagt?«

»Nein.«

Sie hatten auch über Aurelie Azéma geredet. Eine Wildkatze, wie Turpin sagte, unabhängig und darauf bedacht, sich auf niemanden zu verlassen, außer auf ihre Familie.

Auch sie hatte unter Oliveiras Tod gelitten, wie er verriet, sie hatten eine kurze, aber leidenschaftliche Beziehung gehabt, nachdem sie sich während eines Konzerts von *Viva Occitània!* kennenlernten. Sie waren auseinandergegangen wegen derselben Differenzen, obwohl sie Oliveira auch danach noch geliebt haben musste.

Irgendwann hatte Pierre angefangen, sich Notizen zu machen, um alles festzuhalten, was Turpin in geradezu melancholischer Offenheit erzählte. Aber erst, als er dem Bandleader das Video vorspielte, das zeigte, wie Damien Girac während des Festes vom Tatort floh, war er sich sicher, dass Turpin ihn nicht zum Mord angestiftet hatte.

Er war entsetzt. Und nun, da die Möglichkeit im Raum stand, dass Girac die Unabhängigkeit Okzitaniens mit Gewalt verteidigt hatte, indem er deren vermeintliche Feinde zum Verstummen brachte, war Turpin bereit, Pierre den Aufenthaltsort von Girac zu verraten: ein naher Campingplatz am Ufer der Rhône, wo er mit dem gesamten Fantrupp während der Sommermonate die Wochenenden verbrachte.

Noch während Pierre in Richtung Saint-Rémy fuhr, wo Madame Chaptal auf ihn wartete, gab er Lechat die Adresse durch und brachte ihn auf den neuesten Stand seiner Ermittlungen.

»*Touché!*«, jubilierte der *Commissaire*. »Gut gemacht, Pierre, damit dürfte der Fall geklärt sein. So einfach ist es manchmal, nicht wahr? Wegen eines simplen Handyvideos. Was wären wir nur ohne die moderne Technik.« Er lachte. »Fahren Sie nach Hause, wir kümmern uns um Girac.«

»Ja, so einfach kann es sein«, flüsterte Pierre. Er hatte sich tatsächlich verrannt. Dieser Fall hatte ihn zu immer verworreneren Gedankenschleifen genötigt. Aber noch weigerte er sich einzugestehen, dass sein Bauchgefühl derart danebengelegen hatte.

»Ich werde Madame Chaptal trotzdem besuchen«, entschied er.

»Oliveiras Vermieterin? Warum denn das?«

»Aus Höflichkeit«, log Pierre, »wir sind nun einmal verabredet«, dann legte er auf.

Den Rest der Fahrt war er in nachdenklicher Stimmung. Geradezu trübsinnig. Die Erinnerung an den Mord während des fröhlichen Festes stand ihm vor Augen, er musste an die Wut der Dorfbewohner und an Roziers Überheblichkeit denken, die im Kleinen wohl das widerspiegelten, was in der *Grande Nation* geschah. Man stritt gegen Obrigkeiten, die doch nur der eigene verlängerte Arm sein sollten, diese Funktion jedoch nicht mehr wahrnahmen. Das Ganze war Wahnsinn, irgendjemand musste das Karussell doch anhalten. Aber es gab niemanden mehr, der daran glaubte, dass Gespräche – und vielleicht auch ein vorurteilsfreier Perspektivwechsel – zu einer Lösung führen würden, die im Interesse aller wäre.

Es schlug sich derart auf sein Gemüt, dass er erst, als er die Stadtgrenze von Saint-Rémy-de-Provence erreichte, bemerkte, dass er noch keine Lust auf Essen hatte. Obwohl sein Magen ganz andere, deutliche Signale gab. Der Fall hatte ihm den Appetit verdorben. Und das war in seiner gesamten Laufbahn noch nie vorgekommen.

Er hatte tatsächlich Glück. Schon bei der ersten Umrundung des Stadtkerns fand Pierre einen Parkplatz beim *Boulevard Gambetta*. Über die *Rue Carnot* mit ihren hübschen kleinen Geschäften tauchte er in die Altstadt ein und bog beim *Musée des Alpilles* ab. Folgte dann dem gepflasterten Weg, in dessen Mitte eine Rinne für abschüssiges Regenwasser verlief.

Die Schönheit des Ortes erhellte sein Gemüt, je weiter er ging, desto besser fühlte er sich. Saint-Rémy-de-Provence besaß einen berückenden Charme, hatte sich trotz renovierter Fassaden und modernisierten Ambientes ein urtümlich provenzalisches Flair erhalten. Die Balance zwischen Touristenmagnet und Wohnort schien gelungen – ein durchaus positives Beispiel, das Hoffnung machte.

Die *Rue du Parage* lag hinter mittelalterlichen Torbögen am Rand der belebten Gassen. Gepflegte Häuser mit blauen oder beigen Fensterläden, manche neu mit Kalksand verputzt, andere berankt mit Weinlaub oder Bougainvillea. Dazu Oleanderbüsche, wohin man sah, es war eine Pracht!

Selbst die okzitanische Vergangenheit war präsent, wenn auch nur in Form zweisprachiger Straßenschilder. *Carriero dóu Parage*, las Pierre, dann bemerkte er, dass er zu weit gegangen war, und lief ein paar Schritte zurück.

Madame Chaptal wohnte in einem zweistöckigen Steinhaus mit Blick auf einen winzigen begrünten Innenhof, den sie sich mit dem Nachbarn teilte, wie sie Pierre erklärte, während sie ihn direkt durch ein puppenstubenhaftes Wohnzimmer zu einer Tischgruppe auf dem Rasen führte. Edles Tischtuch mit provenzalischen Ornamenten von der Sorte, die er auch bei Charlotte gesehen hatte. Servietten mit Silberring, filigranes Porzellan, eine Kaffeekanne, eine Schale Navettes. Sie hatte sich erkennbar Mühe gegeben, fast als erwarte sie den Präfekten höchstpersönlich. Auch ihr Äußeres war durchzogen von einer unaufdringlichen Eleganz. Silbergraues kurzes Haar, in dem eine randlose Brille steckte, schlanke Figur, ein Hosenanzug aus glänzendem Stoff, dunkle Ballerinas.

»Wie schön, dass Sie da sind, *Monsieur le policier*, ich liebe es, wenn Gäste zum Kaffee kommen!«

Das Überschwängliche in ihren Worten schien nicht ganz zu dem distanzierten Gesichtsausdruck zu passen. Sie hätte ebenso gut über die Nützlichkeit von Chlorsalz referieren können, es hätte keinen Unterschied gemacht.

Höflich bedankte Pierre sich für die Gastfreundschaft. Er wartete, bis Madame Chaptal ihm Kaffee eingeschenkt hatte, und kam gleich zur Sache.

»Mein Assistent hat Ihnen ja bereits erklärt, worum es geht. Ich möchte Sie bitten, mir ein wenig über Adrien Oliveira zu erzählen.«

»Sie wollen den Fall wieder aufrollen, nicht wahr? Es ist gut, dass Sie das tun. Ich hatte das Gefühl, man hätte ihn zu früh abgeschlossen. Und bevor Sie fragen, warum: Ich kann es Ihnen nicht sagen. Es war nicht greifbar.«

Pierre seufzte. Er hätte nach Hause fahren sollen.

»Er war also einer Ihrer Mieter in Maillane.«

»Das ist nicht ganz richtig. Er wohnte mietfrei, im Rahmen eines privaten Stipendiums zur Förderung der provenzalischen Literatur. Mein Mann war lange aktiv in der *Félibrige*, er lebte für den Erhalt der *fin'amor*.«

Pierre hob fragend die Braue.

»Das ist der okzitanische Ausdruck für die höfische Lyrik«, erklärte Madame Chaptal rasch, »mit der man die geliebte Frau betört. Eine alte Kunst, nicht besonders einträglich, vor allem nicht unter Verwendung von Dialekten. Daher wollten wir begabten Autoren den Druck nehmen, Geld für Miete und Logis aufbringen zu müssen, und sie damit ermuntern, sich ungestört der Troubadourdichtung zu widmen.« Sie spitzte den Mund, fügte dann mit einem kleinen Lächeln hinzu: »Das Engagement hat sich gelohnt, einige haben es weit darin gebracht. Monsieur Oliveiras letztes Buch hatte es ja sogar bis auf die Bestsellerlisten geschafft, wobei es zugegebenermaßen keine Troubadourdichtung gewesen ist, sondern ein simpler Roman. Noch dazu in französischer Fassung.«

»Wovon handelte er?«

»Von der Sehnsucht eines Südfranzosen nach Identität. Es endet ein wenig melodramatisch für meinen Geschmack. Aber ich möchte nicht zu viel verraten, falls Sie es einmal lesen wollen. Möchten Sie *navettes*?«

Unvermittelt hielt sie Pierre die Schale mit den Keksen hin, doch er lehnte dankend ab. Sie schaute ihn tadelnd an, dann fuhr sie mit zunehmender Lebendigkeit fort.

»Wir haben ihm sein kommerzielles Bestreben nicht übel genommen, denn trotz allem war die Sprachforschung für ihn das Wichtigste, und er bewies eine große Leidenschaft für die Vielfalt der Dialekte. Es gibt nämlich mindestens fünf. Das Provenzalische, das Languedokische, das Gaskognische, das Limousinische und das Auvergnatische. Wenn man es ganz genau nimmt, gehört eigentlich auch das Alpinische dazu, das das Piemont einschließt. Und dies ist nur eine grobe Einteilung. Selbst die nördliche Provence klingt anders als der Süden. Und dort gibt es noch drei weitere Untergruppen, weil man in Marseille noch mal anders spricht als in Nizza oder im Rhônetal.«

»Mein Assistent kommt aus Maillane«, erzählte Pierre. »Er hat mir ein paar Worte Provenzalisch beigebracht. Ich habe mir noch nie Gedanken darüber gemacht, welche Prägung der Dialekt hat.«

»Aus Maillane? Dann sollte ich ihn eigentlich kennen, wie heißt er denn?«

»Luc Chevallier.«

»Oh, der kleine Luc! An den kann ich mich gut erinnern. Ein wenig übereifrig manchmal, aber gutherzig und fleißig. Er wird Ihnen die *Langue d'Oc moderne* erklärt haben, so nennt man die Literatursprache von Mistral inzwischen. Anfangs hatten sich die Gründer der *Félibrige* auf den Namen *Provençal* geeinigt, aber das führte zu einiger Verwirrung, da man damit den gesamten okzitanischen Sprachraum meinte und nicht nur den Dialekt der provenzalischen Dörfer. In Toulouse, wo nach dem Zweiten Weltkrieg das *Institut d'Estudis Occitans* gegründet wurde, favorisierte man daher die weitaus umfassendere Bezeichnung *Occitan* und betonte auch die politische Seite der Sprachbewegung. Über Jahre rangen die regionalen Vereinigungen erbittert um die einzig wahre Schreibweise und Phonetik. Inzwischen hat man zum Glück erkannt, dass die

Sprache vor allem durch Betonung der Gemeinsamkeiten an Bedeutung gewinnt.«

Madame Chaptal griff nach einem Keks und knabberte daran, während sie Pierre erwartungsvoll ansah.

»*Langue d'Oc, Provençal, Occitan* ... Und welche Bezeichnung ist nun die richtige?«, fragte er verwirrt.

»Eigentlich ist es egal, wie Sie es nennen, heutzutage sieht man das nicht mehr so eng. Die Meisten empfinden den Begriff *Occitan* als am natürlichsten, man lehrt es jetzt sogar in Privatschulen, den sogenannten *Calandretas*. Selbst in manch staatlicher Schule wird inzwischen zweisprachig unterrichtet. Das war lange nicht denkbar gewesen, das ist ein großer Erfolg!« Jetzt hob sie eine Hand ans Herz. »Es ist eine so wunderbare, urtümliche Sprache. Wussten Sie, dass ihr Ursprung im Romanischen liegt? Man hat den Menschen viel zu lange einreden wollen, es sei nur eine Art abgewandeltes Französisch. Nichts weiter als ein *patois*, eine arme, rustikale Sprache, ein wenig vulgär. Ein Dialekt, den man besser nicht außerhalb der eigenen vier Wände sprach, um nicht allzu bäuerlich zu klingen. Dabei ist es das Gegenteil! Es ist die elegante Sprache der Troubadoure. Teil einer wahrhaft edlen Tradition, die man viel zu lange zu unterdrücken suchte.«

Pierre nickte höflich. Die Ausführungen waren interessant, aber er bemerkte, dass er langsam unruhig wurde. Er war lange genug hiergeblieben, er musste seine letzte Frage anbringen, bevor er sich von Madame Chaptal verabschiedete.

»Wussten Sie, dass Adrien Oliveira Morddrohungen erhalten hatte?«

»Nein!« Sie riss die Augen auf. »Aber jetzt, wo Sie es sagen ... Ich hatte so ein seltsames Gefühl, als er plötzlich ging, Monate vor Ende des Stipendiums. Er war traurig, geradezu niedergeschlagen.«

»Was ist aus den anderen Autoren geworden, die zu der Zeit im Haus gelebt haben?«

»Sie sind noch etwas länger geblieben, bis in den Oktober hinein. Es waren unsere letzten Stipendiaten. Nachdem mein Mann einen schweren Schlaganfall hatte, haben wir das Projekt leider aufgeben und das Haus verkaufen müssen. Die Pflegekosten fressen eine Menge Geld, man bescheidet sich, um durchzukommen.«

»Das tut mir leid«, sagte Pierre aufrichtig und machte eine kleine Pause, bevor er fortfuhr. »Können Sie mir die Namen der anderen Autoren nennen?«

»Es ist schon eine Weile her …« Sie rieb sich die Stirn. »Einer hieß Jules … Jules Roux«, sagte sie nach einigem Nachdenken. »Der lebt inzwischen in Kanada. Der andere war Jaufre de Prouvènço.«

»Jaufre de Prouvènço«, wiederholte Pierre »Klingt seltsam. Ist das vielleicht ein Pseudonym?«

»Ja. Der Autor hatte sich seinen Namen in der Tradition der Minnesänger gewählt, er nannte sich einen modernen *Trobador*.«

»Wissen Sie, wie sein richtiger Name lautet?«

»Tut mir leid, das hat dieser Journalist auch schon gefragt, aber ich muss gestehen, dass ich den echten Namen nicht kenne. Für das Stipendium war es egal, alles, was zählte, war das Talent. Und das war zweifellos vorhanden. Jaufre de Prouvènço hat einen bedeutenden Literaturpreis gewonnen.«

»Madame«, Pierre rang nach Luft, »Sie sagten, ein Journalist hätte danach gefragt? Hieß er etwa Maxim Sachet?«

»Ja, tatsächlich, so war der Name. Er war gerade erst hier, vor wenigen Tagen.«

»Warum haben Sie das nicht gleich gesagt?«

»Woher hätte ich wissen sollen, dass Sie das interessiert?«, entgegnete Madame Chaptal pikiert. »Er hatte doch nur über unser Stipendium sprechen wollen, für einen Artikel über die provenzalische Literatur.«

»In Ordnung, kein Problem«, sagte Pierre, bemüht, sich nicht anmerken zu lassen, dass er vor Ungeduld schier platzte. Madame Chaptal schien die Nachricht von Sachets Tod nicht mitbekommen zu haben, er wollte nicht derjenige sein, der ihr davon erzählte. »Haben Sie ein Bild von diesem Jaufre?«

»Ja, sicher, der Herr von der Zeitung hat es auch sehen wollen. Warten Sie, ich bin gleich wieder bei Ihnen.« Damit eilte sie ins Haus.

Pierre griff in die Schale, in der Hoffnung, die Kekse könnten seinen Magen beruhigen, der nun ebenso hektisch pochte wie sein Herz. Die *navettes* waren sehr trocken; es war eine stark aromatisierte Variante, deren Orangennote ein wenig nach Seife schmeckte. Aber es war ihm egal, er nahm sich einen weiteren und kippte einen Schluck Kaffee hinterher, bis ihm einfiel, dass ihn der nur noch nervöser machen würde.

Endlich trat Madame Chaptal wieder ins Freie, in der Hand hielt sie ein Foto.

»Das hat mein Mann gemacht, als Jaufre das goldene Veilchen der *Académie des Jeux Floraux* erhalten hat, des Dichterwettbewerbs des *Gai Saber*. Das ist die höchste Auszeichnung für die Troubadourdichtung, die hat sogar Victor Hugo einst bekommen.«

Sie hielt ihm das Bild hin.

Zwei Menschen, die dicht aneinandergeschmiegt in die Kamera lächelten. Der Mann hielt voller Stolz einen goldenen Pokal in die Höhe, aus dem wie aus einer Vase eine geschmiedete Blume ragte. Die Frau neben ihm – Pierre sog überrascht die Luft ein – war unverkennbar Aurelie Azéma.

Auch der Mann kam ihm bekannt vor, ohne dass er ihn zuordnen konnte. Das Haar schulterlang, die Wangen glattrasiert. Pierre hielt das Bild näher ans Gesicht und kniff die Augen zusammen. Plötzlich wusste er, wen er vor sich hatte. Und nun verstand er auch, warum Luc ihn nicht wiedererkannt hatte, obwohl sie zur selben Zeit in Maillane wohnten.

Die Veränderung war erstaunlich.

Jaufre de Prouvènço war Louis Rollande.

33

Er war wütend. So sehr, dass er das Gaspedal durchtrat, während er die endlose Platanenallee entlangfuhr, die aus dem Ort in Richtung des Luberon-Tals führte. Es war geradezu fahrlässig, dass nur durch zufälliges Nachfragen herausgekommen war, dass auch Louis Rollande in dem Autorenhaus gewohnt hatte, bevor er die Obstplantage seines Vaters übernahm. Anscheinend hatte man vor vier Jahren dem Vorleben des toten Autors keine Aufmerksamkeit geschenkt. Ein eklatanter Fehler, der Maxim Sachet das Leben gekostet hatte.

Auch er selbst hatte Fehler gemacht. Als Louis Rollande sich während der Befragung nicht zu seinem Vorleben hatte äußern wollen, hatte er nicht weiter nachgehakt.

Pierre stöhnte auf, hoffte, dass dieses Versagen nicht zu schlimmen Konsequenzen führte.

Die Straße wurde kurviger, Licht und Schatten wechselten in schneller Folge; eine gleißende Helligkeit, sobald die Nachmittagssonne zwischen den Stämmen der Platanen hindurchbrach.

Pierre klappte die Sonnenschutzblende herunter und dachte an Robert Lechat, den er vergeblich zu erreichen versucht hatte. Er würde noch fünf Minuten auf dessen Rückruf warten, bevor er es noch mal versuchte.

Gedankenversunken preschte er in die nächste Kurve, die unvermutet in eine weitere überging. Mit aufeinandergepressten Zähnen lenkte Pierre gegen die Fliehkraft, dabei rutschte

das Buch, das er auf den Beifahrersitz gelegt hatte, in den Fuß-
raum. Schmal, mit grünem Leinenbezug und Goldprägung.

Jaufre de Prouvènço – *Salutz d'Amor.*

Madame Chaptal hatte ihm ein Exemplar des preisgekrönten
Epos mitgegeben. Sie hatte gesagt, es hätten eigentlich weitere
Auszeichnungen in Aussicht gestanden, sogar der renommierte
Prix Goncourt für den Bereich Lyrik, doch aus unerfindlichen
Gründen sei daraus nie etwas geworden. Sie habe sich ohnehin
gefragt, warum Jaufre nach diesem Erfolg in die Anonymität
getaucht war, er hätte einer der ganz Großen werden können.

Pierres erster Gedanke war gewesen, dass dieses Abtauchen
mit Adrien Oliveira zusammenhängen musste. Sein zweiter,
dass Rollande der Verfasser des angeblichen Manuskripttextes
gewesen sein könnte und dafür gesorgt hatte, dass das halbe
Dorf auf seinen Autorenkollegen losging.

Endlich ging Lechats Rückruf ein. Während er ihn entgegennahm, lenkte Pierre den Wagen auf die Auffahrt zu einem
Feldweg. Er brauchte Ruhe bei dem Gespräch, volle Konzentration.

»Hier Durand.«

»Hallo Pierre …« Lechat stockte, bevor er weitersprach. »Ist
es dringend, wir stehen kurz vor einer Polizeiaktion.«

»So dringend wie ein Waldbrand!«

»In Ordnung, einen Moment noch, ich melde mich sofort
zurück.«

Brüllende Hitze empfing ihn, als er die Wagentür öffnete.
Pierre stellte sich in den Schatten eines Baumes und versuchte,
den hohen Puls mit langsamen Atemzügen zu mäßigen, während sein Blick über glühende Felder bis zu den Alpillen glitt.
Eine lange Bergkette, die hier, inmitten des flachen Landes, beinahe wie eine unregelmäßig aufgeworfene Geröllspur wirkte.
Dabei waren die Kalksteinerhebungen, wenn man näher kam,

durchaus beeindruckend hoch, bis zu fünfhundert Metern. Als er einmal auf dem Plateau von Les Baux-de-Provence stand und über die schroffen Klippen auf die Ebene hinabsah, hatte er unwillkürlich an einen Adlerhorst gedacht. Er hatte sich erhaben gefühlt und zugleich sicher. Und das, obwohl er allzu große Höhen ansonsten mied.

Endlich rief Lechat wieder an.

»Ich stehe gerade vor Aurelie Azémas Wohnung«, sagte der *Commissaire* ohne Einleitung. »Sie scheint verschwunden zu sein, gemeinsam mit ihrer siebenjährigen Tochter Solène. Zumindest öffnet niemand, und ihr Motorrad ist auch nicht da.«

Zut! »Sie sind bei der Sängerin? Ist etwas passiert?«

»Das wissen wir noch nicht. Wir sind wegen eines Anrufs der Wohnungsnachbarin gekommen. Sie hat gestern Abend gegen neun Uhr Geräusche gehört. Ein Scheppern und das Brüllen eines Mannes. Als sie nachsehen wollte, was da los ist, war niemand mehr da. Im Hausflur lag ein Kessel, die Treppe war nass. Madame Azéma muss ihn mit voller Wucht geworfen haben, im Holz der Stufen ist eine frische Kerbe. Leider hat die Nachbarin, nachdem sie die leere Wohnung wieder verschlossen hatte, den Boden gewischt. Sie wollte nicht, dass jemand ausrutscht, ich fürchte, sie war sehr gründlich.«

»Warum hat sie sich erst jetzt gemeldet?« Pierre hatte es gerufen, sein Puls war wieder auf hundertachtzig. Hoffentlich war der Sängerin nichts geschehen!

»Sie hat die örtliche Polizei schon gestern Abend informiert, aber die hat das zunächst nur zu Protokoll genommen. Erst am nächsten Morgen, als ein Beamter, der mit unserem Fall vertraut ist, die Meldung gesehen hat, sind sie aktiv geworden. Die Nachbarin müsste jeden Augenblick mit dem Schlüssel hier sein, aber ich habe das Gefühl, dass wir nichts finden werden, das uns weiterbringt.«

Gestern Abend gegen neun, verdammt, das war gut achtzehn Stunden her.

»Sie müssen sofort eine Fahndung einleiten«, rief Pierre. »Madame Azéma und ihre Tochter sind in höchster Gefahr!«

»Sie übertreiben! Es gibt keinen einzigen Hinweis dafür.«

»Doch!« Pierre atmete tief durch. »Ich komme gerade von der Dame, die Adrien Oliveira während eines Stipendiums beherbergt hat, Madame Chaptal. Sie hat mir erzählt, dass auch Maxim Sachet sie besucht hat, er hat nach den anderen Autoren in ihrem Haus gefragt. Einer von ihnen war Louis Rollande. Er hat, genauso wie Oliveira, provenzalische Literatur verfasst, unter dem Pseudonym Jaufre de Prouvènço.« Er machte eine kurze Pause, um erneut Luft zu holen. »Noch kenne ich die Zusammenhänge nicht. Aber ich habe ein altes Foto von Rollande gesehen, er stand neben Aurelie Azéma. Ich weiß, dass die Sängerin vor etwas Angst hatte, Robert. Gestern wollte sie nicht, dass jemand unser Gespräch sieht. Dieser Jemand ist Rollande gewesen, dessen bin ich mir sicher. Wir müssen rasch etwas tun!«

Am anderen Ende der Leitung herrschte Stille. Als Lechat endlich sprach, klang er besorgt. »Sie haben Recht. Wir müssen uns beeilen. Fahren Sie zu Rollande, ich schicke Ihnen einen Kollegen hinzu. Inspektor Picard kann ich nicht abstellen, der ist auf dem Weg zu Damien Girac.«

Damien Girac. Der Fan war auf einmal so fern.

Pierre hastete zurück zu seinem Wagen und startete den Motor. Schickte, während er das Gaspedal heruntertrat, ein Stoßgebet in den Himmel.

»Mach, dass ich nicht zu spät bin!«

34

Der Beamte, den der *Commissaire* zu ihm beordert hatte, war ein junger, gut trainierter Mann mit unruhigem Blick. Er stellte sich als Brigadier Alain Martinez vor und taxierte, die Hand am Waffengurt, während sie auf den Hof zugingen, das Gelände.

In der prallen Sonne neben dem Traktor stand heute ein großer Stapel Obstkisten, durch deren Ritzen orangerote Früchte schimmerten. Offenbar hatte niemand die Zeit gefunden, sie in den schützenden Schatten zu tragen.

In höchster Anspannung gingen Pierre und Martinez auf das Haus zu, an dessen Seite ein kleiner Fiat parkte, den er beim letzten Mal nicht gesehen hatte. Er trat näher und warf einen Blick hinein. Auf der Rückbank war ein Kindersitz angebracht, er musste Rollandes Frau gehören, die mit dem Sohn vom Besuch bei den Eltern zurückgekehrt war.

Vorsichtig schlich er näher ans Fenster und spähte hindurch. Es war niemand zu sehen. Aus einem Nebenraum drang lautes Kinderlachen, eine Frau stimmte ein.

»Was machen wir jetzt?«, wisperte Martinez. »Sollen wir klingeln?«

»Noch nicht.«

Pierre war nervös. Rollande schien nicht da zu sein. Er überlegte, was er an dessen Stelle getan hätte. Sollte er die Sängerin und deren Tochter tatsächlich in seiner Gewalt haben, würde er versuchen, sie vor seiner Frau und dem Kind zu verbergen.

»Bleiben Sie hier«, flüsterte Pierre ihm zu. »Ich will mich ein wenig umsehen.«

Der Brigadier nickte, dann presste er sich an das Gemäuer, in angespannter Bereitschaft, mit erhobener Waffe.

Pierre huschte unterhalb des Fensters zum rückwärtigen Bereich und umrundete das Gebäude, hinter dem sich ein riesiges Lagerhaus befand. Langsam schlich er näher, dann legte er den Riegel um, die Halle war unverschlossen. Vorsichtig schob er eines der beiden Torelemente zurück, es quietschte in der Bewegung. Pierre hielt inne und blickte, nachdem er einen Moment abgewartet hatte, hinein. Das gleißende Sonnenlicht fiel auf einen Turm leerer Kisten und auf einen Gabelstapler. Dahinter lag eine Trennwand mit orangefarben lackierter Stahltür.

Ein leiser Pfiff ließ ihn herumwirbeln, dann sah er eine Gestalt an der Hausecke stehen.

Es war eine Frau, die wie erstarrt war, die Hand vor dem Mund. Sie war höchstens Mitte zwanzig, hatte kurz geschnittenes dunkles Haar und trug eine formlose Jeanslatzhose, die den mageren Körperbau nicht verbergen konnte. »*Monsieur le policier*, ist etwas passiert?«

Pierre sah sich nach Martinez um, von dem er vermutete, dass er ihn mit dem Pfeifen hatte warnen wollen. Er schien sich hinter einen Sichtschutz zurückgezogen zu haben, um die Lage von dort zu beobachten.

»Entschuldigen Sie bitte, dass ich mich nicht angekündigt habe«, sagte er an die Frau gewandt und stellte sich vor. »Ich suche nach einem Motorrad.«

»So etwas haben wir nicht.«

»Sind Sie die Frau des Eigentümers?«

»Danielle Rollande«, bestätigte sie und versenkte ihre Hände in die beuteligen Hosentaschen.

»Ist Ihr Mann da?«

»Nein. Warum?«

»Ich möchte ihn sprechen. Wir sind auf der Suche nach der Besitzerin des Motorrads, sie ist verschwunden.«

»Ich habe keine Ahnung, wo er ist. Er wollte zu Hause sein, wenn wir zurückkommen. Aber sein Handy ist aus, ich kann ihn nicht erreichen. Als ich Sie sah, hatte ich schon befürchtet, es sei ihm etwas zuge…«

»Mami?«

Die piepsige Stimme ließ die Frau herumfahren. Dann verschwand sie hinter der Hausecke und kam kurz darauf mit einem Jungen auf dem Arm zurück.

»Das ist Yanis«, sagte sie und strich dem Kind über den Kopf.

»Hallo, Yanis!«

Pierre trat ein paar Schritte auf ihn zu. Als er die Hand ausstreckte, drehte der Junge das Gesicht weg und verbarg es am Hals seiner Mutter.

»Er ist ein wenig schüchtern«, erklärte diese. »Kann ich sonst noch was für Sie tun?«

»Ja. Ich würde gerne einen Blick in das Lager werfen.«

Sie nickte und ging voraus.

Hinter der Stahltür öffnete sich ein weiterer Raum, der größer war, als er erwartet hatte. Regale voller Kisten, Fließbänder, eine Art Waschanlage. Als Pierre eintrat, kam ihm kühle Luft entgegen.

»Hier wird das Obst für den Transport vorbereitet«, erklärte Madame Rollande.

»Und was ist das dort hinten?« Pierre zeigte zu einer kabinenähnlichen Vorrichtung, zu der eine schmale Röhre führte.

»Das ist unser Kühllager«, erklärte sie. »Dort verwahren wir das Obst, das nicht nachreifen soll. Hier werden Temperatur, Luftfeuchtigkeit, Sauerstoff- und Stickstoffgehalt laufend kontrolliert und aufgezeichnet.« Sie trat an das Sichtfenster. »Sie können gerne gucken, aber nicht hineingehen, sonst verändert sich der eingestellte Sauerstoffgehalt.«

Pierre sah durch die Scheibe, betrachtete die rotwangigen Früchte. Eine beeindruckende Anlage, dachte er. Dann wandte er sich, nachdem er sich davon überzeugt hatte, dass niemand in der Kammer war, wieder Madame Rollande zu.

»Ich möchte Ihnen gerne ein paar Fragen zu Ihrem Mann stellen.«

»Warum, was wollen Sie von ihm?«

»Er ist ein alter Bekannter der Gesuchten.« Pierre zögerte, bevor er weitersprach. Sah zu dem Kind, das mit seinen Fingern im kurzen Haar der Mutter wühlte, dann wieder zu ihr. »Mit ihr wird auch die siebenjährige Tochter vermisst.«

»Oh mein Gott, bitte, kommen Sie!«

Mit raschen Bewegungen verschloss sie das Lager und ging voran zum Haus.

Pierre eilte ihr nach, sah Martinez seitlich des Traktors stehen und gab ihm ein Zeichen. Dann folgte er Madame Rollande, die davon nichts bemerkt hatte, in die Küche und scannte dabei den Raum in der Hoffnung, einen Hinweis auf Aurelie Azéma zu finden. Auf dem Tisch standen ein knallgelber Becher und eine Kekspackung, im Hintergrund lief die Geschirrspülmaschine. Nichts ließ darauf schließen, dass die Sängerin hier gewesen war.

»Kenne ich die Frau?«, fragte Madame Rollande, nachdem sie den Jungen auf dem Boden abgesetzt und auf einem Stuhl Platz genommen hatte.

»Sie heißt Aurelie Azéma.«

»Hab ich's mir doch gedacht!«, entfuhr es ihr. Sie sah plötzlich sehr müde aus.

»Was meinen Sie damit?«

Die junge Frau antwortete nicht, stattdessen drehte sie sich zu ihrem Sohn um, der gerade einen Spielzeugtrecker immer wieder gegen das Stuhlbein prallen ließ. Seufzend stand sie auf und ging in das angrenzende Wohnzimmer. Kurz darauf waren quietschige Stimmen zu hören. Yanis sah auf, ließ den Trecker fallen und rannte auf kurzen Beinen den Lauten entgegen.

»Ich hab den Fernseher angeschaltet. Er muss es ja nicht mitbekommen«, sagte sie, nachdem sie die Tür hinter sich zugezogen hatte. »Mein Mann war mal mit ihr zusammen. Vor meiner Zeit. Es waren wohl ein paar Monate, vielleicht auch nur Wochen.«

»Was wissen Sie darüber?«

»Er hat sie kennengelernt, als er in diesem Haus in Maillane wohnte. Sie war vorher mit einem anderen Autor liiert, und nachdem das vorbei war, hat Louis was mit ihr angefangen. Das ist alles, was ich weiß.«

»Der andere, mit dem Aurelie Azéma vorher zusammen war, hieß Adrien Oliveira. Hat er von ihm erzählt?«

»Nicht viel. Nur, dass sie nicht befreundet waren.«

»Verfeindet?«

»Nein, das auch nicht. Konkurrenten trifft es besser. Er hat nie verstanden, warum der andere einen solchen Erfolg hatte. Mühelos. Mein Louis hat so hart gearbeitet für seine Literatur, er ist ein fleißiger Mensch, das Stipendium war für ihn vor allem eine Chance, seinen Traum zu verwirklichen: ein berühmter Schriftsteller zu werden.« Sie lächelte bedauernd. »Es hat nicht funktioniert.«

»Immerhin hat er einen wichtigen Preis gewonnen.«

»Den *Prix des Jeux Floraux*, ich weiß. Er hat es verdient. Haben Sie das Buch gelesen? Sie sollten es tun. Louis ist ein literarisches Ausnahmetalent. Ein moderner Troubadour, ein Mann der schönen Worte. Jemand, der eine Frau anbetet und ihr die Welt zu Füßen legt.«

Pierre dachte an den Manuskriptauszug, der in seiner Derbheit mit dem, was sie schilderte, überhaupt nichts gemein hatte. »Warum hat er nicht weitergeschrieben?«

»Aus schnöder Notwendigkeit.« Sie zuckte mit den Schultern. »Er wollte mir ein gutes Leben bieten. Mir und dem Kind, das er sich damals sehnlichst wünschte. Als seine Eltern ihn baten, die Plantage zu übernehmen, hat er sofort zugestimmt. Nun steckt er all seine Kreativität in die Obstveredelung. Und er ist sehr erfolgreich damit. Wir führen ein gutes, ein zufriedenes Leben.«

Ihr Blick war offen. Alles, was sie sagte, klang aufrichtig.

»Haben Sie eine Ahnung, wo Ihr Mann in diesem Moment sein könnte?«

»Nein.«

Sie sagte es fest, aber Pierre hatte das kurze Flackern in ihren Augen bemerkt.

Er brauchte Antworten, dringend. »Wenn Sie es wissen, müssen Sie es mir sagen«, sagte er ernst und fügte, als sie nicht antwortete, hinzu: »Aurelie Azéma ist gestern hier gewesen, Madame Rollande. Und nun sind beide wie vom Erdboden verschwunden.«

»Sie war hier, in diesem Haus?« Die junge Frau starrte ihn mit großen, kindlichen Augen an. Aus dem Wohnzimmer drang ein Jauchzen, dann ein Singen. »Dann ist es doch wahr«, sagte sie endlich.

»Was meinen Sie damit?«

Sie blickte zu Boden. »Wir waren gemeinsam im Dorf, als die Plakate von ihr und dieser Band aufgehängt wurden. Er hat sich irgendwie seltsam benommen, als er sie sah.«

»Können Sie das näher beschreiben?«

»Ich weiß nicht, vielleicht war er nervös, oder überrascht. Als ich gefragt habe, was los sei, hat er gesagt, dass er die Sängerin kenne. Und dass es diese Frau von früher ist, von der er mir erzählt hat. Es war so viel Emotion in seiner Stimme, sie hat geradezu gebebt. Ich habe mir nichts dabei gedacht. Auch nicht, als er mich am Morgen des Festes fragte, ob ich mit Yanis zu meinen Eltern fahren könnte. Er sagte, er wolle mit seinen Kumpels feiern. Unser Sohn ist morgens immer so laut, und Louis liebt es, nach langen Nächten auszuschlafen.« Sie hob den Kopf, ihre Augen glänzten. »Glauben Sie, die beiden sind gerade in diesem Augenblick irgendwo in einem Hotelzimmer und …«

»Das ist es nicht«, sagte Pierre fest, er wurde ungeduldig, versuchte aber, es sich nicht anmerken zu lassen. »Ganz im Gegenteil. Wir befürchten, dass Madame Azéma und ihre Tochter in höchster Gefahr sind. Wenn Sie wissen, wo Ihr Mann sein könnte, sagen Sie es mir bitte.«

»Sie wollen Louis doch nicht etwa unterstellen … Nein, niemals!«

»In der Nacht der *Feux de la Saint-Jean*«, entgegnete Pierre, »ist ein Journalist ermordet worden, Maxim Sachet. Am Tag bevor er starb, hat er mit Ihrem Mann gesprochen, woraufhin es zu einer lautstarken Auseinandersetzung gekommen ist.«

»Davon hat er mir nichts erzählt«, sagte sie leise. »Als er zurückgekommen ist, habe ich schon geschlafen. Ich gehe immer früh ins Bett, seit Yanis da ist. Was soll das alles, *Monsieur le policier*?«

»Wir haben Grund zur Annahme, dass derselbe Mann, der Maxim Sachet umgebracht hat, auch Adrien Oliveira auf dem Gewissen hat.« Pierre hielt inne. Etwas fügte sich langsam zusammen. »Könnte es sein, Madame Rollande, dass die beiden etwas von Ihrem Mann wussten, das nicht an die Öffentlichkeit dringen sollte?«

Die junge Mutter schüttelte den Kopf. »Ich verstehe Ihre Fragen nicht. Adrien ist doch an einer Überdosis Drogen gestorben, oder etwa nicht?«

»Das ist zumindest die offizielle Begründung. Aber der Fall ist wieder aufgerollt worden, nachdem Maxim Sachet hatte sterben müssen, weil er diese Begründung anzweifelte.« Pierre nahm einen tiefen Atemzug. »Meine Aufgabe ist es, ein weiteres Verbrechen zu verhindern. Wollen Sie mir dabei helfen?«

»Natürlich.« Sie nickte nachdrücklich, suchte in den beuteligen Taschen ihrer Latzhose nach einem Papiertuch und wischte sich erste Tränen vom Gesicht. »Aber woher wollen Sie wissen, dass Sie nicht den Falschen suchen?«

Pierre schnaubte, am liebsten hätte er sie geschüttelt. »Sie haben mir eben erzählt, der Traum Ihres Mannes sei es gewesen, ein berühmter Schriftsteller zu werden. Hat er schon einmal versucht, etwas ganz anderes zu schreiben als provenzalische Literatur? Beispielsweise einen Roman über diese Gegend, ein Buch über das Dorf?«

»Wie meinen Sie das?«

»Vor vier Jahren kursierte ein Manuskriptauszug, in dem der Autor über Sainte-Valérie und dessen Bewohner schrieb. Detailgetreu wurden darin Dinge skizziert, die eigentlich nur jemand wissen konnte, der eine außergewöhnliche Beobachtungsgabe hat. Oder der aus diesem Dorf stammt.«

»Ein Text über die Bewohner?« Plötzlich hob sie ihre Hand an den Mund und wurde blass.

»Dieser Text wurde Adrien Oliveira zugeschrieben, was zu einem Aufstand gegen ihn geführt hat, obwohl er schwor, nicht der Urheber gewesen zu sein.« Pierre senkte die Stimme und sah Madame Rollande eindringlich an. »Hat Ihr Mann diesen Text geschrieben?«

Jetzt nickte sie, während ihr Tränen die Wangen hinabliefen. »Ein Speicherchip. Er lag in seiner Büroschublade. Ich hatte nach Fotos gesucht und war überrascht über den Inhalt. Aber ich hätte nicht gedacht, dass der Text von ihm war. Er schreibt sonst ganz anders!«

»Wo ist dieser Chip jetzt?«

Madame Rollande erhob sich zögernd, dann verschwand sie im Flur und kam kurz darauf mit einem USB-Stick zurück.

»Seien Sie nicht zu streng mit ihm, Monsieur, bitte. Er mag seinem Konkurrenten einen Streich gespielt haben, aber er ist mit Sicherheit kein Mörder.«

»Mami?«

Die Stimme drang durch die verschlossene Tür zum Wohnzimmer, sie klang verzweifelt. Nun begann der kleine Junge, gegen das Holz zu klopfen.

Madame Rollande rührte sich nicht, noch immer hielt sie den Blick auf Pierre gerichtet.

»Alles in Ordnung, *mon cœur*«, rief sie hinüber zum Wohnzimmer, »wir sind sofort fertig.«

»Was für einen Wagen fährt Ihr Mann?«

»Einen grauen Renault Mégane Grandtour.«

Er notierte sich das Kennzeichen. Ein Mégane besaß schräg gestellte schmale Scheinwerfer. So wie der Wagen, der nachts vor seinem Hof geparkt hatte.

»Wohin könnte Ihr Mann gefahren sein?«

»Er … Wir haben noch eine kleine Hütte im Tal, bei den Kirschplantagen. Die Ernte ist längst eingefahren, aber manchmal zieht er sich dorthin zurück, wenn er Ruhe braucht …«

»Wie komme ich dorthin?«

»Sie liegt an der D180 bei Les Bouilladoires, einen Kilometer hinter der Abzweigung nach Le Gros«, murmelte sie, während sie die Tür öffnete und den Jungen einließ. »Sie befindet sich auf der linken Seite, Sie können sie nicht verfehlen.« Sie hob Yanis hoch und drückte ihn an sich, während ihre Augen Pierre flehend ansahen. »Und was, wenn der Text auf dem Stick nur eine Fingerübung war?«

Ihre Worte verfolgten Pierre auf seinem Weg zurück ins Freie. Er schrieb sonst ganz anders, hatte sie gesagt. Er ahnte, dass genau dies der entscheidende Punkt war. Nicht so jedoch, wie Madame Rollande glaubte.

Ihr Mann hatte nie wieder etwas veröffentlicht, obwohl man ihm mit der Verleihung des Preises ein großes Talent bescheinigte. Das Einzige, was er nach seiner Zeit im Autorenhaus verfasste, war ein grobschlächtiger, einfach gestrickter Text.

Und auf einmal wusste Pierre, was die beiden Spuren miteinander verband. Die okzitanische und die des Manuskriptes.

Bevor er sich in den Wagen setzte, rief er seinen Assistenten an.

»Bist du noch bei Madame Levy?«

»Ja«, rief Luc aus, »es ist unglaublich. Wusstest du, dass einer der Burgherren im 13. Jahrhundert ein Tempelritter war?«

»Ich brauche ihre Hilfe«, unterbrach Pierre, »und zwar rasch. Kannst du sie mir mal geben?«

»Momentchen.«

Pierre hörte, wie Luc ihr etwas zuraunte, dann war die Kuratorin am Telefon.

»Sie wollen mich sprechen?«

»Ich möchte wissen, ob jeder Zugriff auf das Archiv mit den alten Schriften bekommt.«

»Ja. Der Besucher erhält Einblick in die Karteien und kann sich die entsprechenden Werke heraussuchen. Man muss sich allerdings in eine Liste eintragen. Dort wird auch das Buch vermerkt, das man sich ausleiht.«

»Kann man die alten Schriften mit nach Hause nehmen?«

»Nur die ab dem neunzehnten Jahrhundert. Für die älteren gibt es einen Lesesaal.«

»Gut. Ich möchte wissen, ob drei Namen auf dieser Liste stehen und welche Bücher sie angefordert haben: Louis Rollande, Adrien Oliveira und Maxim Sachet.«

35

Die Landschaft zog wie ein Schemen an ihm vorbei, Pierre sah nur starr nach vorne. Hinter ihm fuhr der Wagen der *police nationale*, in dem Brigadier Martinez gerade die Daten von Rollandes Wagen zur Fahndung durchgab.

In diesem Augenblick passierten sie die Abzweigung nach Le Gros, Pierre verlangsamte das Tempo und erhöhte seine Aufmerksamkeit.

Er fand die Plantage auf Anhieb. Lange Reihen sattgrüner Kirschbäume vor blauem Himmel, über den watteweiße Wolken zogen. Auf der Einfahrt ein abgekoppelter Anhänger mit verschrammter Ladefläche vor der Kulisse des Luberongebirges.

Pierre stieg aus dem Wagen und wartete auf den Brigadier, dann näherte er sich der kleinen Hütte, die links eines Sandplatzes lag, während Martinez ihm Rückendeckung gab.

»Monsieur Rollande?«, rief er, als er die Hütte fast erreicht hatte.

Er ging näher und rief noch einmal. Plötzlich glaubte er, ein Geräusch zu hören. Ein Knacken oder Scheppern. Es kam aus dem Inneren.

Pierre blieb stehen, griff nach seiner Waffe und entsicherte sie. Angespannt näherte er sich der Tür.

»Monsieur Rollande, sind Sie da drin? Polizei. Bitte kommen Sie heraus.«

Keine Antwort. In der Hütte war nun alles still. Pierre stellte sich seitlich des Rahmens, lauschte, dann trat er gegen den Riegel.

Mit dem Aufspringen der Tür erklang ein heiseres Bellen. Pierre zuckte zurück, sicherte, als er sah, woher dieses Fauchen kam, seine Waffe, schob sie zurück in den Gurt.

Das einfallende Licht schien auf einen Fuchs. Er stand zwischen umgefallenen Kanistern und Metallstangen. Unruhig hob und senkte er seinen Kopf, schoss dann heraus, schlug dort, wo der Brigadier stand, einen Haken und jagte davon ins Feld.

»Das war wohl nichts«, sagte Martinez und sah ins Innere. »Und was machen wir jetzt?«

»Sie sollten sich den anderen anschließen und die Umgebung nach den Vermissten absuchen.«

»Und was machen Sie?«

»Ich muss nachdenken.«

Pierre sah dem Brigadier hinterher, bis dessen Wagen aus seinem Blickfeld verschwand. Dann ging er durch die langen Kirschbaumreihen, den Blick auf den Boden geheftet, als gäbe es hier eine Antwort auf seine Fragen. In dem Moment, als er ratlos wieder umkehrte, läutete sein Mobiltelefon. Ohne auf die Nummer zu sehen, ging er ran.

»Luc?«

»Hier ist nicht Luc.« Es war eine tiefe, männliche Stimme. »Mein Name ist Franc. Von der Tankstelle Robion an der *Route de Cavaillon*. Hier ist jemand, der von Ihnen abgeholt werden möchte. Sie sagt, sie heißt Solène.«

Pierres Puls schoss hoch. »Ich bin in zehn Minuten bei Ihnen!«

Pierre erreichte die Tankstelle um zehn nach fünf. Ein Mädchen mit zerzaustem schwarzen Haar und orangeroter Umhängetasche stand an der Straße und kam auf ihn zugeeilt, kaum dass er den Wagen zum Stehen brachte.

»Sie sind Monsieur Durand, nicht wahr?« Bernsteinfarbene Augen, die er bereits bei einer anderen Person gesehen hatte. Er hatte keinen Zweifel, wer hier vor ihm stand.

Pierre nickte und stieg aus. »Du musst Solène sein.«

Das Mädchen bejahte. »*Maman* hat gesagt, Sie sollen mich in Sicherheit bringen.«

»Wo ist sie jetzt?«

»Davongefahren.« Solène drehte sich um und zeigte in Richtung der Monts de Vaucluse. »Da war so ein Mann hinter uns her. *Maman* sagt, sie versucht, ihn abzuschütteln.«

Pierre holte sein Handy hervor und rief die Website der Obstplantage auf, auf der Rollande abgebildet war. Er streckte den Arm aus und hielt ihr das Display entgegen.

»Ist es der hier?«

Solène kniff die Augen zusammen, beugte sich vor, wich zurück und nickte langsam mit dem Kopf.

»Gut«, sagte Pierre entschlossen. »Dann tun wir das, worum uns deine Mutter gebeten hat.« Er öffnete die Wagentür. »Bist du schon einmal mit einem Polizeiauto gefahren?«

»Nein.«

»Darin fühlt man sich ganz sicher.«

Rasch kletterte sie auf den Rücksitz und saß still, während Pierre ihr den Gurt anlegte.

»Kennst du die Telefonnummer von deiner Mutter?«, fragte er. »Weißt du, ob sie ihr Handy dabei hat?«

Sie schüttelte den Kopf.

»In Ordnung. Ich muss noch einmal mit dem Tankwart reden. Kann ich dich einen Moment alleine lassen?«

»Ich bin nicht alleine«, sagte sie und zog ein braunes Plüschtier aus ihrer Umhängetasche.

»Dann ist es ja gut«, sagte er schmunzelnd. »Ich bin gleich wieder bei dir.«

Er verschloss den Wagen und ging auf das Häuschen zu, durch dessen Scheibe ihm ein untersetzter Mann im blauen Arbeitsanzug bereits entgegensah.

»Bonjour, Monsieur«, rief Pierre, als er eintrat. »Haben Sie mich eben angerufen?«

»Jawohl, Sir!«

»Dann möchte ich Sie bitten, mir ein paar Fragen zu beantworten.«

»Nur zu«, rief der Mann breit lächelnd aus. Dabei sah er an Pierre vorbei, als suche er etwas.

»Erzählen Sie mir, was vorgefallen ist.«

»So 'ne hübsche Frau mit 'nem Motorrad hat hier getankt. Und dann stand beim Bezahlen plötzlich das Mädchen neben ihr. Die Frau hat auf die Kleine gezeigt und mir dies hier in die Hand gedrückt. Sie meinte, ich soll Sie anrufen.«

Er reichte Pierre ein stark verknittertes Papier. Es war die Karte, die er Aurelie Azéma auf der *Place du Village* gegeben hatte.

»Hat sie noch etwas gesagt? Vielleicht, wo sie hin will?«

»Nein. Nur, dass ich Ihnen erzählen soll, dass Solène auf Sie wartet.« Er lachte. »Junge, ist die schnell wieder davongebraust. So was hab ich noch nicht gesehen. Hat einfach ihre Tochter hiergelassen, bei einem Wildfremden! Ich hab schon gedacht, die macht nur einen Scherz. Franc, habe ich mir gesagt, irgendwo hängt hier 'ne versteckte Kamera. Und nachher macht sich die halbe Nation über dich lustig.« Er grinste. »Na, hab ich recht? Sie können es auflösen!«

»Ich wünschte, es wäre so.« Pierre zeigte ihm seinen Dienstausweis. »Haben Sie jemanden bemerkt, der ihr gefolgt ist?«

»*Incroyable*, das ist ja echt!« Er schob seine Mütze hoch und kratzte sich am Kopf. »Nein, *Monsieur le policier*, es tut mir leid. Hätte ich das gewusst …«

Pierre bedankte sich und eilte hinaus. Noch bevor er bei seinem Wagen ankam, setzte er Lechat von der Entwicklung in Kenntnis, dann stieg er ein.

Er würde nun Solène in Sicherheit bringen. Und dann würde er weitersehen.

36

Zwanzig Minuten später hatten sie Sainte-Valérie erreicht. Die ganze Fahrt über war das Mädchen schweigsam gewesen, jeder Versuch, ihr eine Information zu entlocken, war gescheitert. Nur einmal, als er sie nach ihrem Stofftier gefragt hatte, war sie aufgetaut.

»Das ist Lilou«, sagte sie und streckte das verstrubbelte Plüschbündel nach vorne.

Pierre warf einen raschen Blick drauf. »Das ist ja eine Ziege«, rief er aus. »Ich habe auch zwei.«

»Ich weiß«, sagte sie grinsend. Aber als Pierre wissen wollte, woher, hatte sie sich wieder in ihrer kleinen Welt verschlossen.

Nun parkte er den Wagen auf dem Lieferantenstreifen seitlich der *Rue du Pontis*, nur wenige Meter von dem ehemaligen Weingeschäft entfernt.

Während der Fahrt hatte Pierre überlegt, wo Solène am besten aufgehoben wäre. Es musste ein Ort sein, an dem Rollande sie nicht erwartete. Der einzige, der ihm eingefallen war, war die künftige *Épicerie* von Charlotte, von der er wusste, dass sie ihren heutigen freien Tag dort verbringen wollte.

»Ich bringe dich zu einer guten Freundin«, sagte Pierre, als er den Motor ausgestellt hatte. »Sie heißt Charlotte. Sie ist Köchin und kann bestimmt etwas Wunderbares für dich zaubern.«

»Auch *chichis*?« Das Mädchen lächelte zaghaft. »Ich habe heute noch nichts gegessen.«

»Bestimmt.« Dann fiel ihm ein, dass die Küche noch nicht geliefert worden war. »Und wenn nicht, dann kaufen wir eben welche.«

Charlotte war gerade dabei, ein cremefarbenes Regal zusammenzuschrauben. Zwei weitere standen bereits fertig aufgebaut an den Wänden.

Das Ladengeschäft war kaum wiederzuerkennen. Der Muff der staubigen Weinhandlung war einer Mischung aus modernem Interieur und provenzalischem Flair gewichen. Atmosphärisch und voller bezaubernder Details.

Wo vorher dunkle Regale den Raum verengt hatten, waren nun hell verputzte Steinmauern. Über der Stelle, an der später die Verkaufstheke stehen sollte, hingen drei ovale Pendelleuchten, die denselben warmen Beigeton hatten wie der stoffbezogene Lampenschirm, der in der Mitte des Raumes hing. An der Wand dahinter war ein helltürkis gemustertes Fliesenschild angebracht worden, das dem Raum Luftigkeit verlieh. Darüber eine Schiefertafel, die über die gesamte Breite ging. Hier würde Charlotte wohl ihre tagesaktuellen Speisen aufschreiben, die sie zum Mitnehmen bereithielt.

Pierre stieß einen lauten Pfiff aus. »Das ist ja ein ganz neues Raumgefühl!«, entfuhr es ihm, dabei hatte er ein schlechtes Gewissen, dass er ihr bei der Renovierung nicht öfter zur Hand gegangen war, obwohl sie seine Hilfe stets abgelehnt hatte.

»Gefällt es dir?« Charlotte legte den Akkubohrer ab und erhob sich. Sie trug eine dunkle Jeans, die sie bis zur Wade hochgekrempelt hatte, und ein altes T-Shirt, das mit Spuren von Staub und Farbe überzogen war.

»Großartig! Wie hast du das nur hinbekommen?«

»Keine Ahnung. Aber es bringt wahnsinnig viel Spaß.«

Ihr Gesicht war erhitzt. Sie wischte sich mit dem Handrücken über die Stirn und hielt dann inne, als sie sah, wer sich neben Pierre in den Laden schob.

»Oh, du hast Besuch mitgebracht!«

»Das ist Solène. Ihre Mutter hat mich gebeten, auf sie aufzupassen.«

Er zwinkerte ihr zu, während er versuchte, seiner Stimme einen Anflug von Heiterkeit zu verleihen.

»Oh, ich verstehe.« Sie nickte und reichte dem Mädchen ihre Hand. »Hallo, ich bin Charlotte.«

»Gibt's hier ein Klo?«

»Natürlich. Komm, ich zeige es dir.«

Sie nahm das Mädchen an der Hand und geleitete es in den hinteren Bereich, kam kurz darauf mit besorgtem Gesicht zurück.

»Ist das die Tochter von Aurelie Azéma?«

»Ja. Die Sängerin hat sie an einer Tankstelle zurückgelassen, der Tankwart hat mich angerufen. Die *police nationale* ist auf der Suche nach Madame Azéma und nach Rollande, den wir für Sachets Mörder halten. Es ist dir doch recht, wenn wir Solène hier verstecken?«

»Oh mein Gott!«, sagte sie bestürzt. »Natürlich.«

»Du hast nicht zufällig etwas zu essen da? *Chichis* oder so?«

»Nein, aber ich kann rasch in die Wohnung gehen und welche frittieren. Die sind schnell gemacht. Nur Mehl, Butter, Eier, etwas Zucker und Zimt.« Sie warf einen Blick zurück in Richtung der Toilette. »Dort wäre Solène ohnehin besser aufgehoben als hier.«

»Nein, hier ist sie sicherer.« Er überlegte kurz, dachte daran, dass Louis Rollande sich mit Vorliebe da aufzuhalten schien, wo Aurelie Azéma war, vielleicht galt das auch für die Tochter.

»Vermutlich ist es schlauer, du gehst jetzt nicht in die Wohnung. Am besten, du treibst im Dorf irgendwas zu essen auf. Für mich bitte auch? Ich bleibe in der Zeit bei Solène.«

Pierre hatte der Kleinen einen behelfsmäßigen Tisch aus alten Kisten gebaut und sich zu ihr gesetzt. Während er auf Charlottes Rückkehr wartete, beobachtete er Solène, die einen iPod aus der Umhängetasche zog und ein Hörbuch anmachte. Ihre Ruhe irritierte ihn, aber vielleicht war es auch nur eine Art Urvertrauen, dass alles wieder gut würde.

Gerade als Charlotte die künftige *Épicerie* mit einer großen Papiertüte betrat, signalisierte sein Smartphone den Eingang einer Nachricht, sie kam von Luc.

Du hattest Recht! Alle drei, Rollande, Oliveira und Sachet, haben ein- und dasselbe Schriftstück angefordert. Madame Levy sagt, es sei ein unbekanntes Epos eines altprovenzalischen Dichters aus Sainte-Valérie, der im 14. Jahrhundert Absolvent des *Gai Saber* gewesen war. Anbei die Beweisbilder, ich habe die Einträge abfotografiert.

Pierre ließ das Handy sinken. Rollande hatte seinen Erfolg auf das Werk eines anderen gebaut. Und Oliveira hatte es herausgefunden. Ebenso, vier Jahre später, der Journalist Sachet.

Nun war ihm auch klar, warum die Einreichung zum renommiertesten Preis Frankreichs, dem *Prix Goncourt*, wieder zurückgezogen worden war. Oliveira hatte Rollande mit seiner Entdeckung konfrontiert. Es hatte ihn das Leben gekostet.

»*Voilà*«, sagte Charlotte in diesem Augenblick und riss ihn aus seinen Gedanken. Sie reichte Solène eine Papiertüte mit den heißen Gebäckstangen. »Mit extra viel Streuzucker.« Nun legte sie noch einen Pappteller mit *petit pains* in die Mitte. »Die sind mit Brousse-Käse und Schinken. Ich hatte Glück, das *Café le Fournil* hatte noch geöffnet, und Florence war so lieb, mir frische *chichis* zu machen.«

Pierre griff dankbar nach einem der Sandwiches, es war das Erste, was er seit den trockenen *navettes* von Madame Chaptal in den Magen bekam. Dabei fiel ihm Solènes Antwort wieder ein, als er von den beiden Ziegen erzählt hatte. »Ich weiß«, hatte sie grinsend gesagt, ihm jedoch nicht verraten wollen, woher.

»Ich habe eben darüber nachgedacht, ob du mir nicht vielleicht helfen könntest«, sagte er wie beiläufig. »Ich bin nämlich nicht allzu kreativ, und das Zicklein auf meinem Hof hat seit Monaten keinen Namen. Hast du vielleicht eine Idee?«

»Lilou, keine Frage, es muss Lilou heißen!«

»Und warum gerade dieser Name?«

Sie zeigte auf die Stoffziege, die neben ihr auf der Holzkiste saß. »Sieh doch, sie ist genauso braun wie meine.«

Also doch.

»Du hast den Ziegen die Blumen gegeben, nicht wahr?«

Solène blickte ertappt auf, die Augen geweitet.

Pierre hob sein Sandwich zum Mund und bemühte sich, der Situation einen Anstrich von Normalität zu geben.

»Keine Sorge«, sagte er kauend. »Ich werde dich nicht verraten.«

»Die Blumen mochten sie nicht«, gab Solène zur Antwort, dabei biss sie in eine frittierte Stange, dass das Fett herabtropfte. »Aber den Thymian haben sie gefressen.«

Pierre reichte ihr eine Serviette. »Wo wart ihr, hinten im Schuppen?«

»Wir haben im Stroh geschlafen.«

»Aber warum habt ihr nicht Bescheid gesagt, ihr hättet doch im Haus übernachten können.«

»Du warst nicht da«, sagte sie nuschelnd. »Und dann kam

die da, die kannte *Maman* nicht.« Sie zeigte auf Charlotte, die dem Gespräch mit besorgtem Blick folgte, dann steckte sie sich den Rest des *chichis* in den Mund. »Mhmm, das ist so lecker!«

Rollande war auch dort gewesen in der Nacht, nur hatte Cosima ihn vertreiben können. Und jetzt war ihm auch klar, warum Aurelie ihre Tochter an der Tankstelle zurückgelassen hatte. Die Erkenntnis trieb Pierres Puls in die Höhe. Dass der Obstbauer immer dort auftauchte, wo Aurelie Azéma war, konnte nur eines bedeuten: Er besaß eine Art Peilsender.

Pierre legte den Rest seines Sandwiches ab und erhob sich.

»Bin gleich wieder da.«

Voller Unruhe ging er in den leeren Raum, aus dem später einmal die Küche werden sollte. Während er durch das schmale Fenster hinaus in den Innenhof sah, rief er Lechat an.

»Pierre Durand hier, haben Sie Madame Azéma schon aufspüren können?«

»Nein, noch nicht. Wir sind einer Meldung nachgegangen, dass eine Frau in der Nähe von Goult gesehen wurde, die ohne Helm fuhr, aber das war vor etwa einer Stunde.«

Goult war etwa zehn Kilometer entfernt. Sie schien immer in der Umgebung bleiben zu wollen, als hätte sie etwas vor.

»Ich vermute, Rollande hat einen Peilsender, um sie aufzuspüren. Wir müssen die Präsenz im Umkreis von etwa zehn bis zwanzig Kilometern erhöhen, es eilt.«

Dann legte er auf. Er rieb sich den Nacken und legte die Stirn in Falten, sah hinüber zu Solène, die ihren iPod wieder eingeschaltet hatte und sich damit auf einen Kissenstapel legte, den Charlotte aus einem der Kartons hervorgezaubert hatte. Mit einem Mal wusste er, was ihn die ganze Zeit irritiert hatte: Das Mädchen hatte seit ihrer ersten Begegnung eine Gelassenheit gezeigt, ein kindliches Urvertrauen, das der Situation nicht angemessen war.

Es war, als habe sie keinen Zweifel, irgendwann von ihrer Mutter abgeholt zu werden. Egal, wo sie sich befand.

Vielleicht gab es eine Art Sicherheitsnetz …

Er ging zu ihr und setzte sich neben sie auf eines der Kissen. »Du hast einen iPod? Darf ich mal sehen?«

Zögernd hielt sie ihm das Gerät hin und beäugte ihn misstrauisch, während er es überprüfte. Tatsächlich. Dort, auf der letzten Seite des Displays, war eine Funktion, die ihn schlagartig Hoffnung schöpfen ließ. Als er sie öffnete, sah er, dass Aurelie Azéma ganz in der Nähe war.

37

»Eine Freunde-App?«

»Ja, man kann sich mit ausgewählten Personen verbinden, dann weiß man immer, wo sie sich befinden.«

»Wer macht denn so was?«

»Besorgte Eltern beispielsweise.«

Pierre riss das Lenkrad herum und bog ab, der Wagen schoss um die Kurve und geriet ins Rutschen, als er auf dem Feldweg aufkam.

Es war sieben Uhr acht, über ihm zog sich der Himmel zusammen. Wind kam auf und trug den Geruch von Regen mit sich.

»Wo sind Sie?«, rief Lechat. »Wir kommen zu Ihnen.«

»Etwa drei Kilometer nordwestlich von Sainte-Valérie. Ein kleiner Feldweg, der von der Landstraße abgeht, die in Richtung Hochebene führt. Ich gebe Ihnen gleich die genauen Koordinaten durch.«

»In Ordnung. Wir sind schon unterwegs, in zwanzig Minuten sind wir da.«

Pierre verlangsamte das Tempo, den Blick auf den iPod, den er am Armaturenbrett befestigt hatte. Das Signal war ganz nahe. Als es sich wieder entfernte, fuhr er rechts ran.

Während er ausstieg, bemerkte er einen Wagen, dessen Heck etwa dreißig Meter weiter hinter einer Kurve hervorlugte. Er war grau lackiert, und als Pierre sich näherte, sah er, dass es ein Renault Mégane Grandtour war. Daneben –

Pierres Herz setzte für einen Schlag aus – stand Aurelie Azémas Motorrad!

Beunruhigt schaute Pierre wieder auf Solènes iPod. Der runde Kreis mit dem Bild ihrer Mutter blinkte weiter landeinwärts, ungefähr vierhundert Meter entfernt. Pierre blickte auf. Vor ihm lag eine Landschaft aus niedrigen Sträuchern – Wacholder, Stechwinde, Gräser und Thymian –, höchstens kniehoch. Wenn er dem Signal folgte und das Gelände überquerte, war er ohne Deckung.

Rasch gab er Lechat seine Koordinaten durch, dann schaltete er das Telefon auf lautlos und steckte es ein. Eine unsinnige Vorsichtsmaßnahme, dachte er mit Blick auf den Staub, der über dem Weg hing. Wer auch immer sich dort hinten verbarg, hatte ihn ohnehin längst bemerkt.

Kurz überlegte er, auf die anderen zu warten. Dann entschied er sich dagegen. Wenn der Sängerin etwas zugestoßen war, zählte jede Minute. Entschlossen zog er seine Schutzweste über, nahm die Waffe aus dem Gurt und entsicherte sie.

In gebückter Haltung hastete er vorwärts, durchquerte das Gelände, stieg über das niedrige Buschwerk, während er die Umgebung sicherte. Immer wieder blieb er stehen, horchte. Es war still bis auf das Geräusch der Zikaden, ein stetiges Brr-Brr, das auf- und abschwellend von allen Seiten kam. Langsam wurden die Formationen wieder höher. Zwergbüsche, Kreuzdorn, vereinzelt Olivenbäume.

An einer Gruppe Steineichen hielt er inne und blickte an seinem Bein hinab. Sein rechter Knöchel schmerzte, die dornigen Sträucher hatten die Hose aufgerissen, er hatte es nicht bemerkt. Das Knacken eines Zweiges ließ ihn den Kopf wieder heben, hinter ihm schlug etwas gegen einen Stamm. Angespannt lauschte er, ein heftiges Unbehagen schnellte wie aus dem Nichts in ihm empor. Mit Mühe rang er es nieder.

Jemand musste einen Stein geworfen haben, dachte er, das rückwärtige Gelände hatte er gesichert, es musste also aus einer der dichten Buschreihen gekommen sein, die schräg vor ihm lagen. Mit Dornen durchsetztes Dickicht in etwa zehn Metern Entfernung. Es bedeutete, dass er gesehen worden war. Aber auch, dass derjenige, der den Stein geworfen hatte, ihn aus der Deckung locken wollte.

Fieberhaft wog Pierre seine Möglichkeiten ab. Er musste darauf vertrauen, dass Rollande keine Schusswaffe besaß. Und dass der Stein nur eine Finte war.

Mit erhobenem Revolver trat er hervor, zielte auf das Dickicht, während er darauf zuging.

»Kommen Sie heraus, Monsieur Rollande.«

»Bleiben Sie, wo Sie sind!«

Er erkannte die Stimme sofort.

»Madame Azéma«, sagte er behutsam, blieb aber stehen. »Geht es Ihnen gut?«

»Alles in Ordnung. Aber verschwinden Sie.«

Wieder ging er einen Schritt. Dann, plötzlich, sah er etwas, das das Immergrün der Blätter durchbrach. Ein marineblauer Stoff blitzte hervor. Jemand lag am Boden. Es musste Rollande sein.

»Ich meine es ernst«, rief sie mit beherrschter Stimme. »Nicht weiter, sonst haben Sie gleich noch eine Leiche.«

Es hatte entschlossen geklungen, aber er hatte auch die Verzweiflung gespürt, die in ihren Worten mitschwang. Jetzt trat sie hinter dem Busch hervor, ihr Shirt war von roten Spritzern übersät. Mit wildem Blick schüttelte sie ihr schwarzes Haar aus dem Gesicht und hielt sich ein verschmiertes Messer an die Kehle.

»Und jetzt legen Sie die Waffe weg.«

Pierre senkte den Arm. »Hören Sie auf, bitte.«

»Waffe weg.«

Das Messer senkte sich tiefer in ihre Haut. Ein kleines, blutiges Rinnsal tropfte an ihrem Hals herab. Pierre zweifelte nicht einen Moment, dass sie ihre Ankündigung wahr machen würde, also sicherte er seinen Revolver und legte ihn vorsichtig auf den Boden.

Ein kühler Wind kam auf, fuhr ihr durch das Haar. Gleich wird es regnen, dachte Pierre, während er den Blick nicht von der Sängerin nahm.

»Und was nun? Wollen Sie sich etwa umbringen, während Ihre Tochter in drei Kilometern Entfernung einem Hörbuch lauscht und darauf vertraut, dass ihre Mutter sie bald nach Hause holt?«

»Solène ist bei Ihnen gut aufgehoben.«

»Ein Kind braucht seine Mutter. Ihre Tochter scheint auf Sie zu zählen. Was, denken Sie, wird sie sagen, wenn Sie sich selbst verletzen oder gar umbringen?«

Aurelie Azémas Finger begannen zu zittern, langsam löste sich das Messer von ihrer Kehle.

»Das ist egal, sie hat ohnehin eine Mörderin als Mutter, manchmal geschehen eben Dinge, die ein Kind verkraften muss.«

»Ist er tot?«

Sie zögerte, nickte dann.

Der kurze Moment des Innehaltens verriet sie. Er lebt noch, dachte Pierre.

»Lassen Sie mich zu ihm.« Er setzte einen Fuß in Richtung des am Boden Liegenden, ging dabei etwas seitlich, reckte den Kopf. Nun sah er auch dessen Gesicht, Spuren verbrühter Haut, der Kragen des Polohemdes blutverschmiert.

»Nein!« Sie hob das Messer wieder. »Ich will nicht, dass er davonkommt.«

»Sie sollten es der Justiz überlassen, ihn zu bestrafen.«

»Die Justiz!« Sie lachte kehlig. »Wie wollen Sie ihm die Morde nachweisen? Es gibt keine Zeugen. Was, wenn er wieder freikommt, wer wird mich und meine Tochter dann vor ihm schützen?«

»Die Beweise reichen aus, ihn für den Rest seines Lebens hinter Gitter zu bringen. Ich verspreche Ihnen …«

»Sie können mir nichts versprechen. Sie sind nur ein Polizist, kein Richter!«

Im Hintergrund waren Motorengeräusche zu hören, die sich rasch näherten. Pierre drehte sich um, eine riesige Staubwolke folgte drei Streifenwagen, die hinter seinem zum Stehen kamen.

»Es gibt jetzt genau zwei Möglichkeiten«, sagte er an die Sängerin gewandt. »Wenn Sie mir den Weg zu dem Verletzten verweigern, wird man Ihnen Vorsätzlichkeit unterstellen. Und was das Messer an Ihrem Hals angeht … Ich nehme Ihnen nicht ab, dass Ihnen das Schicksal Ihrer Tochter egal ist. Sie liebt Sie über alles.«

»Und die zweite Möglichkeit?«

»Die wäre, dass Sie jemanden zu ihm lassen, bevor er wirklich stirbt. Damit gäben Sie Ihrem Anwalt die Chance, auf Notwehr zu plädieren.«

Lautes Türenschlagen war zu hören. Dann das Laufen auf sandigem Boden, ein Rufen.

»Louis wollte mich umbringen!«, stieß sie aus. »Mich und Solène. Er hat geschworen, dass wir den nächsten Tag nicht erleben.«

»Ich weiß«, sagte Pierre beschwörend. »Ich bin auf Ihrer Seite. Und ich verspreche Ihnen, dass er seine Strafe bekommen wird. Lassen Sie sich helfen, um Gottes willen. Denken Sie an Ihre Tochter!«

In dem Moment, in dem das Messer fiel, waren die heraneilenden Polizisten kurz hinter ihnen zu hören.

Aurelie Azéma stand wie angewurzelt, die Arme eng um ihren nun zitternden Körper geschlungen.

Mit wenigen Schritten war Pierre bei ihr. Er ließ es zu, dass sie sich an seine Schulter klammerte und heftig weinte, während er ihr über den Rücken strich und leise auf sie einsprach. »Es ist vorbei. Die Zeit des Grauens ist vorbei.«

Als Erster war Robert Lechat vor Ort, er brauchte nur wenige Augenblicke, um die Situation zu erfassen. Dann stürmte er vor, kniete sich neben den am Boden Liegenden, dessen Körper über und über mit Wunden übersät war, die Aurelie Azéma ihm in heller Panik mit dem Messer zugefügt haben musste.

»Er lebt«, sagte er. »Fragt sich nur, wie lange noch.«

38

Sturzbachartig prasselte das Wasser auf sie herab, als sie die Landstraße in Richtung Sainte-Valérie einschlugen. Das grelle Leuchten des Krankenwagens, der ihnen entgegengekommen war, verebbte langsam und verlor sich im dichten Regenschleier.

Wind rüttelte am Wagen, Pierre musste stark gegenlenken, wich einem Ast aus, der auf die Straße peitschte, als sei es nicht mehr als ein Zweig.

Hinter den Fensterscheiben schien die Welt unterzugehen, es entsprach genau Pierres Gemütszustand, der angesichts der Wendung, die der Fall genommen hatte, so etwas wie Ernüchterung empfand.

Er dachte an Danielle Rollande und an den kleinen Yanis und dass es ihm lieber gewesen wäre, der Mörder wäre nicht ausgerechnet Familienvater gewesen.

»Fahren Sie lieber rechts ran, man sieht ja gar nichts«, sagte Lechat in diesem Augenblick und riss Pierre aus seinen Gedanken.

»Sie haben Recht.« Er setzte den Blinker und fuhr auf den Seitenstreifen, schaltete den Motor aus. Dann drehte er sich nach hinten um und betrachtete die Sängerin, die in unnatürlich aufrechter Position dasaß, als sei sie auf dem Weg zum Schafott.

Aurelie Azéma hatte es vehement abgelehnt, von einer Polizeipsychologin betreut zu werden, und darauf bestanden, ihre Aussage auf der Wache in Sainte-Valérie zu Protokoll zu geben, um ihre Tochter so bald wie möglich in die Arme schließen zu können. Dann hatte sie sich – ohne eine Antwort abzuwarten – auf die Rückbank von Pierres Wagen gesetzt, ihre Arme verschränkt und die Lider geschlossen, als würde sie erst reden, wenn sie ihren Willen bekam. Lechat hatte dem nach kurzem Zögern zugestimmt, nun saß er auf dem Beifahrersitz, während zwei Beamte ihnen mit dem Wagen der *police nationale* folgten und nun ebenfalls am Straßenrand anhielten.

»Ich hätte nie gedacht, dass Louis so weit gehen würde«, begann die Sängerin unvermittelt. Der Regen prasselte hart auf das Autodach, und Pierre musste sich etwas vorbeugen, um sie zu verstehen. »Wir hatten uns im Autorenhaus kennengelernt, als ich Adrien besuchte. Er war mir eigentlich sympathisch. Ein Romantiker, der hübsche Gedichte schrieb. Aber damals war ich noch liiert, ich habe seine Avancen abgewehrt. Bis ich mich von Adrien getrennt habe.«

»Was war der Grund für die Trennung?«

»Ich war Léo zur Seite gesprungen, als Adrien ihn wegen seiner radikalen Ansichten zur Unabhängigkeit Okzitaniens verurteilte.« Die Sängerin lächelte wehmütig, lehnte ihren Kopf gegen die Nackenpolster. »Es war ein dummer Streit gewesen. Ich habe oft bereut, dass es so weit kam.«

»Und dann sind Sie mit Louis Rollande zusammengekommen.«

»Er hat mich gefragt, ob wir mal essen gehen könnten. Ich habe mir nichts dabei gedacht. Vielleicht hatte ich auch geglaubt, ich könnte mich ein wenig über Adrien hinwegtrösten. Aber dann habe ich bemerkt, dass ich ihn nicht so lieben könnte und dass es auf Gegenseitigkeit beruhte. Louis wollte mich nicht, weil er mich liebte. Sondern um etwas zu bekommen, das Adrien besaß.«

Nun drehte auch Lechat sich zu ihr um. »Wie meinen Sie das?«

»Er war wie besessen davon, ihn zu übertrumpfen. Er wollte ebenso erfolgreich sein wie Adrien. Aber erst, nachdem Maxim Sachet mit mir gesprochen hatte, begriff ich, dass Louis vor nichts zurückschreckte, um dieses Ziel zu erreichen.« Sie schlang ihre Arme fest um ihren Körper. »Ich habe zuerst gar nicht glauben können, was der Journalist mir erzählte. Louis ein Fälscher und Mörder? Sachet hat mir seine Recherchen gezeigt. Ein Vergleich von Louis' preisgekröntem Text mit dem eines Troubadours aus dem 14. Jahrhundert. Er war nahezu identisch. Ich habe Louis angerufen und gefragt, ob das wahr sei. Natürlich hat er es abgestritten. Aber dann … dann ist dieser Journalist …« Sie brach ab, ihr Brustkorb bebte. »Ich habe ihn zur Rechenschaft ziehen wollen«, fuhr sie nach einer Weile fort. »Das war an dem Morgen, als auch Sie auf der Plantage waren. Louis hat gedroht, dass er mich und meine Tochter umbringt, wenn ich ihn verrate. Und dann hat er gesehen, wie ich auf dem Dorfplatz mit Ihnen geredet habe … Ich habe zu spät verstanden, dass der Mord in aller Öffentlichkeit, vor meinen Augen, bereits als Warnung gemeint war.«

Pierre nickte und wandte den Kopf, sah aus dem Fenster, wo der Regen genauso schnell endete, wie er begonnen hatte. Nachdenklich betrachtete er die Spuren der Gewalt, mit der das Wasser sich durch die Natur gegraben hatte, die Zweige und Blätter auf nassglänzendem Asphalt.

Adrien Oliveira hatte Rollande mehrere Territorien streitig gemacht. Die Schriftstellerei, die Frau, letztlich sogar das Dorf. Dass sein Konkurrent, ewig strahlender Sieger, die wahre Herkunft seiner Texte herausfand, musste er als Angriff verstanden haben. Den er, noch während er selbst im Autorenhaus lebte, mit einer beispiellosen Verleumdung erwiderte, indem er einen Manuskriptauszug mit Oliveiras Namen in Fortins Briefkasten steckte, bevor er Oliveira – womöglich unter falschen Namen –

einen präparierten Wein zukommen ließ, der sich als Trojanisches Pferd entpuppte.

Niemand hatte Oliveira geglaubt, woran er tatsächlich gearbeitet hatte. Nicht einmal der damalige *Chef de police*. Ein nahezu perfektes Verbrechen. Rollande hatte nur eines nicht bedacht: dass er mit seinem Namen auf der Liste des Archivs einen Abdruck hinterlassen hatte, der jemand anderem auffallen würde.

Nachdenklich schaltete Pierre wieder den Motor ein und beschleunigte den Wagen. Was ihn an der Lösung dieses Falles erleichterte, war, dass ein kleines Mädchen seine Mutter wohlbehalten zurückbekam. Und dass keiner der alten Dorfbewohner der Täter gewesen war. Es ließ ihn hoffen.

Die Wunde, die beide Morde Sainte-Valérie zugefügt hatten, würde mit der Zeit verheilen.

Epilog

Es war eine rauschende Einweihung gewesen. Alle waren gekommen, um die neue *L'Épicerie Provençale* zu feiern.

Die Männer, die ihre Abende zumeist ohne Frauen in der Bar verbrachten, waren von diesen mitgebracht worden, sie hatten sich zurechtgemacht wie für eine Ordensverleihung. Didier Carbonne trug sogar eine Krawatte, während Madame Duprais einen Hut aufgesetzt hatte, der so groß war, wie man ihn sonst nur aus dem Fernsehen kannte, wenn ein bedeutendes Rennen übertragen wurde.

Auch viele Geschäftsleute waren geladen, die Konkurrenten vom *Chez Albert* und dem *Café le Fournil*, die sich allerdings nicht als solche verstanden und die größten aller Blumensträuße brachten. Dazu der Bürgermeister mit seiner Frau Nanette und den Angestellten der Kommune, Charlottes ehemalige Kollegen der *Domaine des Grès*, Freundinnen und Freunde, von denen einige extra für diesen Anlass aus dem Norden Frankreichs angereist waren. Selbst Charlottes südfranzösische Mutter war gekommen, eine lebenslustige Dame, die sich immer wieder die Tränen aus den Augen tupfen musste, wenn der Stolz auf ihre tüchtige Tochter sie überwältigte.

Der halbe Ort war versammelt, als Charlotte sich auf den neuen Tresen ihrer *L'Épicerie Provençale* stellte und die Gäste willkommen hieß.

Pierre war ergriffen von ihrer mitreißenden Ansprache, in der sie ihn als emotionale Stütze lobte, sich bei den Helfern bedankte und allen einen wundervollen Abend wünschte. Und als sie unter tosendem Applaus vom Tresen hinabsprang, schloss er sie in die Arme und gab ihr einen derart beherzten Kuss, dass die Umstehenden laut zu johlen begannen und sie – dank Lucs taktgebendem Klatschen – mit einer Ausdauer anfeuerten, die ihn ungewohnt verlegen machte.

»Ist gut, Leute, Schluss jetzt!«, rief er energisch und hob das Glas. »Auf die wunderbare Charlotte und ihre vielen Talente!«

Bald waren die langen Banketttische, die im Freien vor dem Lokal aufgestellt waren, bis auf den letzten Platz besetzt. Man unterhielt sich angeregt, während junge Kellnerinnen und Kellner die Gäste mit Häppchen versorgten oder ihnen spritzigen Rosé nachschenkten und samtenen Roten.

Alles hatte gepasst. Das Essen, für das Charlotte gemeinsam mit ihren neuen Angestellten zwei Tage lang in der Küche gestanden hatte, war köstlich gewesen. Und obwohl die Gäste immer wieder Nachschub von den kleinen Pasteten, den Seeteufelbäckchen und der *tarte au citron* verlangten, schienen die Bestände unerschöpflich. Die Musik, die zunächst von einer Combo gekommen war und dann vom Band, hatte der Stimmung einen beschwingten Anstrich gegeben. Und als die Sonne unterging und sich die Nacht über Sainte-Valérie legte, hatten bunte Lampions und unzählige Kerzen die fröhliche Gesellschaft in ein warmes Licht getaucht.

Als spät in der Nacht mit einem bedenklich torkelnden Arnaud Rozier auch der letzte Gast gegangen war, stellten sich Charlotte und Pierre mit zwei Gläsern Champagner an die Brüstung der Aussichtsplattform, die dem Lokal direkt gegenüberlag, und prosteten sich zu.

»*Santé, ma douce*«, sagte Pierre.

»Meine Sanfte?« Sie legte den Kopf schräg und lächelte. »*Das* gefällt mir.«

Ma douce ... Pierre grinste. Es war ihm nur so herausgerutscht, aber es war in der Tat ein schöner Kosename für Charlotte – auch wenn das Warmherzige, Behutsame nur einen Teil ihres Wesens ausmachte. Ein anderer Teil waren die Leidenschaft und die Unbeirrbarkeit, mit der sie sich nun ihren Lebenstraum erfüllt hatte.

»Ich bin furchtbar stolz auf dich«, entfuhr es ihm. »Die ganze Zeit hast du fest daran geglaubt und so hart gearbeitet. Und nun stehen wir hier, vor deiner eigenen *Épicerie*!«

»Ich kann es selbst kaum glauben.« Charlotte trank einen Schluck Champagner und stellte das Glas auf die Brüstung. Dann lehnte sie sich nach vorne und breitete die Arme weit aus, als wolle sie das lichterübersäte Tal in ihr Herz schließen. »Ich habe es geschaaaaaaafft!«, rief sie aus.

Er lachte und folgte ihrem Blick. Sah über die Häuser hinweg, die am Fuß des Dorfes lagen, und weiter hinaus bis auf die andere Seite des Tals, wo irgendwo dort, bei der funkelnd beleuchteten Anhöhe, Ménerbes liegen musste. Auch jetzt, viele Wochen später, spürte er eine eigenartige Verbundenheit zu dem Nachbardorf. Er dachte, dass es vielleicht an dem seltsamen Moment lag, als er hatte schwören müssen, alles zu tun, um Sainte-Valérie zu beschützen. Als hätte sich ein unsichtbarer Faden gesponnen, ein gemeinsames Schicksal. Obwohl dieses ja vor allem auf Spekulationen gefußt hatte. Die Entwicklung von Sainte-Valérie hatte inzwischen einen anderen Verlauf genommen, der ihn zuversichtlich stimmte.

Als der Bürgermeister heute Abend am selben Tisch Platz genommen hatte, an dem auch die Männer saßen, die sich in der Bar über ihn beschwerten, hatte Pierre den Atem angehalten. Zur Eröffnung des Burgmuseums war nicht einer von ihnen gekommen. Stattdessen hatten sie zeitgleich einen Wettbewerb auf dem Bouleplatz ausgerufen, dem viele aus dem

Ort gefolgt waren, um ihre Geschlossenheit zu demonstrieren. Und auch heute sah es so aus, als hätte Rozier schlechte Karten.

Die Unterhaltung verstummte, einige Männer steckten die Köpfe zusammen und begannen zu tuscheln, während Poncet und Oudard sich zurücklehnten und mit verschränkten Armen und zusammengekniffenen Lippen in den Himmel starrten, als nahe ein gefährliches Unwetter. Erst nachdem sich auch Gisèle dazugesetzt hatte und mal mit der einen, mal mit der anderen Seite sprach, war die Stimmung allmählich aufgetaut. Am Ende hatten sie ihre Gläser erhoben und auf das Dorf angestoßen und dabei so laut gelacht, dass Pierre erleichtert ausatmete.

»Schade, dass Aurelie Azéma nicht gekommen ist«, sagte Charlotte in die nächtliche Stille. »Ich hätte sie gerne einmal wiedergesehen.«

»Oh, das hätte ich beinahe vergessen.« Pierre zog sein Telefon hervor. »Sie hat uns eine Nachricht geschickt und mich gebeten, sie dir vorzulesen.«

»Tatsächlich?« Charlotte drehte sich ihm zu und griff nach ihrem Glas. »Da bin ich aber gespannt. War nicht gerade ihre Verhandlung?«

»Ja«, antwortete Pierre, »dem Antrag auf Notwehr wurde stattgegeben.«

Es war nur noch eine Formsache gewesen. Louis Rollande war direkt nach der Entlassung aus dem Krankenhaus dem Haftrichter vorgeführt worden. Die Hausdurchsuchung hatte ergeben, dass er ein Ausbeinmesser besaß, das in der Küchenschublade zwischen Kochlöffel und Nudelzange lag. Er hatte es gesäubert, aber nicht gründlich genug. So hatte man in einer kleinen Kerbe zwischen Klinge und Holzgriff DNA-Spuren finden können, die von dem ermordeten Journalisten stammten. Und auch der Laptop, den Rollande mit Hilfe eines Dietrichs aus dem Pensionszimmer entwendet hatte, war gefunden worden, versteckt hinter den Regalen der Lagerhalle. Die IT-Abteilung der *police nationale* hatte sämtliche Daten wiederherstellen können, die Rollande versucht hatte zu löschen. Tatsächlich hatte Maxim Sachet nach dem Interview mit dem Sänger von *Viva Occitània!*, Léo Turpin, sich erst darauf konzentriert, den Mörder bei den Aktivisten zu suchen, bis er Madame Chaptal besucht hatte, die ihn auf die richtige Spur brachte. Das, zusammen mit dem Peilsender, den er an Aurelie Azémas Motorrad befestigt hatte, und der Aussage der Sängerin, hatte zu einer Anklage gereicht, die ihn für etliche Jahre ins Gefängnis brachte.

Pierre öffnete die Mail, die Aurelie Azéma ihm am Morgen geschickt hatte, und begann laut zu lesen:

Lieber Pierre, liebe Charlotte,

wie gerne wäre ich heute bei der Eröffnung dabei gewesen, um Ihnen, liebe Charlotte, persönlich zu gratulieren. Aber es fällt mir noch immer schwer, mich unter fremde Menschen zu mischen, obwohl die Sache nun endgültig ausgestanden sein sollte. Die Erinnerungen an die furchtbaren Tage sind noch zu präsent. Daher habe ich die Wohnung aufgelöst und bin in die Nähe meiner Eltern gezogen. Wir leben nun in Narbonne, wo Solène auf eine *Calandreta* geht, eine Schule, die sie die Sprache ihrer Ahnen lehrt.

Sie scheint das Ganze besser verkraftet zu haben als ich und fragt schon, wann wir Sie einmal wieder besuchen können. Vor allem das Zicklein Lilou hat sie sehr ins Herz geschlossen, sie ist so stolz darauf, seine Namenspatin gewesen zu sein.

Vielleicht sehen wir uns also im Herbst, wenn ich wieder
auf Tour bin und ganz in der Nähe einen Auftritt habe.
Bis dahin alles Gute und Charlotte einen fantastischen
Start mit der *Épicerie*!
Alles Liebe,
Ihre Aurelie

»Narbonne ist eine sehr schöne Stadt«, sagte Charlotte nachdenklich, nachdem Pierre geendet hatte. »Ich bin vor Jahren
einmal dort gewesen. So viel Kultur, eine unglaublich beeindruckende Markthalle. Und dann der Strand …«

»Das ist mein Stichwort.« Schmunzelnd zog Pierre einen
gefalteten Umschlag aus seiner Gesäßtasche und reichte ihn
Charlotte.

»Was ist das?«

»Ein kleines Geschenk zur Eröffnung.«

Sie legte den Kopf schräg, zog die Karte aus dem Umschlag
und las. Ein Strahlen glitt über ihr Gesicht. »Ein Gutschein für
eine Woche in Sanary-sur-Mer?«

»Ja. Ich habe gedacht, du könntest eine kleine Auszeit
gebrauchen. Ich habe den Ort als ganz bezauberndes Fischer-
dorf kennengelernt, mit wenig Tourismus und hübschen
kleinen Gassen. Aber wir können natürlich auch nach Narbonne fahren oder in die Ferne fliegen. Du kannst frei wählen.«

»Aber ich kann doch nicht so einfach Urlaub nehmen, gerade
jetzt, wo …«

Er legte ihr einen Finger auf die Lippen. »Schscht. Nicht
sofort. Aber irgendwann wirst du die Entspannung dringend
brauchen. Vielleicht im Oktober, nach den Herbstferien. Oder
im März, bevor die Saison wieder startet. Wir beide waren
noch nie gemeinsam fort.«

Charlotte nahm seinen Finger von ihren Lippen und gab ihm einen zarten Kuss.

»Du hast ja recht, *mon policier*, das ist sehr aufmerksam von dir.« Sie nahm seinen Arm, legte ihn sich um die Schulter und drückte sich fest an ihn, während sie den Blick gen Himmel hob. »Eine wirklich gute Idee, ich freue mich jetzt schon darauf.«

Pierre lächelte und genoss die Wärme ihres Körpers. Über ihnen glitzerten die Sterne. Ein leichter Wind wehte, bald schon würden die Tage kürzer werden und die Nächte kühler.

Er dachte an die vergangenen Monate und daran, wie sehr es ihn freute, dass sich alles so gut aufgelöst hatte. Fast alles. Das Gespräch mit Léo Turpin hallte noch immer in ihm nach, ebenso die Unterhaltungen mit Pascal Blanchard, Madame Levy und Madame Chaptal. Sie hatten ihm die unterschiedlichsten Aspekte der okzitanischen Bewegung gezeigt, die alle eine Gemeinsamkeit aufwiesen: das Ringen um Wertschätzung und Anerkennung der eigenen Identität in Kultur und Sprache, das als Gegenbewegung zum strengen Regiment des Nordens an Stärke gewann. Teils in friedlicher Weise, aber auch mit Gewalt. Er hoffte, dass es irgendwo da draußen Bürger und Politiker gab, die die verschiedenen Fäden aufnehmen und sie gemeinsam und vorbehaltlos entwirren würden. Und dass sie eine Lösung fänden, die diesem aufgewühlten wunderbaren Land endlich die Ruhe gab, die es so notwendig brauchte.

Anmerkungen der Autorin

Das charmante Dörfchen Sainte-Valérie liegt irgendwo zwischen Weinbergen und Olivenhainen in der Nähe von Gordes. Wer es auf der Landkarte sucht, wird feststellen, dass es den Ort in der Realität gar nicht gibt. Ebenso wenig den Berg, auf dem es liegt, und somit auch die Straße, die hinunter ins Luberon-Tal führt.

Nicht nur Sainte-Valérie ist meiner Fantasie entsprungen, sondern auch dessen Bewohner sowie alle Personen und deren Handlungen in diesem Buch. Ähnlichkeiten mit toten oder lebenden Personen oder realen Ereignissen sind nicht beabsichtigt und wären rein zufällig.

Real hingegen sind die okzitanische Bewegung und deren politische, kulturelle und historische Hintergründe, die ich hier skizziert habe.

Leider ist auch die Geschichte von Ménerbes nicht erdacht, nachzulesen in diversen Magazinen und im Blog einer Bürgergruppe des Dorfes, die noch immer gegen die Nachwirkungen der plötzlichen Berühmtheit durch Peter Mayles Bestseller kämpft.

Eine fatale Entwicklung. Aber nicht immer ist vorauszusehen, was ein Buch anzustoßen vermag. Auch ich gehöre zu den Touristen, die sich in den 90er-Jahren aufgemacht haben, Peter Mayles Provence zu entdecken. Ohne ihn gäbe es keine Sophie Bonnet. Hier möchte ich noch einmal Charlotte zitieren:

»Wenn die Menschen nach Ménerbes gekommen sind, dann

nur, weil er die Gabe besitzt, mit Worten wundervolle Bilder zu zaubern, die ihre Sehnsüchte berühren. Sollte man ihm das etwa vorwerfen?«

Das Thema Okzitanien und dessen Bezug zur Provence ist umfangreich und hätte ein eigenes Buch gefüllt, daher habe ich versucht, mich auf die wichtigsten Aspekte zu beschränken. Nachhaltig beschäftigt hat mich vor allem die Entwicklung der okzitanischen Sprachkultur, daher möchte ich mich an dieser Stelle bei einem Autor bedanken, dessen Reisebericht eine wunderbare Inspirationsquelle war: Kay Wagner: »Okzitanien. Auf den Spuren einer bedrohten Sprache«.

Ein herzlicher Gruß geht an die Leserin Andrea Rast. Ihr verdankt das Ziegenmädchen Lilou ihren zauberhaften Namen.

Glossar

à l'américaine	auf amerikanische Art
à emporter	zum Mitnehmen
à tout à l'heure	bis gleich
baccalauréat	entspricht in etwa dem Abitur
bisou	Küsschen
Bof!	Blabla!
C'est ça!	Genau so ist es!
cassoulet	französischer Bohneneintopf mit mehreren Fleischsorten, Speck und Würsten
Comte	Graf
Confiserie	Süßwarenladen
Dera mar verda ará mar blùa	sinnbildlich für: vom Atlantik bis zum Mittelmeer
dos de cabillaud	Kabeljaufilet
Église	Kirche
Eh bien!	Na gut!
Épicerie	hier: Delikatessengeschäft (épicerie fine)
et voilà	Da haben wir es!
fin'amor	Minnegesang der Troubadourdichtung
Gai Saber	= *Consistori del Gai Saber*. Provenzalisch/okzitanisch für: Komitee der fröhlichen Wissenschaft. Eine 1323 in Toulouse gegründete Schule mit dem Ziel, einem jährlichen Wettstreit der Troubadoure feste Regeln zu geben. Zu gewinnen gab es ein »goldenes Veilchen«, weshalb der Wettbewerb unter dem Namen »Blumenspiele« berühmt wurde.

Grande Nation	Synonym für Frankreich, historische Bezeichnung für eine geeinte, zentralistisch regierte Republik
incroyable	unglaublich
Langue d'Oc	Sprache des òc (= okzitanisch für »ja«), Bezeichnung der südlichen Sprachgemeinschaft, im Gegensatz zur Langue d'oïl (= oui), die für die nördlichen Dialekte steht
la liberté ou la mort	Freiheit oder Tod; verkürzte Parole aus Zeiten der Französischen Revolution
liqueur de verveine	Likör mit Zitronenverbene (Eisenkraut)
loup	Wolf
lycée	entspricht der abiturvorbereitenden Oberstufe des Gymnasiums
ma douce	Kosename: meine Sanfte, meine Süße
mairie	Bürgermeisteramt, entspricht dem Rathaus in Orten mit Stadtrecht
Maman	Mama
mon ami	mein Freund
mon cœur	mein Herz
Occitanie	Zum besseren Verständnis habe ich hiermit nur die zusammengelegte Region Languedoc-Roussillon-Midi-Pyrénées bezeichnet – als Abgrenzung vom gleichnamigen historischen Sprach- und Kulturraum (im Buch durchgängig ›Okzitanien‹). Im Französischen wird dies sowohl für die kleine neue als auch für die große historische Region verwendet.
partage	Hier: Gleichberechtigung. Wurde aufgrund der Lehre von der geschlechtlichen Neutralität der Seele bei den Katharern praktiziert

Pâtisserie	Konditorei
patois	franz.: Mundart, Dialekt
Policier	Polizist
protégeons	Aktivform von »beschützen wir«
Putain!	Verdammt! / Scheiße! (Ursprünglich: Hure, Schlampe)
puce	Floh
raca raceja	Okzitanisch für: *on n'échappe pas à sa race.* Wörtlich übersetzt: Man entkommt seiner Rasse nicht. Eine altertümliche Redewendung, die vom provenzalischen Dichter Frédéric Mistral verwendet wurde, allerdings im Sinn von Kultur und Tradition.
sacristains	knusprige Blätterteigstangen, mit Hagelzucker bestreut
Salutz d'Amor	Okzitanisch für: Ein Gruß der Liebe; Bezeichnung für einen Liebesbrief an eine Dame
saucisson d'Arles	Wurst aus Arles
taboulé orientale	orientalisch gewürzter Bulgursalat
Touché!	Treffer!
Zut!	Verdammt! / So ein Mist!

Rezepte

Liebe Leserinnen und Leser,

der vierte Fall von Pierre Durand führt in das alte Okzitanien, eine Region voller Feuer und Leidenschaft, die auch die Provence einschließt. In der südfranzösischen Küche erkennt man den okzitanischen Ursprung vor allem an der Verwendung landestypischer Produkte und am großzügigen Gebrauch von Kräutern und Knoblauch. Es darf gerne deftig sein und vor allem gut gewürzt. Das berühmte Aïoli ist eines dieser urtümlichen Gerichte, ebenso wie das gehaltvolle *cassoulet*, das eines der Rezepte ist, die ich für Sie zusammengestellt habe.

Des Weiteren verrate ich, wie schnell und unkompliziert man das *taboulé orientale* zubereitet, welches es auch in Charlottes *L'Épicerie Provençale* geben wird – und Sie lernen die *sacristains* kennen, die Madame Duprais zur *Feux de la Saint-Jean* in der örtlichen Pâtisserie kauft.

Viel Vergnügen beim Zubereiten und *bon appétit* wünscht Ihnen

Ihre
Sophie Bonnet

Taboulé orientale

Wer in den Süden Frankreichs fährt, wird am Taboulé nicht vorbeikommen. Man findet es in Restaurants, Feinkostläden oder Supermärkten – in unzähligen Variationen. Charlotte hat für ihre *L'Epicérie provençale* eine orientalische Version gewählt, mit Minze und Rosinen.

Die exotischen Gewürze des Orients fanden bereits im 13. Jahrhundert ihren Weg in okzitanische Rezepturen, nachdem Kreuzritter sie von ihren Reisen mit nach Frankreich brachten. Aber erst durch den Einfluss der ehemaligen Kolonien fand auch dieser ursprünglich aus dem Libanon stammende Salat Zugang in die französische Küche. Nur wird hier statt ursprünglich Bulgur überwiegend Couscous verwendet.

Fügt man gegrillte Hähnchenstücke hinzu, erhält man eine komplette Hauptmahlzeit.

4 Portionen (als Vorspeise oder Zwischenmahlzeit)

Arbeitszeit: ca. 30 Minuten

250 g Couscous	½ Knoblauchzehe
500 ml Gemüsebrühe	1 Limette
je 1 rote und gelbe Paprika	6 El Olivenöl
4 mittelgroße Tomaten	50 g Sultaninen (alternativ:
10 Minzblätter	kernlose rote Weintrauben)
½ Bund Petersilie	Salz, Pfeffer

1 Das Couscous mit der Gemüsebrühe kurz aufkochen. Vom Herd nehmen und ca. 10 Minuten quellen lassen.

2 Paprika von Kernen und Strunk befreien und die Tomaten entkernen. Beides in kleine Würfel schneiden. Die Sultaninen dazugeben.

3 Minzblätter, Petersilie und die Knoblauchzehe fein hacken. Mit dem Saft der Limette und dem Olivenöl mischen.

4 Alles miteinander vermengen und mit Salz und Pfeffer abschmecken.

Tipp: Besonders zart und würzig schmecken die Paprika, wenn man sie halbiert und im Backofen grillt, bis die Haut dunkel wird und Blasen schlägt. Kurz abkühlen lassen und die Haut abziehen.

Cassoulet provençal

Cassole (franz.) ist die Ableitung des okzitanischen Wortes *caçòla* und bezeichnet einen Tontopf mit glasierter Innenfläche. Dieser ist Namensgeber des südfranzösischen Bohneneintopfs, der ursprünglich aus dem Languedoc stammt.

Ein originalgetreues Cassoulet ist eine langwierige Angelegenheit. Die Zubereitung in vielen Einzelschritten kann zwei Tage in Anspruch nehmen. Die Bohnen müssen über Nacht eingeweicht, der Schweinebauch in Bouillon gegart und verschiedene Fleischstücke – Schweinenacken, Hammelfleisch, Enten- oder Gänsekeule, Würste etc. – angebraten oder im Ofen gegart werden. Das Geflügel meist noch als Confit (über Nacht gesalzen und bei Niedrigtemperatur im eigenen Fett gegart). Der alten Tradition zufolge soll der Eintopf aus sieben Krusten bestehen, die durch mehrfaches Umschichten aus der gebräunten Oberschicht entstehen. Wem das zu aufwändig ist, der sollte diese etwas vereinfachte Version probieren – eine köstliche Alternative!

6 Portionen

Vorbereitungszeit: 45 Minuten
Garzeit insgesamt: 2½ Stunden

6 Entenkeulen
  (oder 4 Gänsekeulen)
400 g Schweinenacken
250 g Speck in Würfeln
6 Toulouser Würste (alternativ
  pikant gewürzte Schweine-
  bratwurst oder Chorizo)
2 Zwiebeln
2 Karotten
1 Stange Lauch
1 kleines Stück Sellerie
3 Zehen Knoblauch

1 EL Tomatenmark
1 Bouquet garni (Kräuterstrauß
  aus Petersilie, Thymian und
  Lorbeer)
400 g stückige Tomaten
  aus der Dose
1,5 l Hühnerbrühe
100 ml Rotwein
800 g weiße Bohnen aus der
  Dose (Abtropfgewicht)
Salz
Pfeffer

1 Die Entenkeulen von größeren Fettstücken befreien. Diese in einer großen Pfanne auslassen und die entstehenden Grieben (Reststücke) entfernen. Die Hälfte des Entenfetts für den Schmortopf beiseitestellen.

2 Die Entenkeulen salzen und pfeffern. Von allen Seiten im restlichen Entenfett anbraten, mit der Hautseite beginnen. Herausnehmen, wenn die Keulen eine goldbraune Farbe angenommen haben.

3 Den Speck und die Würste getrennt voneinander im verbliebenen Fett anbraten und ebenfalls beiseitestellen.

4 In der Zwischenzeit die Zwiebeln würfeln und die Karotten, den Sellerie und den Lauch in kleine Stücke schneiden. Den Knoblauch pellen und fein hacken.

5 Die andere Hälfte des Entenfetts in einen Bräter geben und erhitzen. Das Schweinefleisch in Stücke schneiden und von allen Seiten scharf anbraten, dann die Temperatur reduzieren. Zwiebeln, Karotten, Sellerie, Lauch und den Knoblauch hinzugeben und kurz mitbraten. Tomatenmark einrühren, das Bouquet garni und die stückigen Tomaten hinzugeben und mit der Brühe und dem Wein ablöschen. Zum Kochen bringen, entstehenden Schaum mit der Kelle abschöpfen.

6 Backofen auf 200 Grad vorheizen. Die Bohnen im Sieb abtropfen lassen und mit den Keulen, dem Speck und den Würsten zu dem Fleischeintopf in den Bräter geben. So viel von der restlichen Brühe hinzugeben, bis der Eintopf leicht bedeckt ist. Zugedeckt für 2 Stunden im Ofen garen.

7 Zwischendurch das Cassoulet kontrollieren, dass es nicht austrocknet. Bei Bedarf mit weiterer Brühe übergießen. Zum Ende der Garzeit das Entenfleisch von den Knochen lösen und zerteilen.

8 Am Schluss das Bouquet garni herausnehmen und alles mit Salz und Pfeffer abschmecken.

Tipp: Wer die knusprige Schicht des traditionellen *Cassoulet de Castelnaudary* nachempfinden will, vermengt 200 g Semmelbrösel mit etwas Entenfett und verteilt dies 30 Minuten vor Ende der Garzeit über dem Cassoulet. Noch einmal 10 Minuten ohne Deckel bräunen – *et voilà!*

Sacristains mit crème pâtissière

Sacristain ist eigentlich die französische Bezeichnung für einen Küster oder Messdiener. Mit kirchlichen Traditionen haben die knusprigen Blätterteigstangen allerdings nichts gemein. Die klassischen Sacristains erhält man das ganze Jahr über in jeder guten provenzalischen Pâtisserie. Manchmal auch die gehaltvollere Variante mit Mandelcreme, die ich in diesem Rezept vorstelle.

ca. 10 Gebäckstangen

Arbeitszeit: 30 Minuten
Kühlzeit: ca. 1 Stunde
Backzeit: 15-20 Minuten

Grundrezept
250 g Blätterteig
   (aus dem Kühlregal)
etwas Mehl
1 Ei
1 EL Wasser
2 EL grobkörniger Zucker
1 Pck. Vanillezucker
50 g Mandelblättchen
2 TL Puderzucker

Cremefüllung
50 g Butter
50 g Zucker
1 Ei
50 g fein gemahlene Mandeln
3 Tropfen Bittermandelaroma

1 Die Arbeitsfläche mit etwas Mehl bestäuben und den Blätterteig darauf gleichmäßig zu einem ca. 2 mm dicken Rechteck ausrollen.

2 Für die Cremefüllung Butter mit dem Rührgerät schaumig schlagen. Nach und nach den Zucker hinzugeben, dann das Ei und schließlich die gemahlenen Mandeln. Zum Schluss das Bittermandelaroma untermengen und rühren, bis eine homogene Masse entsteht. Die fertige *crème pâtissière* zur Seite stellen.

3 Das zweite Ei mit etwas Wasser verquirlen. In einer Schale den grobkörnigen Zucker mit dem Vanillezucker mischen.

4 Den Teig dünn mit dem verquirlten Ei bestreichen und die Hälfte der Zuckermischung und der Mandelblättchen darauf verteilen. Mit dem Teigroller leicht andrücken.

5 Nun den Teig umdrehen und auf einen Bogen Backpapier legen. Diese Seite mit *crème pâtissière* bestreichen und restliche Zuckermischung und Mandelblättchen darauf verteilen. Den Teig in der Mitte zusammenklappen, andrücken und für ca. eine Stunde kühlen.

6 Den kalten Teig in 3 cm dicke Streifen schneiden. Die Streifen an beiden Enden fassen und drei Mal gegeneinander drehen.

7 Im vorgeheizten Ofen bei 180 Grad für 15-20 Minuten goldbraun backen. Die fertigen *Sacristains* mit Puderzucker bestreuen.

Mord in den Flitterwochen!
Pierre Durand und Ehefrau Charlotte ermitteln in der Côte Varoise.

400 Seiten. ISBN 978-3-7645-0849-4

Pierre Durand und seine frisch angetraute Frau Charlotte erfreuen sich an den Sandstränden der Côte Varoise, wo sie ihre Flitterwochen verbringen. Doch als Pierre eines Morgens einen verunglückten Taucher entdeckt, ist es vorbei mit der Idylle. Die Polizei geht von einem Kreislaufversagen aus, der Notarzt allerdings hat Zweifel. Pierre verdrängt die Bedenken, er will Charlotte zuliebe den Urlaub nicht gefährden. Aber dann verschwindet der Arzt spurlos, und Pierre stößt auf weitere seltsame Vorfälle, die allesamt mit dem Bau einer Wasser-Pipeline zu tun haben. Seine Flitterwochen scheinen endgültig ruiniert – bis er unerwartete Unterstützung erhält …

Lesen Sie mehr unter: **www.blanvalet.de**